Wolfgang Hering

Eine Pandemie kommt selten allein

Bibliografische Information der Deutschen Nationalbibliothek:
Die Deutsche Nationalbibliothek verzeichnet diese Publikation
in der Deutschen Nationalbibliografie; detaillierte bibliografische
Daten sind im Internet über http://dnb.dnb.de abrufbar.

Lektorat: Dr. Theodor Hering/ Wolfgang Hering

Cover: Wolfgang Hering

Herstellung und Verlag: BoD – Books on Demand, Norderstedt

ISBN: 9783753481340

Inhalt

Der HERR vereitelt den Ratschluss der Nationen,
ER macht die Pläne der Völker zunichte.
Der Ratschluss des HERRN bleibt ewig bestehen,
die Pläne seines Herzens
durch alle Geschlechter

(Ps 33,10-11).

Ein Albtraum

Jan schreckt hoch. Wo ist er? Der Bär, der ihn eben verfolgt hatte? Er rannte durch einen dichten Wald und der Bär immer hinter ihm her. Aber er kam nicht vom Fleck und in seiner Angst stieß er mit dem Kopf gegen einen Baum, so dass ihm der Schädel brummte.

Der Schädel tut ihm noch immer fürchterlich weh und Jan fasst sich an den Kopf. Da fühlt er einen dicken Verband und es dämmert ihm, dass die Sache mit dem Bär nur ein dunkler Traum war, die Ursache für den dicken Verband aber ein sehr realer Albtraum.

Er lässt sich wieder in seine Kissen zurückfallen und blinzelt um sich. Offenbar ist er in einem Krankenzimmer gelandet. Von der Decke baumelt eine kleine Lampe, wahrscheinlich so eine Art Nachtbeleuchtung. Ein schreckliches Licht, mit dem man am besten nichts zu tun hat. Immerhin erkennt er In dem Bett neben sich deutlich Pit, Pit aus Berlin. Auch mit einem Verband, leise schnarchend. Pit, was haben sie mit uns gemacht? Gegenüber steht ein leeres Bett. Vom vierten Bett neben der Tür her hört er ein lautes männliches Schnarchen. Kjell?

Und wo ist Anna? Er versucht sich zu erinnern. Doch der gestrige Abend ist wie ein dicker Nebel, in dem er zunächst vergeblich herumstochert. Es schwant ihm nur, dass da etwas mächtig schief gelaufen war. Scheiß Pflaumenschnaps. An den erinnerte er sich noch. Nie wieder! Aber der Brummschädel rührte nicht nur von daher. Und der Verband erst recht nicht. Was war geschehen? Wo sind sie hier überhaupt, noch in Bosnien oder ganz woanders? Er kann sich an nichts mehr erinnern. Immerhin scheinen sie hier sicher zu sein.

Dann folgt er den Erinnerungen weiter zurück, nach Amsterdam, nach Zuhause, zu den Eltern, zu seiner Schule und zum Büro bei G.I. Ja, da hatte alles angefangen.

Doch sein Kopf will nicht. Er schmerzt ihn. So lässt der Patient die Vergangenheit bis auf weiteres ruhen und dämmert unruhig dem neuen Morgen entgegen.

Die Fackel weitertragen

Es herrscht eine gute Stimmung bei Greenpeace International in Amsterdam. Die Wortführerin, eine junge Frau von vielleicht siebenundzwanzig Jahren, fuchtelt wild mit den Armen, wenn sie redet. Ihre Augen blitzen vor Begeisterung und ihre blonden Haare, die sie hinten in einem Pferdeschwanz zusammengebunden hat, fliegen wild hin und her.

„Guten Morgen. Also, ich bin Anna. Genau. Ich bin hier bei G.I. angestellt. Aber das wisst ihr ja schon durch unsere Telefonate und Mails. Und das ist mein Bruder Jan Verhoeven." Dabei wies sie mit ihrem Kopf auf einen schlacksigen jungen Mann an ihrer Seite. Der nickte freundlich mit dem Kopf.
„Hallo in die Runde!"
„Willst du nicht noch ein Wort mehr sagen?"
„Na gut. Also, ich bin nicht nur ihr Bruder, sondern auch ihr Angestellter oder richtiger: ihr Laufbursche. Immer wenn sie pfeift, muss ich springen. Natürlich ehrenamtlich."
Allgemeines Gelächter.
„Meine Brötchen verdiene ich als Lehrer, als Geschichts- und Sportlehrer am Gymnasium. Das ist der einzige Ort, wo ich auch mal was zu sagen habe. Und weil dann gerade Ferien sind, meinte Anna, ich solle mal auf den kleinen Ausflug auf den Balkan mitkommen. Und, wie gesagt, ihr Wort ist mir Befehl. Sie ist übrigens ganz vernarrt in dieses Projekt. Hat sogar ein wenig Bosnisch gelernt."

Wieder staunendes Schmunzeln. Jan machte auf die beiden anderen anwesenden jungen Männer sofort einen gewinnenden Eindruck. Seine Augen blitzten genau wie bei seiner Schwester, nur etwas, na ja, spitzbübischer. Es war offensichtlich, dass er sie mit ihrem flotten Mundwerk und Organisationstalent fröhlich gewähren ließ und sie aus seiner beachtlichen Größe von vielleicht einem Meter neunzig wohlwollend im Auge behielt. Er mochte auch zwei oder drei Jahre älter sein als sie.

„Doch nun zu euch", ergriff Anna wieder das Wort und wandte sich den beiden anderen zu. „Ihr seid hoffentlich mit der Unterkunft zufrieden?"

Die beiden nickten.

„Genau. Die Pension ist preiswert und in der Nähe und, und das ist nicht unwichtig. Die Wirtsleute stehen uns auch im Geiste nah und begleiten unser Engagement für eine gesunde Umwelt mit Wohlwollen und mancher Spende. Genau. Doch nun erzählt ihr beiden doch mal, wo ihr herkommt und was euch herführt. Kjell, fängst du mal an?"

„Na, wenn es sein muss. Also, ich komme aus Schweden, genauer gesagt aus Malmö. Und wo ich arbeite? Bei Ikea!"

„Was", platzte Anna dazwischen, „bei diesem Umweltzerstörer? Der intakte Urwälder für seine Möbel kahlschlagen lässt und überall Steuern hinterzieht? Und seine Arbeiter in Osteuropa für einen Hungerlohn arbeiten lässt? Das unterstützt du? Der Ikea-Konzern ist doch gewissermaßen unser natürlicher Feind!"

„Nun lass ihn doch erst mal ausreden", unterbrach sie ihr Bruder. „Das weiß doch Kjell sicher alles selber. Stimmt`s?"

„Freilich", nahm der wieder den Faden auf, „und die Konzernleitung weiß es auch. Die haben doch schon 2018 beschlossen, in Zukunft ganz auf Nachhaltigkeit zu setzen und bis 2030 die

Pariser Klimaziele, besonders was CO2 betrifft, nicht nur zu erreichen, sondern zu unterbieten. So haben sie nicht nur gewaltige Summen in erneuerbare Energien investiert, sondern auch in Nachhaltigkeit beim Holzabbau und in neue und recycelbare Materialien beim Möbelbau. Ich kann euch versichern, da ist eine echte Kehrtwende passiert. Und da man im Hause meine grüne Gesinnung kennt, bin ich mitten drin dabei in der Abteilung für umweltschonende Materialien. In der Praxis erlebe ich natürlich immer wieder, wie viel leichter es ist, zu kritisieren oder einen grünen Plan zu machen und wie schwierig es ist, das Ganze dann auch umzusetzen. Siehe Corona-Krise. Die hat uns ein ganzes Stück ausgebremst und zurückgeworfen. Finanziell und wirtschaftlich. Aber jetzt sind wir wieder auf einem guten Weg. Und sie haben mich für unseren Einsatz jetzt auf dem Balkan freigestellt. Was lehrt uns das? Nicht nur einzelne Menschen können sich ändern, sondern ganze Konzerne, wenn sie begreifen, dass der neue, der grüne Weg, ihnen nicht nur nicht schadet, sondern sogar positive Auswirkungen auf das Geschäft und die allgemeine Akzeptanz hat."

Kjell könnte auf den ersten Blick einer vom schwedischen Eishockeyteam sein: breite Schultern, kräftig gebaut, ein kräftiger Schädel mit einem wilden blonden Schopf. Die blauen Augen schauen jeden, mit dem er spricht, selbstbewusst an. Gut, wenn man ihn zum Freund und nicht zum Gegner hat.

„Prima. Natürlich habe ich von dieser Entwicklung bei Ikea auch schon gehört", sagte nun Anna, „aber es ist gut, es jetzt noch einmal ganz authentisch, gewissermaßen aus dem Inneren von Ikea, bestätigt zu bekommen. Du hast recht, Kjell, nicht nur einzelne Menschen, sondern ganze Konzerne können ihre Linie ändern. Und ich würde noch weitergehen und sagen: Auch ganze Länder, auch ganze Regionen, ja, auch die ganze Welt kann und muss und wird sich in dieser Richtung ändern.

Und wir, ja, wir vier werden dabei sein bei dieser globalen Verwandlung. Genau. Wie heißt es in der Resolution70/1 der UN von 2015? Hier muss es doch irgendwo stehen", dabei blätterte sie in einem der Greenpeace-Magazine, „ach ja, hier: ‚Wir, die Völker, sind es auch, die sich heute auf den Weg in das Jahr 2030 machen…Die Zukunft der Menschheit und unseres Planeten liegt in unseren Händen. Sie liegt auch in den Händen der jüngeren Generation von heute, die die Fackel an die künftigen Generationen weiterreichen wird.“

Annas Augen glänzten.

„Wir sind dabei! Und machen uns auf, die Fackel der Veränderung an unsere Brüder und Schwestern in Bosnien weiterzugeben, auf dass auch dort eine umwelt- und menschenfreundliche Region erhalten und gestaltet werde.“

Wie träumend sah sie in die Ferne, so als hätte sie schon das vollendete Bild von 2030 vor Augen.

„Entschuldigt, es hat mich fortgerissen.“

„Ist doch nicht schlimm!“

„Ist doch gut. Man muss die Dinge mit Begeisterung angehen. Gut so.“

„Aber Pit, entschuldige, Dich habe ich noch gar nicht zu Wort kommen lassen. Bist du so nett, Pit, und stellst dich auch etwas vor?“

Der Angesprochene ist offensichtlich der Jüngste von den Vieren, so Mitte Zwanzig. Unter den kurz geschnittenen dunklen Haaren schauen einen kluge braune Augen durch eine moderne Brille an. Über dem rechten Auge hat er eine Narbe. Er macht einen sehr intellektuellen Eindruck, einer, der weiß, was er will. Im Unterschied zu Kjell ist er wohl kein großer Sportler. Seine Schultern hängen etwas, vorn wölbt sich ein kleines Bäuchlein. Doch wenn man ihn als träge und gemütlich einord-

nen will, irrt man sich wohl. Denn wenn er spricht, sprudelt es
nur so aus ihm heraus.

„Gerne. Also: Pit Markert aus Berlin. Bin gerade dabei, meinen
Master in Umwelttechnik zu machen. Bin also sozusagen voll-
zeitlich, beruflich und aus Leidenschaft mit unserer Sache be-
fasst. Jetzt bin ich gespannt auf neue Eindrücke *vom* und die
entsprechenden Entwicklungen *auf* dem Balkan. Es soll ja um
den Erhalt ursprünglicher Flusslandschaften gehen und den
Kampf gegen neue Staudämme, also auf den Punkt gebracht:
grüne Ökologie gegen grüne Ökonomie. Richtig?"

„Genau."

Anna, die die ganz Zeit bisher gestanden hatte, setzt sich nun
auch.

„Ich schlage aber vor, dass wir unser Programm ausführlich
erst heute Nachmittag besprechen. Um 15 Uhr?"

Alle nicken mit dem Kopf.

„Dann haben wir ja noch gut drei Stunden für Amsterdam."

„Könnt ihr beiden uns etwas Aktuelles vorschlagen? Was wir
uns anschauen sollten? Und wo die Zeit gerade dafür reicht?"

„Genau. Das haben wir natürlich schon vorüberlegt und emp-
fehlen euch das FOAM, ein fotographisches Museum. Es gibt
dort immer wechselnde Ausstellungen. Und was wird diesmal
gezeigt? Na? Ratet mal!"

„Nun mach es nicht so spannend."

„Flusslandschaften auf dem Balkan!"

„Was? Klasse. Das passt doch!"

„Das dachten wir uns auch", mischte sich jetzt Jan ein. „Und es
ist gar nicht weit von hier. An der Keizersgracht. Ein wunder-
schönes altes Haus. Hier habt ihr einen kleinen Stadtplan. Da
habe ich den Weg schon eingezeichnet. Und passt auf, dass ihr
nicht ins Wasser fallt. Haha."

„Man sieht da auch die Staudämme, die schon fertig sind und die ganze natürliche Landschaften zerstört und viele Arten vernichtet haben. Auch Staudämme, die im Bau oder noch in der Planung sind, sind aufgelistet. Für uns besonders interessant sind die Fotos vom Fluss Sana in Bosnien mit dem angefangenen Staudammbau. Durch Corona ist Gott sei Dank erst mal alles zum Stillstand gekommen. Das ist unsere Chance, wenigstens an der einen oder anderen Stelle die herrliche Flusslandschaft zu retten. Doch guckt euch erst mal die Bilder an und dann am Nachmittag mehr. Okay?"

„Na klar. Es wird ja vielleicht auch ein paar Materialien geben, die wir da mitnehmen können."

„Jawohl. Steckt euch ein, was Ihr findet. Und ihr könnt natürlich euch wichtige Bilder abfotografieren. Alle anderen Einzelheiten dann am Nachmittag. Genau."

So geschieht es. Genau. Die Fotos von den Flusslandschaften auf dem Balkan sind, auch in den Vergrößerungen, von hervorragender Qualität. Sie zeigen die ganze Schönheit dieser Landschaften als „blaues Herz Europas" und werben damit auch um die Gunst westeuropäischer Touristen, die diese Region noch immer nicht richtig entdeckt haben. Andererseits zeigen die Bilder auch die Spannung zwischen der Armut dort, wo noch die unberührte Landschaft ist und der Beeinträchtigung bis Zerstörung der ursprünglichen Natur dort, wo Staudämme gebaut sind und Strom aus Wasserkraft gewonnen wird, wo sich aber in der Folge auch Gewerbe ansiedelt und der Wohlstand steigt. Was ist wichtiger? Oder: Wie kriegt man das unter einen Hut? Kjell und Pit nehmen diese Spannung mit, wie auch ein Heftchen, das diesen spannungsvollen Aufbruch in die Zukunft mit einer Fülle von Details unterstreicht.

„Hallo, wir haben uns gerade den Bauch vollgeschlagen und mit einem halben Liter Amstel nachgespült", melden Pit und Kjell sich am Nachmittag zurück. „Eigentlich brauchten wir jetzt zwei Liegen zum Abhängen. Aber wie ich dich kenne, liebe Anna, müssen wir wohl arbeiten. Sonst reißt du uns den Kopf ab. Ja?"

„Genau. Da kenne ich keinen Pardon."

„So kenne ich mein liebes Schwesterlein. Wenn man nicht pariert, gibt es Dresche", klingt sich Jan ins Gespräch ein und zu Anna gewandt: „Du solltest dich als Offizier bei der Fremdenlegion bewerben. Da kannst du dich austoben. Aber ob die Frauen nehmen?"

„Ich würde mir schon Respekt verschaffen! Genau! Schließlich habe ich sogar schießen gelernt. Genau."

Wild ballt sie ihre Fäuste.

„Na gut. Nun lassen wir mal den Spaß beiseite", meldet sich Kjell zu Wort. „Da wir in drei Wochen los wollen, lasst uns zur Sache kommen. Ich weiß bisher nur, dass wir auf dem Balkan den Bau von Staudämmen verhindern und die Fackel der UN-Resolution 70/1 an junge Leute dort weitergeben sollen, die wir erst mal finden müssen. Ich finde, das sind zwei mächtige Brocken für zehn Tage. Also, wie habt ihr euch das gedacht?"

„Zehn Tage inklusive An- und Abreise", ergänzt Pit und erhebt schulmeisterlich den Zeigefinger.

„Und inklusive einer dreitägigen Wanderung", wirft nun Anna lachend ein. „Oder habt ihr das gar nicht geschnallt?"

„Doch, doch", stottert Kjell, „ich habe mir ja entsprechend schon Wanderschuhe gekauft."

„Und einen Wanderstock", fügt Pit hinzu, „ falls es durch die Berge geht. Und mein Rucksack ist, wie immer für unbekanntes Gelände, als Not-Rucksack gepackt. Aber, wie man bei uns sagt: Nichts Genaues weiß man nicht. Also, klär uns bitte auf."

„Genau. Dazu sind wir ja jetzt hier."

Anna klappt ihren Laptop auf und klickt auf „Bosnien."

„Also gehen wir mal der terminlichen Reihenfolge nach. Genau." Klick. „Das hatte ich euch ja schon mitgeteilt: Es geht am 10. Juli los. In Sarajewo. Das ist ein Donnerstag. Da fahren vom zentralen Busbahnhof ab Mittag Busse nach Srebrenica. Ich denke, wir konzentrieren uns auf den Bus um 18 Uhr. Es ist wahrscheinlich der letzte. Jedenfalls nach den Anmeldungen bis jetzt, wie ich vom Organisationsteam in Srebrenica gehört habe. Habt Ihr schon Flugtickets gebucht?"

Kjell und Pit nicken bejahend: „Alles klar."

„ Nun aber: Was wollen wir in Srebrenica? Na?"

„Keine Ahnung."

„War da nicht mal so ein Massaker? Irgendwo habe ich den Namen mal gehört: Srebrenica. Aber was genau und wann, keine Ahnung."

„Dass ihr keine Ahnung habt, ist nicht verwunderlich. Denn 1995 waren wir drei noch gar nicht geboren. Und Jan hat mit seinen damals drei Jahren ganz bestimmt auch nichts davon mitgekriegt. Oder doch?"

„Na selbstverständlich, liebes Schwesterlein. Ich habe sogar Tagebuch darüber geführt. Und manche Träne ist in mein Tagebuch gefallen und hat die Schrift völlig verwischt, so dass man heute fast nichts mehr lesen kann. Aber mir hat sich alles tief eingeprägt. Also es war so…. Unterbrich mich bitte nicht, Anna. Ich bin schließlich in dieser Runde der einzige Augen- und Ohrenzeuge jener Zeit und habe deshalb ein gewisses Recht, die Geschichte von damals zu erzählen."

„Das Recht wollen wir ihm zugestehen. Denn er hat alles gut recherchiert. Aber ihr müsst ihm nicht alles glauben, von wegen Tagebuch oder so. Als Mädchen habe ich ihm immer alles geglaubt. Wenn er mir sagte, dass die Niederlande das größte

Land der Welt seien, ich habe es geglaubt. Weil, schon der Weg zur Oma, so ein Kilometer, war ja für mich schon endlos weit. Genau. Und wenn er erzählte, dass im Königsschloss alles aus Gold sei, die Betten, die Türklinken, das Geschirr, auch das Nachtgeschirr, haha, ich habe es geglaubt. Genau. Also passt auf, ob er euch einen Bären aufbindet oder ob es wahr ist, was er erzählt. Du bist dran, großer Bruder, schieß los."

„Na gut. Ich schwöre, dass ich die Wahrheit sage und nichts als die Wahrheit."

Dabei streckte er die drei Schwurfinger in die Höhe und lachte.

„Na gut. Ihr wisst aus dem Geschichtsunterricht oder von zu Hause, besonders du, Pit, als Berliner, dass nach dem Fall der Berliner Mauer auch das große Reich der Sowjetunion zerfiel. Es hatte halt abgewirtschaftet. Und im Zuge des Zerfalls dieses Riesenreiches zerfiel auch ein Satellitenstaat auf dem Balkan: Jugoslawien. Das brachte einen schlimmen Bürgerkrieg mit sich mit mehr als 100.000 Toten, weil die ethnische und religiöse Bevölkerungsvermischung klare Grenzziehungen für unabhängige neue Staaten nicht zuließ. Dazu kam Serbien als einer der Hauptakteure auf dem Balkan. Serbien meinte aus historischen und ethnischen Gründen Ansprüche auf große Gebiete des Westbalkan erheben beziehungsweise mit Gewalt durchsetzen zu können. Die UNO versuchte mit Blauhelmen dem Blutvergießen ein Ende zu machen. So wurde zum Beispiel für die besonders betroffene Minderheit der Bosniaken, dem muslimischen Bevölkerungsanteil in Bosnien, eine Schutzzone in und um Srebrenica eingerichtet. 400 Blauhelme hatten dort ein großes Lager errichtet, wo sie die Bosniaken aufnehmen und beschützen sollten. Das war im vergangenen Jahrtausend, 1995. Die Bosniaken kamen auch zu Tausenden. Nur, die serbischen Milizen unter dem dann in Den Haag verurteilten General Mladic kamen auch. Sie eroberten Srebrenica und bedrohten sowohl das Blauhelmlager als auch die Zehntausende muslimischer Flüchtlinge. Es kam zu schrecklichen Vergewaltigungen und Morden an den Flüchtlingen. Die Blauhelme aber griffen nicht ein."

„Waren das nicht sogar Niederländer, wie ich irgendwo mal gehört habe?"

„Klar", fügte Pit hinzu, der sich inzwischen am Handy schlau gemacht hatte. „Vierhundert niederländische Blauhelme haben hilflos – oder aus Angst – zugeschaut bei den Massakern. Peinlich."

„Das war es ja, was mir schon als Dreijährigem die Tränen in die Augen trieb", und wieder wischte sich Jan über die Augen, „unsere fast sprichwörtliche Friedfertigkeit hatte da ihre peinliche Kehrseite. Peinlich, peinlich bis heute."

„Genau. Und das war ja noch nicht alles…"

„Lass mich mal. Schließlich waren es unsere Männer, die da die Hosen voll hatten. Es ging ja noch weiter. Unsere Blauhelme haben es zwar geschafft, Busse zu organisieren, so dass Tausende Frauen und Kinder in sicheres Gebiet gebracht werden konnten, aber auch da mischten die serbischen Milizen mit und griffen sich unbehindert aus den Bussen die Mädchen und jungen Frauen, die sie gerade haben wollten. Viele von denen sind nie wieder aufgetaucht. Und unsere Männer haben zugeschaut. Dann aber kam das Schlimmste. An achttausend männliche Bosniaken, darunter viele Halbwüchsige, wollten in Richtung jenes Gebietes bei Tuzla, wo ihre Frauen, Mütter und Kinder hingebracht wurden, fliehen. Sie hätten zu Fuß drei Tage bis dahin gebraucht, vom 11.-13. Juli 95. Doch die meisten wurden gleich mit vorgehaltenen Waffen aufgegriffen und mit dem Versprechen, dass Busse sie auch nach Tuzla bringen würden, zur Überprüfung auf Kriegsverbrechen in einer großen Fabrikhalle in Potocari eingesperrt. Doch die serbischen Überprüfer machten kurzen Prozess. Offenbar wurden alle kriegsfähigen Männer zwischen dreizehn und sechzig Jahren, qua bosniakischer Existenz, zu Kriegsverbrechern erklärt und zum Tode verurteilt. Dann kamen auch die Busse, brachten sie aber nicht zu ihren Familien nach Tuzla, sondern zu vorbereiteten Erschießungsplätzen, wo schon Bagger bereit standen, um Massengräber auszuheben."

„Das habe ich im Fernsehen mitgekriegt, die Exhumierungen und Bestattungen. Da findet man ja bis heute noch Knochen und identifiziert und beerdigt sie. Schrecklich", warf Pit ein.

„Richtig", fuhr Jan fort. „Einem Teil gelang zwar die Flucht. Aber sie konnten natürlich nicht auf der Straße gehen. Die war vom serbischen Militär beherrscht. So bahnten sie sich einen Weg durch Wälder und Berge, um vor ihren Feinden etwas geschützt zu sein. Doch es kamen nur ganz wenige an. Die meisten wurden unterwegs erschossen oder anderswie umgebracht. Man hat ja dieses Massaker inzwischen als Genozid gebrandmarkt. Richtig daran ist, dass es seinem Ziel nach eine ethnische Säuberung war. Das hat sich natürlich alles tief ins kollektive Gedächtnis jenes Bevölkerungsteiles eingebrannt."

„Genau. Und deshalb wollen wir beide als Niederländer dort auch ein Zeichen setzen und an dem Marsch des Friedens und der Versöhnung teilnehmen, der vom 11.-13. Juli von Srebrenica nach Tuzla gehen wird. Also genau an den Tagen und auf dem Weg, der den Flüchtlingen von vor genau dreißig Jahren zum Todesmarsch wurde. Bisher waren die Friedensmärsche immer von Tuzla aus in Richtung Srebrenica, beziehungsweise zum Genocide Memorial gegangen, also dorthin, wo bis heute die Überbleibsel der ermordeten Bosniaken beigesetzt werden. Es ist inzwischen eine riesige Gedenkstätte mit Tausenden von Stelen. Sehr eindrucksvoll. Diesmal soll der Marsch aber hier beginnen. Die Idee ist, dass die Stätte des Grauens diesmal nicht Ziel, sondern Ausgangspunkt für einen Weg der Hoffnung und der Versöhnung sein soll, ein Weg, der dann nicht nur bis Tuzla, sondern weiter durch die ganze Welt gehen soll. Genau. Die Erinnerung an die Schrecken soll gewissermaßen Antrieb sein für eine Welt ohne Schrecken. Genau."

„Ich darf mal kurz unterbrechen", sagte Jan, „es soll um eine umfassende Versöhnung gehen. Auch die Bosniaken waren ja nicht ganz schuldlos. Im vorhergehenden Verlauf des Bürgerkrieges hatten auch sie schon Rache geübt an serbischen Dörfern und Mitbewohnern. Die Zahlen schwanken zwischen fünfhundert und tausend serbischen Zivilisten, die dabei umgekommen sein sollen. Das Massaker der Serben war nun wieder ein Rachefeldzug in umgekehrter Richtung, freilich in den Ausmaßen eines Genozid. Übrigens", hier machte Herr Lehrer Jan eine bedeutsame Pause und hob den Zeigefinger, „auf dem Balkan hat der Rachegedanke eine lange Tradition – bis hin zur Blutrache zwischen einzelnen Familien – bis heute!"

„Und diese blutige Tradition wollen wir mit dem Friedensmarsch beenden?"

Kjells Stimme ließ wieder einmal seine tief sitzende Skepsis erkennen.

„Wir wollen es wenigstens versuchen", ergriff Anna wieder das Wort. „Wir von Greenpeace sind es doch gewohnt, schier unmögliche Dinge anzupacken. Und wir sehen doch mit Staunen, wie viele Menschen, besonders junge Menschen inzwischen mitmachen. Auch auf dem Balkan! Genau. Auch Serben und Bosniaken. Es gibt Hoffnung! Auch die Hoffnung, die Spirale der Gewalt und der Rache genauso zu beenden wie die Spirale der Zerstörung der dortigen Flusslandschaften. Genau."

„Na gut. Die Hoffnung stirbt zuletzt."

„Ich habe übrigens vom Organisationskomitee eine Anfrage, ob ich zum Start des großen Marsches auch ein paar Worte sagen würde", fuhr Anna fort. „Einerseits als Vertreterin von G. I., anderseits als Niederländerin und drittens als Jugendliche, die damals noch nicht geboren war, also ganz unbelastet ist. Genau. Wir wollen ja nicht nur Änderungen in der Umweltpolitik, sondern auch Änderungen im menschlichen Miteinander, wie es auch in der UN-Resolution von 2015 heißt…, wo steht es denn gleich? Ach hier: ‚Wir sehen eine Welt vor uns, in der die Menschenrechte', blablabla, ‚die Gleichheit und die Nichtdiskriminierung allgemein geachtet werden, in der Rassen, ethnische Zugehörigkeit und kulturelle Vielfalt geachtet werden' usw. Genau. Und da wollen wir besonders als Niederländer die Fackel für die beschämenden Ereignisse von damals und die heute notwendige Gleichheit und gegenseitige Achtung hochhalten."

„Das ist ja ein schönes Ideal. Hoffentlich sehen es die da auch so."

Kjell konnte es sich nicht verkneifen, seiner Skepsis noch einmal Ausdruck zu verleihen.

„Du kannst ganz unbesorgt sein, Kjell, wir zwei oder wir vier sind ja da nicht alleine. Man rechnet mit bis zu achttausend Teilnehmern bei diesem Friedensmarsch, in erster Linie natürlich aus Bosnien, aber auch aus vielen Ländern Europas. Zum 25. Jubiläum war ja alles wegen der Corona-Pandemie ausgefallen. So soll zum 30. Jahrestag alles umso eindrücklicher werden. Ist ja verständlich. Genau."

„Und wenn die da keinen Unterschied machen zwischen alten und jungen Niederländern?"

„Dann bestimme ich dich, Kjell, zu meinem besonderen Bodyguard. Als Schwede bist du unbelastet. Und bei deinen Schultern und Fäusten haben bestimmt alle Bösewichte Respekt. Machst du eigentlich Sport?"

„Klar."

„Was denn?"

„Boxen."

Allgemeine Heiterkeit.

„Dann beauftragen wir dich hiermit, uns aus jeder problemati-schen Situation heraus zu boxen. Dafür kriegst du auch mal ein Bier umsonst."

Haha.

„Also, wenn schon, dann einen ganzen Kasten!"

Haha.

„Darüber werden wir uns schon noch einig. Genau. Jetzt zurück zur Sache. Genau. Mit dem Marsch verbinden wir auch gleich unser eigentliches Anliegen, nämlich vor Ort Menschen zu fin-den, die sich mit den alten Organisationen von Riverwatch und EuroNatur vernetzen zum Schutz ihrer herrlichen Flussland-schaften. Wir bleiben ja nicht dort. Wir können nur versuchen, alle Naturfreunde, die es dort gibt, zusammen zu bringen und mit Hilfe unserer Mittel und Erfahrungen zu einem gewichtigen und erfolgreichen Widerstand gegen die wahnsinnigen Stau-dammprojekte zu organisieren. Vor einigen Jahren gab es da schon manche Demos, aber die haben niemand von den rei-chen Staudamminvestoren Angst gemacht. Und dann kam Corona. Genau. Und nun muss es einen neuen Ruck geben."

„Deshalb haben wir einen Flyer vorbereitet", nimmt Jan den Faden auf. „ Hier, schon mal zur Ansicht für jeden von euch. Den wollen wir unterwegs auf dem Marsch verteilen. Unser Ziel ist, am Sonntag, nach der letzten Etappe, eine Zusammen-kunft aller örtlichen Kräfte und neuen Interessenten zustande zu bringen und bestimmte Aktionen an den Staudämmen be-ziehungsweise Flüssen anzuregen. Riverwatch und EuroNatur sind informiert und bereit. Verbindungsmann ist ein gewisser Ratko, der uns nahesteht. Unsere Aufgabe ist es zunächst, durch das Verteilen dieser Flyer auf dem Marsch möglichst viele neue Umweltfreunde für das Treffen am Sonntag zu gewinnen. Wer von denen dann aktiv mitmachen will, wird sich zeigen. Es werden hoffentlich Leute aus verschiedenen Ländern des Balkan sein, aber möglicherweise auch Aktivisten aus anderen europäischen Ländern. Schließlich gilt der Balkan durch seine herrlichen, noch weithin wilden, Flusslandschaften als das ‚Blaue Herz Europas'. Habt Ihr wohl im FOAM auch gesehen?"

„Na klar."

„Einfach verlockend für einen Wanderurlaub."

„Oder Kanuurlaub."

„Und deshalb denke ich", schloss Jan seine Darlegungen, „ hier lohnt sich jede Kraftanstrengung, auch für uns vier. Doch nun äußert ihr beiden euch mal. Nicht zu Urlaubswünschen, sondern zur Sache."

„Hört sich alles gut durchdacht und logisch an", ergreift Kjell als erster der Angesprochenen das Wort. „Dass es da um das ‚blaue Herz Europas' geht, ist uns vorhin bei den Fotos im FOAM ja schon klar gemacht worden. Habe ich noch nie vorher von gehört, zumal blau eine typisch schwedische Farbe ist bei unserem vielen Wasser und Himmel. Aber solche gewaltigen und wilden Flusslandschaften wie auf dem Balkan haben wir oben nicht. Da können wir nicht mithalten. Da können wir nur mithelfen, dieses europäische Kleinod zu erhalten. Genau, wie du, liebe Anna, immer sagst. Also: genau. Aber wie geht es dann weiter? Schließlich haben wir nach dem Marsch noch eine ganze Woche Zeit. Wie soll die gefüllt werden? Vielleicht doch mit Wildwasserkanu? Oder was habt ihr euch gedacht?"

„Oder wir machen eine Rundfahrt durch Bosnien-Herzegowina, lernen Land und Leute kennen, sowie die bedrohten Flusslandschaften und ihre sie bedrohenden Staudämme und Wasserkraftwerke. Vielleicht seilen wir uns auch an einem Staudamm ab und befestigen in gut sichtbarer Höhe ein riesiges Plakat mit der Aufschrift ‚save the river' oder sowas. Aber wie ich euch kenne, habt ihr etwas Ähnliches schon in Vorbereitung. Stimmt`s?"

Pit sah die beiden Niederländer durch seine ziemlich starke Brille herausfordernd an.

„Im Übrigen geht mir schon die ganze Zeit eine Frage durch den Kopf, die mir bei der Ausstellung im FOAM kam: Woher nehmen wir überhaupt die Gewissheit, dass wir beim Kampf gegen die Staudämme auf der richtigen Seite sind? Lass mich mal ausreden, Anna. Ja, du bist gleich wieder dran. Aber bei den Bildern dort war eindeutig diese Spannung zu erkennen: Auf der einen Seite die herrliche Flusslandschaft, friedliche Angler und – arme Hütten. Auf der anderen Seite eine durch Staudämme teilweise, nicht immer! – gestörte Landschaft, aber mit Gewerbe und neuen schönen Häusern. Also Wohlstand. Wenn wir da wohnen würden und entscheiden müssten. Was würden wir wählen? Die einfache Hütte mit Bollerofen und Holz aus dem Wald und zum Essen den Fisch aus dem Fluss? Oder ein Häuschen mit ausreichend Strom, auch für eine moderne Heizung im Winter. Dazu allerlei Konsum- aber auch Bildungs- und Gesundheitsangebot im Gewerbegebiet? Moment, liebe Anna, ich bin noch nicht fertig. Hinzu kommt, dass Strom aus Wasserkraft genau den grünen Prinzipien entspricht: keine fossilen Brennstoffe, regenerative Energie, also grüne Energie. Es ist klar, dass es ein Eingriff in die Landschaft ist. Übrigens: Auch unsere vielen Windräder sind ein Eingriff in die Landschaft. Aber noch wichtiger: Können wir Westeuropäer aus der Situation unseres Wohlstandes heraus den Menschen dort vorschreiben, was sie zu tun und zu lassen haben? Können wir ihnen wirklich sagen, dass sie lieber arm in ihrer wilden Flusslandschaft leben sollen, statt im Wohlstand aus Wasserenergie? Oder sollen wir gar verlangen, dass sie alles so belassen sollen wie es ist, damit wir Westeuropäer als Touristen dort eine unberührte Flusslandschaft vorfinden? Die Ausstellung im FOAM hat mich jedenfalls nicht bestärkt in unserm Projekt, sondern Zweifel bei mir aufkommen lassen, ob die augenscheinliche Spannung dort so einfach aufzulösen ist. So, das musste ich einfach mal sagen."

Anna war schon lange aufgesprungen und während dieses Statements wild fuchtelnd hin und her gegangen. Jetzt machte sie ihrem Herzen Luft: „Lieber Pit, falls du es noch nicht geschnallt hast, lass es dir gesagt sein: Der Wohlstand, von dem du redest, wird erkauft zu einem teuren Preis. Genau. Die Staudämme und die damit verbundenen Flussregulierungen schaden nicht nur der Natur, sondern auch dem Klima und am Ende den Menschen. In den Stauseen wird durch verfaulende Pflanzen und chemische Prozesse unendlich viel mehr CO_2 und das noch schädlichere Methangas freigesetzt als in natürlichen Gewässern. Außerdem wird den Flüssen selbst geschadet, weil die Sedimente, die sie mit sich führen, bei den Sperren der Staudämme abgelagert werden. Nebenflüsse trocken aus. Die Deltabildung funktioniert nicht mehr, der Huchen, den es nur noch dort gibt, stirbt aus. Und der Tourismus bleibt aus, denn regulierte Flüsse haben die Touristen auch zu Hause, samt den damit zusammenhängenden Problemen und so weiter. Genau. Es ist ein trügerischer Wohlstand, der ihnen noch einmal leidtun wird. Und die bis 2030 angestrebte Klima- bzw. CO_2-Bilanz erreichen sie so nie. Genau. Das muss auch gesagt werden. Genau."

Und wumms. Ein ordentlicher Schlag auf den Tisch.

„Aber sie erreichen, dass sie ein eigenes Häuschen und ein Auto haben."

Kjell konnte es sich nicht verkneifen, Pit beizustehen und Anna noch mehr zu reizen.

Doch nun schritt Jan ein: „Ich denke, es ist falsch, Wohlstand gegen urige Natur, Klimaschutz gegen Naturschutz, grüne Ökonomie gegen grüne Ökologie auszuspielen. Wir müssen doch anstreben, dass bei steigendem Wohlstand nicht die Natur, einschließlich Klima, auf der Strecke bleiben und beim Kampf um Naturschutz nicht der Wohlstand auf der Strecke bleibt. Es kommt doch darauf an, einen gesunden Ausgleich zu finden. Deshalb muss man beides als Ziel im Auge behalten, aber gucken, was man in der augenblicklichen Situation mehr betonen, beziehungsweise wofür oder wogegen man kämpfen muss, damit eine der genannten Seiten nicht hinten runterkippt. Und der Wildwuchs von Hunderten oder gar Tausenden geplanter Minikraftwerke mit ihren Staudämmen zerstört im Augenblick mehr als dass er Nutzen bringt. Und da zeigt die Analyse eindeutig, dass auf dem Balkan und besonders in Bosnien alle, die was zu sagen haben, auf schnellstmöglichen Wohlstand fixiert sind und die Bewahrung der heimatlichen Landschaft, um nicht zu sagen des blauen Herzen Europas, könnte dabei irreparablen Schaden nehmen. Das Ziel unserer Aktionen muss sein, die Aktivisten vor Ort zu stärken, dass sie größtmögliche Reservate für Flusslandschaften erreichen, verantwortbare Staudammprojekte aber nicht behindern."

„Bravo."

„Richtig. Das hört sich doch gut an: ein Ausgleich der Interessen. Da kann ich auch voll mitgehen", betonte Pit. „Nun müssen wir uns nur ein bestimmtes Projekt raussuchen, wo der Staudammbau nicht nur hässlich, sondern auch in jeder Weise unzweckmäßig oder unverhältnismäßig ist. Ergo: was deshalb zu verhindern ist!"

„Genau", Anna hatte sich wieder beruhigt und gesetzt. „Der Fluss, der uns besonders am Herzen liegt, ist die Sana. Die soll eine herrliche Quelllandschaft haben, die auch touristisch schon erschlossen ist, aber wenige hundert Meter weiter wird der Staudamm für ein Wasserkraftwerk gebaut mit allen denkbar schlimmen Folgen für den Fluss und das Klima. Und die Krone: weiter unten sollen noch viele Ministauseen mit Minikraftwerken gebaut werden, manche nur mit 1 Megawatt. Also kleine Kraftwerke mit großem Schaden. Alle diese zerstörerischen Kraftwerke reichen nicht aus, um auch nur ein Kohlekraftwerk zu ersetzen. Wahnsinn. Genau. Mit unseren Freunden vom Netzwerk ‚Balkan River Defense' werden wir da etwas machen. Da die das vorbereiten, weiß ich jetzt auch noch nichts Genaueres. Lassen wir uns überraschen. Genau. Einverstanden, Pit?"

„Na freilich. Nach den Klarstellungen von Jan bin ich voll dabei. Also die Sana. Und wie kommen wir da hin?"

Anna ist nun wieder Herr der Situation. Oder sagt man Frau der Situation? Egal. Genau: „Wie du schon vermutet hattest, Pit, wird es eine richtige Rundreise. Genau. Wir haben einen Jeep geordert. Und hier haben wir einen Plan, wie die Rundreise aussehen könnte. Könnte. Konjunktiv. Bei den Straßenverhältnissen dort werden wir wohl sehr flexibel sein müssen. Genau."

Damit schob sie Kjell und Pit je eine Schwarz-Weiß –Karte hin.

„Und wo übernachten wir?"

„Das wird unterschiedlich sein. Auf dem Marsch werden zwei Camps aufgebaut sein und am Ziel in oder bei Tuzla wartet der Jeep auf uns, der uns in ein Quartier unserer dortigen Freunde bringen wird. Zur Not sind auch Zelte dabei. Im Übrigen gilt wie immer: flexibel sein! Genau."

So ging das noch lange hin und her. Manchmal verbissen sie sich in Einzelheiten, ohne sie wirklich auflösen zu können. Ein andermal träumten sie von den wilden Flusslandschaften, die sie sehen und in die sie an sicherer Stelle vielleicht auch eintauchen würden. Einig waren sich alle vier, dass sie zu den Finanzen, die Amnesty International bereitstellen würde, jeder auch das Seine beitragen müssten, auch Pit, der eigentlich noch gar kein Geld verdient hatte.

„Für eine gute Sache muss man auch bereit sein, Opfer zu bringen", meinte er. „Und außerdem haben wir ja auch etwas davon. Wir werden viele neue Erfahrungen und auch Fotos mit nach Hause bringen. Die nächste Ausstellung hier im FOAM werden wir bestücken. Haha."

Einig war man sich auch in der Notwendigkeit des Unternehmens und in der Gewissheit, dass sie einen höheren Auftrag hatten, eine Sendung, nämlich im Sinne der UNO und in Einmütigkeit mit den Völkern der Welt, als junge Generation die Fackel der natur- und menschenfreundlichen Veränderungen auf den Balkan zu tragen. Mit der für die Jugend typischen Begeisterung für eine gute Sache schlossen sie deshalb diese Vorbesprechungen ab.

„Time for change!"

„Unsere Kraft zeigt Wirkung!"

„Genau!"

„Packen wir`s an!"

Dann widmeten sie sich gemeinsam unter flotten Sprüchen dem Abendessen.

Danach saßen sie noch ein, zwei Stündchen bei Amstelbier, fröhlichen Gesprächen und Gesängen zusammen. Jan hatte aus der Liederschatzkiste seines Großvaters ein Lied zur Mundorgel ausgegraben, die er selbst gut zu spielen verstand.

„Das Lied hieß ursprünglich ‚Jan und Hein und Klaas und Pit, die haben Bärte, die fahren mit'. Das war jedenfalls der Refrain. Da ich bei den Anmeldungen deinen Namen, Pit, las, kam mir das alte Liedchen in Erinnerung, das mein Großvater mit Begeisterung gesungen hatte, während er dazu über seinen beachtlichen Bart strich. Hat mich immer sehr beeindruckt. Aber nun habe ich es für uns etwas passend gemacht. Im Zeitalter der weiblichen Gleichberechtigung dürfte ja auch Anna einen Bart tragen, aber sie hat nun mal keinen. Manchmal scheitert die Gleichberechtigung einfach an den geschlechtsspezifischen Merkmalen. Wollen manche nicht wahrhaben. Ich kann meiner Schwester aber noch so lange aufs Kinn schauen, es wächst kein Bart. Oder soll ich noch warten, liebes Schwesterlein?"

„Quatsch nicht so blöd. Ich guck ja auch nicht auf deine Brust, ob da was wächst."

„Sag ich doch. Gleichberechtigung hin oder her. Wo nichts ist, ist nichts. Also nehmen wir statt Bärte – Messer. Auf solch einer Fahrt sollte jeder ein Messer, ein Fahrtenmesser, bei sich haben. Also der Refrain geht dann für uns so: ‚Jan und Anne und Kjell und Pitt, die haben Messer, die haben Messer; Jan und Anne und Kjell und Pit, die haben Messer, die fahren mit'. Aus Anna machen wir zum flüssigeren Singen das englische Anne. Also singt mal mit: Jan und Anne …".

Beim zweiten Amstel ging es dann unter allgemeiner Heiterkeit schon besser: ‚Jan und Anne und Kjell und Pit…'

„Und hat das Lied außer einem Refrain auch Strophen?"

„Natürlich. Im alten Lied heißt es: ‚Alle, die mit uns auf Kaperfahrt gehen, müssen Männer mit Bärten sein…' Für uns angepasst und im Einverständnis mit Anna habe ich Männer durch Kerle ersetzt. Es ist ja heut durchaus üblich voller Achtung von einer Frau zu sagen: ‚Die ist ein ganzer Kerl'. Also eine Frau, die das Leben tapferer anpackt als ihr Schlappschwanz von Mann.

Ich habe auch schon zwei Strophen vorbereitet, die ihr dann gerne noch ergänzen könnt: ,Alle, die mit uns nach Bosnien fahren, müssen Kerle mit Messern sein'. Und alle! ,Jan und Anne und Kjell und Pit, die haben Messer, die haben Messer. Jan und Anne und Kjell und Pit, die haben Messer, die fahren mit. Und die zweite Strophe aus Großvaters Liedheft: ,Alle, die Tod und Teufel nicht fürchten, müssen Kerle mit Messern sein: Jan und Anne...'. Haha. Prost!

Beim dritten Amstel überboten sich die Anwesenden im Hinzufügen von Strophen. Als letzte blieb allen in Erinnerung: ,Alle, die Bären und Räuber nicht fürchten, müssen Kerle mit Messern sein: Jan und Anne und Kjell und Pit, die haben Messer, die haben Messer, Jan und Anne und Kjell und Pit, die haben Messer die fahren mit'.

Plötzlich hatte Kjell ein Taschenmesser in der Hand, mit dem er aufgeklappt in der Luft herum fuchtelte und partout noch einmal die Strophe mit den Bären und Räubern singen musste. „Nun lass man gut sein, Kjell". Anna zog seinen Arm herunter und klappte vorsichtig das Messer zu. „Wir sind keine Bären und Räuber. Gebrauche das Messer, wenn es nötig ist. Genau. Ich würde jetzt aber vorschlagen, dass wir für heute und diesmal Schluss machen. Ich habe den Eindruck, es war ein guter Tag und wir sind ein prima Team. Was meint Ihr?"

Alle strecken die Daumen hoch und signalisieren freudige Zustimmung.

„Hier noch die Liste mit unseren Adressen und Handynummern. Ich schicke sie auch noch mal mit der letzten Mail vor Abfahrt. Wenn Ihr noch fragen habt, Ihr habt ja meine Mail- und Handyadresse!"

„Am 10 Juli sehen wir uns In Sarajewo wieder!"

„Spätestens 18 Uhr am Busbahnhof!"

„Jeder mit seinem Messer!"

Marsch für Frieden und Versöhnung

„Da kommt er ja!"

„Mann, der hat Nerven. Fünf Minuten vor Abfahrt."

Die drei im Bus grinsten, als sie Pit mit seinem Rucksack, der fast größer war als er selbst, über den Platz kommen sahen. Hinter ihm strebten noch zwei oder drei andere Zuspätkommer auf den Bus zu. Als er dann keuchend einstieg, wurde er von seinem Team mit großem Hallo empfangen.

„Hallo Pit, hast du Messer mit?"

Hahaha.

„Warum keuchst du so sehr, verfolgt dich etwa ein Bär?"

Allgemeine Heiterkeit im Bus.

Dann umarmten ihn alle drei und beteuerten ihm, dass sie froh seien, dass er es noch geschafft habe.

Als Pit seinen Platz eingenommen und wieder einigermaßen bei Puste war, erzählte er, dass er sich eigentlich schon seit letztem Abend in Sarajewo aufhielt und Zeit genug hatte. Er hatte gestern einen Billigflieger von Berlin erwischt und dachte, dass es doch ganz schön wäre, einen ganzen Tag für Sarajewo zu haben.

„Es war auch alles sehr schön, nur eben auf der Fahrt hierher krachte die Tram mit einem PKW zusammen, oder umgekehrt, ich weiß nicht. Jedenfalls mussten wir alle aussteigen und laufen. Na ja, gerade nochmal gut gegangen."

Er wischte sich den Schweiß von der Stirn, während der Fahrer draußen seinen Rucksack verstaute.

„Alles gut, Pit."

„Hauptsache, wir sind alle zusammen."

„Und freuen uns jetzt auf die Fahrt und die nächsten drei Tage."

„Der Fahrer kommt. Es wird gleich losgehen."

So dachte der Fahrer auch. Doch als er den Motor anwarf, gab der merkwürdige Geräusche von sich. Er schaltete noch einmal aus. Dann wieder ein. Dasselbe. So ging es ein paar Mal, während etliche Fahrgäste anfingen, ihre Witze zu machen oder allerlei Kommentare zum Besten zu geben.

„Manchmal hilft, gut zureden!"

„Oder ein Hammer. Bei mir hilft immer ein Hammer, sei es, einen Motor zur Räson zu bringen oder zu verschrotten."

„Vielleicht braucht er einfach ein bisschen Öl. Scheint ja ein ziemlich alter Bus zu sein", mischte sich nun auch Pit ein, der sich anscheinend von seinem Stress erholt hatte. „Der Bus ist mal in Deutschland gefahren, vielleicht sogar in Berlin? Jedenfalls steht da vorne für mich noch gut zu lesen: ‚Während der Fahrt nicht mit dem Fahrer sprechen' und da drüben ‚Rauchverbot' und dass der Bus 52 Sitzplätze hat und Stehen verboten ist. Typisch deutsch, wie ich finde: es wimmelt von Verboten. Haha. Ich muss es ja wissen. Kurz und gut: Dieser alte Diesel hat bestimmt schon ein paar Hunderttausend Kilometer auf dem Buckel. Und so ein alter Bus verliert schon mal ein bisschen Öl. Wetten? Wenn wir mal alt sind, verlieren wir ja auch das eine oder andere: Zähne, Haare, und …"

„Das Gedächtnis", warf Jan ein. „Dann geht es uns so wie den Schulfreunden, die sich zur Feier des 50. Geburtstages treffen. ‚Wo gehen wir denn hin'? fragt einer. Sie beschließen: zum Hirschen. Da sind hübsche junge Kellnerinnen mit tiefem Dekolleté. Zehn Jahre später feiern sie 60. ‚Wo gehen wir denn hin'? ‚Zum Hirschen. Da gibt es guten Braten'. Wieder zehn Jahre weiter feiern sie den 70. Die übliche Frage: ‚Wo gehen wir denn hin'? Zum Hirschen, da braucht man keine Treppen steigen. Zum 80., man ahnt es, ‚Wo gehen wir denn hin'? Zum Hirschen. Da waren wir noch nie."

Ein Augenblick Stille. Dann brüllen sie los vor Lachen. Auch alle Umsitzenden, die den Witz mitgehört haben.

„Völlig dement!" Haha

„Klasse!" Haha

Kjell schlägt sich vor Vergnügen auf die Schenkel, dann dem Vordermann auf die Schultern. Pit muss die Brille abnehmen, um sich die Lachtränen wegzuwischen. Dann gibt es noch eine Salve: Hahaha.

Nur Anna zieht etwas verständnislos die Mundwinkel herab: „Blödmänner."

Irgendwie sind Männlein und Weiblein eben doch nicht ganz gleich.

Inzwischen gab der Motor gar keinen Ton mehr von sich und der Fahrer griff zum Handy, um offenbar jemand, der gerade beim Abendessen saß und nicht gestört werden wollte, zu erklären, dass er dringend Hilfe brauche, denn in seinem Bus säßen fünfzig Leute, die nach Srebrenica wollten. Dabei gestikulierte er wild mit den Armen und drehte sich öfter zu seinen Fahrgästen um, als wolle er von ihnen die Dramatik der Situation bestätigt haben. Endlich hatte er wohl den Gesprächspartner überzeugt, dass er Hilfe schicken wollte.

„In zehn Minuten kommen die Monteure", ließ er weitersagen, „und wer will, kann sich draußen so lange noch die Beine vertreten."

Unser Team und viele andere Mitfahrer nahmen das Angebot an und standen in Gruppen rings um den Bus, diskutierten den Zeitplan für morgen, wo es um 8.30Uhr mit etlichen Reden zum 30. Jahrestag des Massakers losgehen sollte, bevor man die gut dreißig Kilometer Fuß- beziehungsweise Friedensmarsch für diesen Tag in Angriff nehmen würde. Natürlich mit Gepäck.

„Wie lange werden wir denn für den Weg brauchen", wollte Pit wissen.

„Ich habe ausgerechnet", übernahm Anna wieder einmal die Regie, „dass wir bei einem Durchschnitt von Vier-Stundenkilometern etwa acht Stunden brauchen plus im Ganzen wenigstens eine Stunde Pause. Macht zusammen neun Stunden, so dass wir, wenn wir denn um spätestens 9 Uhr loskommen, morgen gegen 18 Uhr am Ziel sind."

„Es wäre natürlich besser, wir würden früher aufbrechen", warf Jan ein.

„Und das bei sengender Hitze. Morgen sollen über dreißig Grad kommen. Mein lieber Mann."

Kjell wischte sich schon mal vorsorglich den Schweiß von der Stirn.

„Die Organisatoren haben es nun mal so gewollt", nahm Anna wieder den Faden auf. „Um 6 Uhr soll geweckt werden, dann Morgentoilette, frühstücken, Brote für unterwegs schmieren, Wasser fassen, die Reden und, und, und ..."

„Es wird ein harter Tag!" stöhnte Pit.

„Tage! Plural", verbesserte Kjell.

„Alle, die mit uns nach Bosnien fahren", summte Jan, „müssen Kerle mit Messern sein." „Jan und Anne und Kjell und Pit", stimmten die anderen ein, „die haben Messer, die haben Messer. Jan und Anne und Kjell und Pit, die haben Messer, die fahren mit."

Andere drehten sich nach ihnen um: „Euch geht's wohl gut, was?"

„Wir können nicht klagen", riefen die Teamer zurück.

„Mal sehen, ob wir morgen Abend auch noch lachen", bremste Kjell die Euphorie.

Inzwischen waren die Monteure pünktlich nach dreißig Minuten eingetroffen. Sie klappten das Heck des Busses hoch und suchten nach dem Fehler. Der Fahrer streckte seinen Kopf zum Fenster raus und startete auf Zuruf immer mal den Motor. Und siehe da, er reagierte wieder, noch etwas stotternd, aber dann beim wiederholten Startversuch, streckte sich eine Faust mit erhobenen Daumen aus dem Fahrerfenster. Alles okay!

Die Fahrgäste stiegen wieder ein und mit mehr als einer Stunde Verspätung setzte sich der Bus schließlich unter allgemeinem Applaus in Bewegung.

„Der Start war ja etwas holprig", meinte Jan, „nun kann es ja bloß besser werden."

„Manchmal wird es aber noch schlechter", sinnierte Kjell und zuckte die Schultern. Er sollte recht behalten, auch wenn Anna seine „ewige Miesmacherei", wie sie es nannte, kritisierte.

„Pass auf, morgen Abend schauen wir lachend auf die Panne zurück", meinte sie.

„Hoffentlich", sagte aber auch Pit, der mit einigem Grauen an den langen Marsch dachte, der ihnen bevorstand. Und das bei der Hitze! ‚Mir graust`s'.

„Na ja, anstrengend wird es schon. Aber es ist ja für eine gute Sache. Das Camp wird übrigens, soviel ich weiß, aus Containern und Zelten bestehen. Falls wir in Zelten untergebracht werden, werden Jan und ich eins nehmen und Ihr beide ein anderes. Für Jan und mich ist das kein Problem. Für euch hoffentlich auch nicht. Oder?"

Kjell schüttelte den Kopf.

„Bei uns in Schweden gehört das Zelt zu jedem Haushalt und zu jeder Wanderung. Denn die nächste Pension kann vierzig Kilometer weg sein. Also klar, ich schlafe gerne im Zelt. Und du Pit?"

Der schaute etwas bedröppelt drein.

„Ich muss gestehen, ich habe noch nie in einem Zelt übernachtet. Hat sich nicht ergeben. Aber ich werde es schon überstehen. Ich habe auf jeden Fall auch eine Taschenlampe und ein Fahrtenmesser mit."

„Mensch, Taschenlampe ist ja gut für das Zelt, Messer nicht. Das lässt du besser stecken. Die Messer sind gut zum Brote schmieren und gegen Räuber und Bären, aber nicht für das Zelt. Sonst regnet es ganz schnell durch. Also heb es auf für den Notfall."

„Nun lasst man Pit in Ruhe", unterbrach Anna das Männergeplänkel, „viel entscheidender ist doch die Frage, ob ihr die vereinbarten Schlafsäcke und Isomatten oder so was mithabt. Nachts kann es doch recht kühl werden. Also?"

„Mein liebes Schwesterlein hat einen Kontrollfimmel. Macht euch nichts daraus", mischte Jan sich jetzt ein. „Ich muss es schon ein Leben lang ertragen. Na ja, genaugenommen: siebenundzwanzig Jahre. In meinen ersten vier Lebensjahren hatte ich absolut Ruhe und Frieden. Ach, war das schön."

„Du Ärmster. Jetzt bin ich aber da und habe eben von der Organisation her gewissermaßen die Verantwortung. Genau."

Jan und Pit beteuerten, dass sie, was diese Dinge beträfe für Nacht und Tag bestens ausgerüstet seien.

„Vielleicht ein bisschen zu viel eingepackt", meinte Pit, „aber besser etwas weglassen oder wegschmeißen, als zu wenig und frieren und so weiter. Im Übrigen gehe ich doch davon aus, dass wir durch zivilisierte Gegenden kommen und es dort auch das eine oder andere Geschäft gibt, um das Nötigste einzukaufen."

„Ich denke schon", meinte Anna. „Aber ich kenne natürlich die Örtlichkeiten da auch nicht. Lassen wir uns überraschen. Hauptsache, wir sind einigermaßen gut ausgerüstet. Alles andere findet sich. Genau."

Das Gespräch plätscherte dann noch eine Weile vor sich hin, bis es im Bus merklich ruhiger wurde. Viele lehnten sich zurück und schlossen die Augen, um sich von den Strapazen des Tages zu erholen.

Etwa zehn Kilometer vor dem Ziel aber rissen die meisten ihre Augen wieder auf, weil die Ohren ein merkwürdiges Geräusch vernommen hatten: der Motor stotterte wieder. Der Fahrer fluchte laut vor sich hin, hielt aber nicht an, sondern schaltete den Gang herunter, je langsamer der Bus wurde. Am Schluss fuhr er nur noch im Schritttempo. Immerhin, er fuhr noch und die Lichter von Srebrenica tauchten in der Ferne auf.

„Wir sind gleich da!"

„Sollen wir noch schieben helfen?"

„Da sind Pferde auf der Koppel. Die können wir doch vorspannen."

Unter solch guten Ratschlägen ging es noch ein Stück weiter. Doch dann machte er noch einen Hopser und stand still: der Motor, und mit ihm der Bus.

„Wie weit ist es denn noch bis zum Campingplatz?"

Der Fahrer schaute in sein Navi: „Noch gut zwei Kilometer." Dann telefonierte er.

„Etwa in einer Stunde könnten wir einen Ersatzbus haben."

„Könnte wahrscheinlich auch eineinhalb Stunden dauern. Nö, ich schlage vor, wir schnappen uns jeder unseren Rucksack und laufen das Stück bis zum Ziel. Schlappe zwei Kilometer. Wer kommt mit?"

Viele bekundeten ihre Zustimmung, auch unsere Vier vom Team. Einige Ältere blieben im Bus: „Ob wir nun hier im Bus pennen oder im Camp, ist doch egal."

So machte sich eine lange Schlange friedensbewegter Aktivisten auf den Weg, auf diese Weise etwas nachempfindend, wie damals, vor dreißig Jahren, Zehntausende Bosniaken in die Schutzzone von Srebrenica flüchteten, wo sie sich unter dem Schutz der Blauhelme sicher wähnten vor den serbischen Milizen. Freilich, dieses Nachempfinden war nur der Hauch einer Ahnung, denn sie alle hatten noch nie Flucht oder Vertreibung erlebt. Hatten noch nie Hunger erlebt, keine auf sich gerichteten Gewehre, noch nie um die Kinder oder die allseitig bedrohten Frauen gebangt. Aber sie meinten es alle gut und kamen, um mit ihrer Beteiligung am Friedensmarsch ein Zeichen dafür zu setzen, dass das, was vor dreißig Jahren hier geschehen war, nie wieder passieren dürfe. Im Übrigen konnten sie sich auch gar nicht vorstellen, dass sie selbst mit so etwas je zu tun haben würden. Jedenfalls war es für diese junge Generation aus den satten westlichen Ländern unvorstellbar. So bestand denn auch der Kampf der nächsten dreißig Minuten im Wesentlichen darin, mit der eigenen Müdigkeit und dem Gewicht des Rucksacks fertig zu werden.

Schließlich kamen sie im Camp an. Im Licht einer matten, an einem Mast baumelnden Lampe konnten sie eine riesige Ansammlung von Container-Unterkünften und Zelten entdecken, zwischen denen es noch eifrig hin und her wuselte.

„Wartet mal hier beim Mast, ich suche den Platzwart."

Als Anna wiederkam, wedelte sie mit einem Papier in der Hand: „Wir sind angemeldet. Da, gleich am Waldrand sollen zwei Zelte für uns stehen. Nummer 22 und 23. Früh um sechs Uhr ertönt das Signal zum Wecken und acht Uhr dann zum Start der Gedenkworte und –reden. Genau."

„Du auch?"

„Ja, ein paar Worte im Sinne von Resolution70/1, nicht lang."

„Ich denke, es sollte neun Uhr losgehen?"

„Ist vorverlegt. Wegen der Hitze, die für morgen angesagt ist. Genau. Und da drüben auf der anderen Seite des Zeltplatzes soll ein Imbisswagen stehen, wo man sich mit Brötchen und Wasser für den Tag eindecken kann. Falls man nichts mehr bei sich hat."

„Hab ich noch", sagte Kjell.

„Ich auch", schloss sich Pit an.

„Na ja, ist ja auch nicht Pflicht", meinte Anna. „Da hinten links und hier rechts sind Wasch- und Toilettenanlagen, an den Wimpeln zu erkennen. Genau. Also los, suchen wir unsere Zelte."

Der Platz, wo sie ihre Zelte fanden, erwies sich als äußerst günstig, etwas abseits, ruhig, mit dem Wald und einem kleinen Bach im Hintergrund.

„Na, da haben wir doch alles, was wir brauchen. Sogar ein Bad."

„Mit natürlicher, umweltbewusster Spülung! Haha!"

Angesichts dessen, dass die Strapazen dieses Tages nun beendet schienen, die Zelte ruckzuck eingerichtet waren und jeder nochmal problemlos „verschwinden" konnte, meldete sich das jugendliche Lachen wieder, das die Schwere schnell vergisst und sich des kommenden Guten erfreut. Gegen 23 Uhr löschten sie die Lichter.

„Eine gute Nacht", rief Jan noch rüber, „und vergesst nicht das Messer".

Und dann singt er doch tatsächlich, wenn auch leise: „Alle, die Bären und Räuber nicht fürchten, müssen Kerle mit Messern sein..."

„Halt die Klappe", rufen Kjell und Pit. Sie haben keine Lust mehr zum Singen. Sie sind nur noch müde. Pit besonders, nach seinem Gewaltmarsch zum Bus in Sarajewo und eben noch bis hierher.

„Sieben Stunden, das muss reichen."

Doch eine Stunde später reißt ein spitzer Schrei sie aus dem Tiefschlaf: „Ein Bär!"

Es war Annas Stimme.

Kjell ist sofort hellwach: „Das gibt's doch nicht."

Vorsichtig öffnet er einen Spalt des Zeltes und tatsächlich: „Ein Bär!"

Pit reibt sich die Augen: „Was?"

„Ein Bär. Da bei der Mülltonne", flüstert Kjell.

Im fahlen Licht der Platzlaterne ist das riesige Tier gut zu erkennen.

„Tatsächlich. Er hat die Tonne umgeschmissen und wühlt nach Essbarem."

„Hoffentlich reicht es für ihn und er haut wieder ab."

„Man müsste den Platzwart anrufen. Der hat doch bestimmt Ahnung mit solcher Situation. Anna", ruft er leise zum Nachbarzelt.

„Ja?"

„Hast du die Nummer vom Platzwart? Ja? Sag ihm doch mal Bescheid, was hier los ist."

„Hab schon probiert, aber der meldet sich nicht."

„Scheiße", mehr wusste Kjell nicht zu sagen.

„ Na ja, ist ja auch Mitternacht. Da hat jeder Mensch ein Recht auf seinen Schlaf."

„Das sieht der Bär offenbar anders. Guck mal, er fängt jetzt an, bei den Zelten rumzuschnüffeln."

Der Bär schaute sich in aller Seelenruhe um, immer wieder die Nase hebend, um Essbares zu finden. Er gab das Bild von jemand, der sich seiner Kraft bewusst und absolut Herr der Lage ist.

„Mensch, er kommt zu uns!"

„Scheiße. Die Tüte mit den Lebensmitteln!"

„Hol sie schnell rein!"

Zu spät. Die Tüte, richtiger der Duft ihres Inneren, war dem Bär offenbar in die Nase gefahren. Schon holte er sich mit seiner Tatze die Tüte heran. Sie hatten sie nach dem letzten Imbiss vor das Zelt gestellt, weil es drin etwas eng und draußen in der Nacht auch kühler war.

„Das war dämlich von uns", flüsterte Kjell. „Scheiße, da bleibt für uns nichts übrig."

„Hauptsache, wir bleiben übrig", grinste Pit, dem die Sache Spaß zu machen schien. „Gut, dass die Tüte ziemlich voll ist. Da haben wir eine Chance, dass er auf uns verzichten kann."

„Mann, das ist kein Spaß. Bei uns in Schweden gibt es tausende Bären. Da gab es schon manche Unfälle. Scheiße."

Er kramte nach seinem Messer und ließ probeweise schon mal die Klinge aufspringen.

„Mensch, steck das Ding bloß weg. Wenn der Bär verletzt ist, kennt der keinen Spaß. Dann können wir unser Testament machen – falls wir dazu noch kommen."

Man hörte draußen das Schmatzen des Bären. Die Tüte hatte er mit seinen scharfen Krallen schnell zerrissen und ließ sich dann schmecken, was er fand: Brot und Brötchen, Äpfel und Mohrrüben....

„Hörst du? Jetzt hat er die lange Salami am Wickel. Die sollte eigentlich für die nächsten drei Tage reichen. Da wird wohl nichts übrig bleiben. Aber wie gesagt: Hauptsache, wir bleiben übrig."

Pit kicherte leise.

„Hättest mich schlafen lassen sollen, Mensch, statt mich aufzuwecken wegen solch einem blöden Bären. Ich habe selbst geschlafen wie ein Bär. Müde wie ich war. Und wie soll ich das morgen überstehen? Unausgeschlafen? Dreißig Kilometer? Ohne Essen? He?"

Kjell zuckte nur mit seinen breiten Schultern und ließ das Messer in seinen Händen hin und her springen, allerdings zugeklappt.

„Scheiße."

Den Bär draußen störte das Geflüster drinnen offenbar nicht. Er hatte einen Bärenhunger und fraß, bis alles alle war. Nur die Butterbüchse blieb unberührt. Ihm hatte niemand beigebracht, wie man eine Büchse aufschraubt.

„Soll ich ihm mein Taschenmesser rausschieben? Da ist ein Büchsenöffner dran".

Obwohl Pit noch seine Witze machte, merkte man auch ihm mehr und mehr die Anspannung an.

„Hoffentlich ist er jetzt satt und trollt sich in den Wald."

Der Bär war offensichtlich satt, denn man hörte einen lauten Rülpser. Doch statt sich davon zu trollen, drehte er sich zweimal im Kreise und legte sich direkt vor ihrem Zelt nieder.

„Guck mal, eine braune struppige Wand."

Mehr war durch den winzigen Spalt nicht zu erkennen.

„Der macht jetzt ein Verdauungsnickerchen."

In der Tat dauerte es nicht lange und man hörte den Bären leise schnarchen.

„Und das ausgerechnet vor unserm Zelt. Scheiße."

„Na ist doch gut. Stell dir mal vor, mal rein theoretisch, er würde unser Zelt für eine Hängematte halten. Na? Wenn er sich da so drauf gesetzt hätte? Na? Ich sage nur: Briefmarke!"

Pit hatte seinen Humor wiedergefunden. Ein schlafender Bär war nicht gefährlich. Auch Kjell legte sein Messer zur Seite und meinte: „Vielleicht sollten wir auch schlafen, jedenfalls versuchen."

„Du hast recht. Mensch und Tier, friedlich im Schlaf vereint. Das hat doch was. Vier Stunden bleiben uns ja noch. Die haben wir auch dringend nötig. Ich jedenfalls."

Damit streckten sich beide aus, deckten den Schlafsack über sich – „aber nicht den Reißverschluss zumachen, man weiß ja nie!" – und versuchten, es dem Bär nachzumachen. Irgendwann klappte es und sie schliefen – wie ein Bär.

Als früh um sechs Uhr geweckt wurde, richtete Kjell sich als erster auf und lugte vorsichtig aus dem Zelt: „Der Bär ist weg. Er hat uns zwar ein kleines Chaos hinterlassen, aber er ist weg. Hurra. Aufstehen, Pit!"

Der drehte sich aber nur auf die andere Seite und brummte: „Ohne mich."

Kjell schnappte sich Handtuch und Seife und kroch aus dem Zelt. Draußen traf er auf Anna und Jan, die ausgeschlafen und quietschvergnügt schon von ihren Toilettengängen zurückkamen. Im ausgedehnten Camp war schon ein großes Gewusel. Kjell hatte den Eindruck, dass er und Pit, der sich immer noch nicht rührte, offenbar die Letzten waren, die die Nachtruhe beendeten. War ja auch kein Wunder.

„Na, auch gut geschlafen?" fragten Jan und Anna.

„Zu wenig", sagte Kjell und zeigte auf sein Zelt. „Pit will noch weiter schlafen. Habt Ihr denn nichts mitgekriegt?"

„Was?"

„Na, dass der Bär unsere Fresstüte ausgesucht hat für sein Nachtessen und unser Zelt für seinen Schlafplatz. Habt Ihr nichts mitgekriegt?"

„Nein. Wirklich? Wir haben ihn nur bei der Mülltonne gesehen und dass er dann weggetrottet ist. Wir dachten, er sei in den Wald. Bei euch war er? Ich werd verrückt. Und wir haben tief und fest geschlafen. Genau."

Haha!

„Was gibt es da zu lachen?", fragte Pit, der mühsam und gähnend aus dem Zelt gekrochen kam. „Ich bin noch verdammt müde, und", als er die leere Fresstüte sah, „zu essen haben wir auch nichts mehr. Kann ja heiter werden. Na, wenigstens noch die Butterbüchse. Scheiße."

„Mit der Butter können wir uns ja vielleicht die Fußsohlen einschmieren. Für den langen Marsch, meine ich", grinste Jan,

„aber vielleicht hilft es ja auch gegen die Sonne. Für Gesicht und Hals und Arme, meine ich, gegen Sonnenbrand."

Er lachte.

„Mensch, mir ist nicht nach Lachen zumute", brummte Pit. „Ich geh mich mal frisch machen."

Kjell war schon weg.

Anna aber rief ihm hinterher: „Beeilt euch! Beim Imbisswagen könnt Ihr bestimmt noch einkaufen, was Ihr braucht, wenigsten für den heutigen Tag. Genau."

Sie konnten nicht. Als sie den langen Weg zum anderen Ende des Camps geschafft hatten, machte der Imbisswagen gerade die Schotten dicht. Der dort Verantwortliche zuckte mit den Schultern und zeigte ihnen eine leere Kiste. Doch als sie sich schon enttäuscht und wütend abwenden wollten, fiel ihm offenbar noch etwas ein. Er bedeutete ihnen, noch zu warten. Dann kramte er in einer Ecke seines Wagens und hielt ihnen triumphierend ein langes Baguette und eine fast ebenso lange Gurke hin.

„Na, wenigsten etwas", brummte Kjell.

„Und Wurst?", fragte Pit, der wehmütig an seine lange Salami dachte. Und als der Mann scheinbar nicht verstand, weil er weder der deutschen noch der englischen Sprache mächtig war, noch einmal: „Wurst. Schwein", wobei Pit merkwürdig grunzte und andeutete, wie man Brot strich. Der Mann schien verstanden zu haben. Jedenfalls schüttelte er mitleidig den Kopf und beteuerte, seine Arme und Schultern hebend, dass beim besten Willen nichts mehr zu haben sei.

So trotteten Kjell und Pit wieder zu ihren Zelten zurück, wo Jan und Anna schon beim Frühstück waren. Auf einem kleinen Gaskocher dampfte ein Topf Kaffee.

„Kommt", sagte Anna. „Wir haben schon angefangen. Genau. Und hier haben wir auch eine Wurstbüchse angefangen. Bedient euch."

„Dafür bekommt Ihr von uns ein Stück Gurke. Besseres haben wir nicht zu bieten. Einverstanden?"

Dann stärkten sich Kjell und Pit am Kaffee und schmierten sich jeder ein gutes Stück vom Baguette mit Butter und Wurst aus der Büchse. Als Beilage gab es für jeden ein ordentliches Stück Gurke. Den kleinen Salzstreuer hatte der Bär übrigens auch verschont.

„In manchen Ländern begrüßt man doch die Gäste mit Brot und Salz", meinte Pit, „da haben wir es ja noch besser. Außer Brot und Salz haben wir noch Butter und Gurke."

„Na klar, wir leben sozusagen in Saus und Braus", brummte Kjell.

„Nur dass dieser Saus und Braus bald zu Ende sein wird."

Nach dem Frühstück war nämlich nur noch für jeden ein kleines Stück vom Baguette und ein längeres Stück Gurke übrig.

„Unsere Notverpflegung", konstatierte Kjell grimmig.

Auch Pit dachte wieder wehmütig an die lange Salami.

„Ob ich noch mal schnell in den Ort laufe", sinnierte er, „vielleicht hat schon ein Geschäft auf. Mal sehen, wie lange man läuft."

Er versuchte zu googeln.

„Funkloch. Scheiße."

„Ich sag es ja. Unsere Reise steht unter keinem guten Stern", prophezeite Kjell. „Erst musst du in Sarajewo wegen Straßenbahnunfall zum Bus rennen. Dann springt der Bus nicht an. Dann bleibt er zwei Kilometer vor dem Ziel stehen, dann müssen wir mitten in der Nacht laufen. Dann hält uns der Bär wach. Dann frisst der uns alles weg, dann…"

„...hat er euch gefressen. Nun hör bloß auf und quatsch nicht so pessimistisch", konterte Anna, die sich wieder zu ihnen gesellte und die Kaffeeutensilien holte, um auch diese wieder zu verstauen. „Wir teilen unsern Proviant mit euch. Dann wird es, jedenfalls für heute, für uns alle reichen. Und dann schauen wir, dass wir heute Abend oder morgen früh den Imbisswagen erwischen. Habt Ihr denn genug Wasser?"

„Wir denken schon. Jeder eine große Flasche. Und unterwegs werden wir ja irgendwo nachfüllen können."

„Vielleicht. Vielleicht auch nicht. Dann kommt zum Verhungern eben auch noch das Verdursten."

Kjell konnte es nicht lassen.

„Jetzt reicht´s", schaltete sich nun auch Jan zur Unterstützung seiner Schwester ein. „Konzentrieren wir uns doch bitte auf das Naheliegende. Ist alles eingepackt? Schauen wir uns noch mal genau um, dass nichts liegenbleibt. Und du, Anna, musst dich auf den Weg machen. Gleich geht es los mit den Reden. Und fass dich kurz."

„Ja, ja. An mir soll es nicht liegen. Ich will ja auch schnellstmöglich los. Es ist ja jetzt schon sehr warm. Genau."

„Hauptsache, all die Wichtigtuer, die sich nachher wieder verdrücken und den Schatten aufsuchen, mehren sich nicht so aus. Wenn das ausarten sollte, tritt denen mal auf die Füße, Anna. Oder wir schmeißen, ja, womit? Tomaten und Eier haben wir leider nicht. Dann eben mit unserm letzten Stück Gurke. Haha."

Kjell ging jetzt zu Sarkasmus über. Wenn bei ihm die positive Stimmung erst mal gestört war, musste man sich in Acht nehmen oder man ließ ihn einfach gewähren. Jan zuckte nur noch mit den Achseln, Pit beschloss, Kjells Anmerkungen zu überhören und Anna ging zur Bühne.

„Ich bin hier als Vertreterin von Greenpeace International und als Niederländerin, die mit Schmerz und Scham an das Versagen unserer Blauhelme damals vor dreißig Jahren denkt und die das Massaker an etwa achttausend Bosniaken nicht verhindert haben. Mit ebensolchem Mitgefühl denke ich aber auch an die unzähligen Frauen und Mädchen, die damals unter den Augen unserer Landsleute missbraucht wurden. Sie tun mir unendlich leid, zumal sie oft auch in Vergessenheit geraten. Genau. Aber ich bin hier auch als Vertreterin der jungen Generation und rufe euch allen zu: Wir wollen es besser machen und mithelfen, dass aus all diesen schrecklichen Erinnerungen dauerhaft Versöhnung und Frieden wachsen. Es liegt an uns! Ich bin dabei! Seid Ihr es auch! Jawohl!"

So war sie. Kurz und bündig.

Langer Beifall.

Nach wenigen Kilometern war Pit, wie man so sagt, ‚nach hinten durchgereicht' worden. Die Strapazen von gestern, der wenige Schlaf, das wenige Essen, der schwere Rucksack und die heftig ansteigenden Temperaturen machten ihm sehr zu schaffen. Das Profil des Weges mit seinem vielen Hoch und Runter tat sein übriges, um den ungeübten Wanderer an den Rand seiner Leistungsfähigkeit zu bringen. Zum Glück blieb Jan bei ihm, während Anna und Kjell weiter vorn damit beschäftigt waren, ihr Anliegen und ihre Flyer, den Schutz der bosnischen Flüsse betreffend, an den Mann und an die Frau zu bringen. Interessiert nahmen etliche das Anliegen und den Flyer entgegen, aber ob man sich am Sonntagabend wiedersehen würde?

„Mal sehen."

Nach etwa zehn Kilometern kam der Riesenbandwurm, der sich nach dreißig Jahren auf den Spuren jener ermordeten

Bosniaken fortbewegte, zum Stehen bzw. zum Sitzen. Kurze Pause.

Pit warf den Rucksack ab, griff nach der Wasserflasche und dem letzten Stück Gurke.

„Das Stück Baguette muss ich mir für Mittag aufheben. Kjell hat den anderen Rest."

Auch Jan ließ sich nieder und griff in den Rucksack.

„Hier, greif zu. Es sind fertige Wurstbrote."

Als Pit zögerte: „Na los! Wir haben noch mehr. Und wenn es alle ist, ist es alle. Punkt."

Gierig verschlang Pit das Brot und klopfte sich anschließend auf den Bauch: „Jetzt geht es mir schon besser. Danke, Jan. Danke."

„Schon gut. Wir wollen schließlich die Welt retten. Dann werden wir doch wohl auch teilen können beziehungsweise es lernen müssen. Oder?"

„Genau!"

Dann streckten sie sich beide genüsslich aus.

Kaum aber hatten sie sich dem Gefühl hingegeben, dass die Welt doch nicht so schlecht sei, signalisierte Pits Handy eine Nachricht.

„Wird wohl Kjell oder Anna sein."

Doch als Pit die Nachricht sah, sprang er auf.

„Das gibt es doch nicht! Das kann doch nicht wahr sein. Verdammte Scheiße!"

„Was ist denn?", fragte Jan und gähnte.

„Sie kriegt ein Kind. Angeblich von mir. Ich soll Vater werden. Das gibt`s doch nicht!"

„Wer ist ‚sie'?", fragte Jan.

„Sie, das ist Silke. Wir waren ein halbes Jahr zusammen. Dann habe ich mich von ihr getrennt. Sie redete immer von Familie gründen und heiraten und so weiter. Aber ich hatte überhaupt keine Lust auf engere Bindung. Jedenfalls *noch* nicht. Ich wette, sie hat mit Absicht die Pille weggelassen, um mich zu zwingen. Aber da hat sie sich verrechnet. Ohne mich."

Erregt setzte er sich nieder und schrieb als Antwort ins Handy: „Lass es wegmachen. Ich habe mit dir nichts mehr zu schaffen und übernehme keine Verantwortung. Basta!"

Doch mit seiner Ruhe war es dahin. Wann hatten sie das letzte Mal Sex? Na, vielleicht vor zwei Monaten. Vor drei Monaten hatte er sich von ihr getrennt, war aus der gemeinsamen Wohnung ausgezogen, doch dann war sie ihm noch einmal nachgelaufen und er hatte sich noch einmal mit ihr eingelassen. Wie konnte er nur so blöd sein? Und sie hatte das geplant. Ganz bestimmt. So ein Miststück. Deshalb hat sie die Verantwortung und nicht ich.

Ein Signal unterbricht seine Wut und seine Gedanken. Es geht weiter.

Jan versucht unterwegs, ihn zu beruhigen. Doch es gelingt ihm nicht. Auch nicht, als er Pit erzählt, dass er selber schon einen Sohn habe.

„Melanie und ich lebten in einer festen Beziehung und ich hätte sie gern geheiratet, aber sie wollte noch warten, bis sie mit ihrer Ausbildung fertig war. Als sie dann schwanger wurde, nahm die ihr eigene Eifersucht krasse Formen an. Sie war eifersüchtig auf meine Schwester, mit der ich von Kindheit an eine innige Verbindung habe, eifersüchtig auf G.I. , wo ich angeblich mehr Zeit verbracht hätte, als mit ihr, eifersüchtig auf die Schülerinnen, die mich angeblich anhimmelten. Es war nach meinem Empfinden alles völlig unbegründet, aber so war sie. Ich hätte sie trotzdem geheiratet, denn sie war wirklich schön und charmant. Aber eines Tages stellte sie mir meine Koffer vor die Tür. Aus und vorbei. Als sie unseren Sven entbunden hatte, teilte sie mir seinen Namen mit und ihr Konto für die Alimente.

Das war vor vier Jahren. Dann zog sie gleich nach ihrem Master mit einem anderen Mann, einem Kanadier, in dessen Heimat, in die Nähe von Toronto."

„Und Sven, hast du ihn mal gesehen?"

„Ganze zweimal. Das erst Mal war er gerade ein Jahr alt, das zweite Mal war im vergangenen Jahr. Da war er drei. Natürlich erkannte er mich nicht und wird mich auch jetzt schon wieder vergessen haben. Der sichtbare und greifbare Vater ist für ihn Donald, Melanies Mann. Diese Begegnungen ergaben sich immer, wenn Melanie zu Familienbesuch in ihrer Heimat war. Sie hat inzwischen noch ein Mädchen geboren, das auch schon wieder fast zwei Jahre alt ist. Die beiden Halbgeschwister kommen wohl ganz gut miteinander aus. Ist ja auch in Ordnung."

„Und welche Gefühle hast du, wenn Ihr euch trefft oder nur, wenn du an ihn denkst?"

„Na ja, da ist schon eine gewisse Bitterkeit dabei. Da habe ich einen Sohn, der mich so gut wie nicht kennt und in dessen Leben ich keine Rolle spiele. Ich bin nur sein Erzeuger, sein Vater ist Donald. Ich bin außen vor, wie abserviert. Das ist bitter. Mir bleibt nur die Hoffnung, dass es mal anders und besser wird, wenn er anfängt, nach seinem leiblichen Vater zu fragen. Ja, so ist das."

„Scheiße. Aber bei mir ist es eben anders. Ich wollte jetzt weder heiraten, noch Familie. Silke hat mich reingelegt. Das lass ich mir nicht bieten. Und vielleicht ist ja das Kind gar nicht von mir. Vielleicht hat sie sich inzwischen, nach unserer Trennung, mit einem anderen getröstet und will mir das Kind unterschieben. Weiß man`s?"

Pit und Jan gingen noch immer ganz am Ende des kilometerlangen Zuges. In seiner Wut über die Handy-Nachricht war Pit nach der Pause zunächst kräftig ausgeschritten, aber inzwischen war er wieder sehr viel langsamer geworden, so, als ob jene Nachricht über sein Vatersein als weitere Last auf ihm lag. Jan musste ihn immer wieder ermuntern, einen Schritt zuzulegen, um den Anschluss nicht völlig zu verlieren. Er hatte gelernt, mit seiner Bürde des unerfüllten Vaterseins zu leben. Pit steckte nun mitten drin im Widerspruch zwischen Wollen und Realität. Als der ihn fragte, was er ihm raten würde, konnte er nur sagen: „Abwarten, was sie entscheidet. Du kannst jetzt nur warten."

Unter solchen Gesprächen waren sie ein schönes Stück vorangekommen und Pit wartete sehnsüchtig auf die nächste Pause. Für die schöne Landschaft des Balkan hatte er bisher kaum ein Auge. Zu sehr bewegte ihn, was nicht zu sehen und von ihm zu sehen auch nicht erwünscht war. Nur gewisse gelbe Bänder und rote Minenwarnschilder am Waldesrand erregten seine Aufmerksamkeit.

„Das sind noch die gefährlichen Erinnerungen an den Bürgerkrieg von damals. Viele Bosniaken sind hier auch, vor den serbischen Milizen fliehend, durch Minen umgekommen. Und manche, die wie durch ein Wunder überlebt haben, sind erst nach Wochen, halb verhungert, wieder zu ihren Familien gelangt."

„Die sie wahrscheinlich längst für tot gehalten hatten."

„Ja, sicher. Und manchmal denke ich, was für eine glückliche Generation wir doch sein müssten. Die Weltkriege sind lange vor unserer Geburt vorbei, kein Bürgerkrieg in Europa, keine Grenzen mehr, Wohlstand und technischer Fortschritt wie noch nie. Aber sind wir glücklich? Ja, wenn nicht diese vielen kaputten und verkorksten Beziehungen wären samt all den Kindern, die nicht gewollt sind und all den Kindern, die gewollt sind und doch keine heile Familie erleben. Patchwork-Familien ohne Ende. Ich habe den Eindruck, dass da ein Dammbruch passiert ist. Bei unsern Eltern und Großeltern war auch nicht immer eitel Frieden, aber sie wussten doch, dass sie zusammengehören. Jedenfalls mehr als heute. Punkt."

„Also, ich gehöre mit Silke nicht zusammen. Auch: Punkt!"

„Trärää!"

Von ganz weit weg ertönte das ersehnte Pausenzeichen. Die Hitze wurde nun auch unerträglich. Und es war gut, dass die Veranstalter für diese Pause ein Waldstück ausgesucht hatten, das offenbar minenfrei war und wo es unter den Bäumen viele schattige Plätze zum Ausruhen gab. Außerdem waren viele Anwohner da, um den erschöpften Wanderern umsonst Wasser oder Kaffee zu reichen und gegen ein geringes Entgelt auch das eine und andere zum Essen anzubieten. Jan und Pit erkämpften sich bei einer Gulaschkanone jeder eine kräftige Erbsensuppe. Im Schatten der Bäume und mit vollem Bauch war die Welt wieder in Ordnung. Fast. Das Verteilen der Flyer verschoben sie jedenfalls auf morgen. Jetzt brauchten sie, jedenfalls Pit, erst mal ein kleines Nickerchen, um den fehlenden Schlaf der letzten Nachtruhe wenigstes etwas nachzuholen.

Ganz anders sah es bei Anna und Kjell aus, die gewissermaßen im Hauptfeld mitliefen und vom Kinderhaben oder Kinderkriegen völlig unbelastet waren. Nachdem auch sie sich gestärkt hatten, suchten sie Kontakte zu einheimischen Mitwanderern, um ihr Projekt anzuschieben: Helfer zur Rettung der bosnischen Flusslandschaften. Sie brauchten nicht lange zu suchen. Bei einem Wasserwagen, wo auch sie ihre Flaschen wieder auffüllten, trafen sie auf eine Gruppe Bosniaken, die sich einen Spaß daraus machten, die Umstehenden mit Wasser zu bespritzen. „Erfrischung", riefen sie und lachten, wenn die umstehenden Männer erschrocken oder die umstehenden Frauen kreischend zur Seite sprangen. Anna aber sprang nicht zur Seite, sondern ging den Männern herausfordernd entgegen: „Bitte noch mehr davon!"

Als sie ziemlich durchnässt war, ihre Haare trieften und die Bluse an ihrer Haut klebte, rief sie: „Genug. Danke. Es reicht." Lachend stellten die Männer ihre Wasserspiele ein. Man stellte sich gegenseitig vor: „Hamed, Mesut, Ahmet, Muhamed, Husein und meine kleine Schwester Dajana."

An den Namen war unschwer zu erkennen, dass es sich um Bosniaken handelte, um Angehörige des muslimischen Teils dieses Vielvölkerstaates Bosnien-Herzegowina. Sie schienen so um die dreißig Jahre alt zu sein, manche etwas älter, zwei waren offensichtlich jünger, wie auch das Mädchen, das sicher noch im Teenager-Alter steckte. Hamed, der zu den Älteren gehörte, ein Hüne mit stechenden schwarzen Augen schien ihr Anführer zu sein.

„Wir sind hier zu Hause", sagte er mit einer großen, umfassenden Handbewegung. „Und Ihr, wo kommt Ihr her, wenn man fragen darf?"

Kjell stellte vor: „Das ist Anna aus den Niederlanden und ich bin Kjell aus Schweden."

„Und weiter hinten läuft mein großer Bruder Jan und ein Deutscher aus Berlin."

Nach einem kurzen Wortgeplänkel über die Hitze und die Strapazen des Weges kam Anna zur Sache: „Wir sind beide von Greenpeace International. Habt Ihr schon mal von Greenpeace gehört?"

„Na klar", sagte Hamed, „das sind doch die, die für die Eisbären und gegen die Verschmutzung der Weltmeere kämpfen."

„Wir haben hier aber keine Eisbären und keine Weltmeere", lachte ein anderer.

„Dafür habt Ihr aber wunderbare Flusslandschaften", erläuterte nun Kjell, „die es wert sind, erhalten zu werden. Habt Ihr denn nicht mitgekriegt, dass die durch die vielen Staudamm-projekte leider irreparabel zerstört werden?"

„Na klar kennen wir die Diskussion", erwiderte Muhamed, ein älterer Mann mit einem roten Pulli. „Aber was können wir dagegen machen? Sollen wir die Dämme in die Luft sprengen und damit auch unsere Energie?"

Wieder lachten alle. „Da steckt viel Geld dahinter und viele Politiker. Dagegen sind wir machtlos."

Husein zuckte mit den Schultern.

„Deswegen sind wir ja hier", ergriff nun Kjell das Wort. „Aus unseren weltweiten Erfahrungen wissen wir, dass auch die kleinen Leute wie Ihr und wir, also ganz besonders die jungen Leute viel erreichen können, wenn sie mit gezielten Aktionen die Öffentlichkeit aufhorchen lassen. Ich bin Schwede und arbeite bei Ikea. Kennt Ihr sicher."

„Klar, Möbel zum Zusammenschrauben. Haben wir zu Hause auch."

„Die holen übrigens ihr Holz hier aus unseren Wäldern. Raubbau. Aber was können wir tun?"

Husein zuckte wieder mit den Achseln.

„Ja, es ist ein weltweiter Konzern und berüchtigt für seinen schonungslosen Umgang mit den Wäldern, besonders auch hier auf dem Balkan. Richtig. Aber durch den Radau von verschiedensten Umweltverbänden ist der Konzern jetzt radikal umgeschwenkt und bemüht sich, Geschäft und Umwelt in Einklang zu bringen. Auch hier in Bosnien werden Leute gebraucht, die auf irgendeine Weise Radau machen."

„Wir? Wir sollen Radau machen? Wie denn?"

„Darüber wollen wir ja mit euch und vielen anderen am Sonntag in Tuzla, also wenn dieser Marsch beendet ist, gerne reden. Genau." Anna geriet in Fahrt. „Es gibt auch Naturschützer hier vor Ort, aber die brauchen Verstärkung. Die werden am Sonntag auch da sein und sich mit uns und", sie zwinkerte lächelnd den Bosniaken zu, „vielleicht auch mit euch treffen. Na? Es ist eine öffentliche Veranstaltung. Hier unsere Einladung. Und es geht um eure Flüsse!"

Damit überreichte sie ihnen die Flyer, die sie gern annahmen.

„Kennt Ihr euch aus in Tuzla?" fragte Anna.

„Na klar. Wir kennen die Stadt wie unsere Hosentasche", sagte Husein, der durch seinen Igelhaarschnitt und ein helles Lachen auffiel. „Na ja, das ist vielleicht ein bisschen übertrieben. Schließlich hat Tuzla über hunderttausend Einwohner und ist Hauptstadt unseres Kantons. Aber wir sind da in der Nähe zu Hause. Ich arbeite da. Dort gehen wir auch shoppen, dort ist unser Verein, dort sind die Bildungseinrichtungen. Und meine Schwester geht dort zur Schule, hoffe ich jedenfalls, nicht wahr, mein Täubchen?"

Das Täubchen war ein Teenager, wie er im Buche steht und streckte ihrem großen Bruder, er mochte Anfang zwanzig sein, die Zunge raus: „Du kannst mich mal!"

Und wandte sich woanders hin.

„Das ist der Dank. Hinfahren tut sie ja nach Tuzla. Aber was sie da wirklich treibt, weiß ich nicht. Ich muss ja schließlich auf Arbeit, auch wenn Mutter mich zum Aufpasser verdonnert hat, seit Vater tot ist."

„Ja, ja. In dem Alter sind die Töchter beziehungsweise Schwestern schwierig. Bei mir war es auch so. Und Jan, also mein großer Bruder da hinten irgendwo, hatte es manchmal satt mit mir. Aber aus dem Alter und seiner Obhut bin ich nun schon lange raus. Aber was anderes", Anna war ganz aufgeregt, „wenn Ihr da zu Hause seid, dann kennt Ihr doch sicherlich noch andere, besonders junge Leute, die vielleicht auf unser Thema ansprechbar sind, sei es in Tuzla, sei es in eurem Heimatort. Hier habt Ihr noch mehr Flyer mit der Einladung zum Sonntagnachmittag in Tuzla. Adresse, Zeit und Thema stehen drauf. Es wäre schön, wenn Ihr kommt und noch ein paar Leute mitbringen könntet. Einfach mal zur Information."

„Es ist ja noch nicht verpflichtend, wenn Ihr kommt", ergänzte Kjell. „Was Ihr dann daraus macht, liegt völlig bei euch. Was meint Ihr?"

„Das lässt sich machen. Wir haben da genügend Verbindungen und Beziehungen. Und was mich betrifft, mich interessiert das Thema. Und was meint Ihr?"

Husein wandte sich fragend an seine Kumpels.

Hm.

„Wir lieben unsere Flüsse. Wir werden kommen", antwortete Hamed.

Das klang nach einem Befehl und nicht nach einer Frage. Mesut, Ahmed und Muhamed nickten prompt mit dem Kopf.

Husein aber wurde geradezu euphorisch: „Ja unsere Flüsse sind schön. Und unsere Fische erst. Besonders der Huchen, der jetzt so bedroht ist. Ihr müsst wissen, ich bin begeisterter Angler. Also selbstverständlich, ich bin auch dabei."

„Klasse!" Anna war ganz begeistert, „dann rotiert man. Auf den Flyern steht auch meine Handy-Nr., Mailadresse usw. Haltet mich doch bitte auf dem Laufenden, damit ich unseren Organisatoren Bescheid geben kann, mit wie viel Leuten sie rechnen können."

„Machen wir", sagte Hamed. „Aber ich denke, wir werden uns hier auch noch das eine oder andere Mal über den Weg laufen."

„Oder uns gegenseitig erfrischen!"

Haha.

„Wird wohl morgen nicht nötig sein. Es ist ein Temperatursturz angesagt", wusste Kjell zu verkünden. „Auch gut, dann müssen wir morgen nicht so schwitzen. Aber nun lasst uns noch etwas Pause machen. Wir haben noch ein großes Stück des Weges vor uns."

Als sie dann jeder die Pause genießen wollten, meinte Kjell zu Anna: „Das war ja ein voller Erfolg. Ich habe den Eindruck, der tut, was er sagt und holt noch Leute ran. Klasse!"

Nun streckten auch sie sich aus, um für den weiteren Marsch neue Kräfte zu sammeln. Aber Anna musste noch einmal an Hamed denken. Sie war etwas irritiert von ihm, denn als die nasse Bluse an ihrem Körper klebte, hatte sie für einen winzigen Augenblick das Gefühl gehabt, dass er mit seinen stechenden Augen ihre Brust begehrlich abtastete. Aber das sagte sie niemandem.

Die letzten zehn Kilometer hatten es noch einmal in sich: mit Temperaturen um fünfunddreißig Grad und vielen Auf- und Abstiegen. Besonders für Pit, der körperliche Anstrengungen überhaupt nicht gewohnt war, blieb es eine Quälerei. Ohne Jan an seiner Seite hätte er wohl aufgegeben, zumal der bohrende Gedanke an das Kind – sein Kind? – ihm schwer zu schaffen machte. Es konnte doch nicht wahr sein!

Schließlich erreichten sie alle das Ziel, wo Jan und Pit schon seit einer Stunde von Anna und Kjell erwartet wurden. Die beiden hatten Lebensmittel herangeschafft und das Quartier schon bezogen. Alle vier durften sie diesmal in einem Container übernachten.

„Hier wird uns ja jedenfalls kein Bär stören", meinte Pit, nachdem er sich seiner Stiefel entledigt und beim Abendessen ordentlich zugegriffen hatte. Anna und Kjell hatten die beiden auch über die Begegnung mit den Bosniaken informiert und ihre Hoffnung ausgedrückt, dass damit die Realisierung des ersten Teils ihres hiesigen Vorhabens, Gewinnung örtlicher Umweltaktivisten, in greifbare Nähe gerückt war.

„Das hört sich gut an. Aber nehmt es mir nicht übel, wenn ich mich alsbald in meine Heia verziehe. Ich bin fix und fertig und todmüde."

„Das verstehen wir doch. Lange machen wir auch nicht mehr. Morgen früh soll der Marsch ja schon um sieben Uhr losgehen", informierte Anna. „Deshalb werden wir auch bald Schluss machen. Schlaf gut."

In dieser Nacht schliefen sie alle gut und ausgiebig, zumal es zu dem angekündigten Temperatursturz kam, der Kühlung brachte und auch für den kommenden Tag angenehme Temperaturen und Regen versprach. Pits letzter Gedanke war noch einmal die Schreckensnachricht von Silke, doch mit einem entschlossenen ,Abwarten' schob er den Gedanken beiseite und war im nächsten Augenblick eingeschlafen.

Anna aber musste kurz vor dem Einschlafen noch an Hamed denken. Seine kraftvolle Erscheinung imponierte ihr, doch seine stechenden und abtastenden Augen machten ihr auch etwas Angst. Abwarten, dachte auch sie – und schlief den Schlaf der Gerechten.

Am nächsten Morgen war das halbe Lager schon auf den Beinen, bevor das Aufsteh-Signal ertönte. Auch unser Team saß schon beim Frühstück, wo der Kaffe auf dem kleinen Kocher, den Jan immer in seinem Rucksackt mitschleppte, schon wieder einen köstlichen Duft verstreute. Bei den fallenden Temperaturen und offenen Fenstern hatten sie alle gut und lange geschlafen. Kein Bär hatte sie gestört, kein Hunger und kein Berg sie gequält. Die gute Laune war nur bei Pit etwas gestört, dem natürlich beim ersten Augenaufschlag auch wieder die Nachricht von Silke einfiel. Und weil Jan sowieso schon Bescheid wusste, ließ er auch die anderen beiden an seiner Sorge teilhaben.

„Habt Ihr beide, Anna und Kjell, einen Rat für mich?"

„Wie du ins nächste Camp kommst, ohne Laufen zu müssen? Oder was?

„Ob ich Vater werden soll oder nicht."

Den beiden verschlug es erst mal die Sprache.

„Er hat gestern eine Nachricht aus Deutschland bekommen und es mir schon erzählt", sagte Jan. „Aber erzähl es ihnen ruhig auch noch."

Pit erzählte: von Silke, von der Trennung, von ihrem letzten Treffen, von ihrer Schwangerschaft.

„Also, wenn du mich fragst", meinte Kjell, „ich würde als erstes einen Beweis verlangen, ob das Kind wirklich von mir ist. Und erst dann würde ich überlegen, ob ich es will oder nicht. Wahrscheinlich nicht, wenn ich seine Mutter nicht will."

„Und du, Anna, was meinst du? Ich meine, so als Frau?"

„Also, wenn sie dich wirklich reingelegt hat und dich jetzt erpressen will, dann kann ich deine Reaktion und deinen Ärger gut verstehen. Im Übrigen bin ich aber der Meinung, dass eine schwangere Frau das volle Recht hat, über ihren Körper selbst zu entscheiden. Die Abtreibung ist in den Niederlanden völlig liberalisiert. Das ist gut so. Die Frau darf so oder so entscheiden. Genau. Das ist ihr Recht. Wenn man das mit anderen Ländern vergleicht, zum Beispiel mit Polen..."

„Lass gut sein, Anna", unterbrach sie ihr Bruder, „Ich weiß, das ist dein Steckenpferd. Aber dafür haben wir jetzt keine Zeit. Die ersten setzen sich schon in Bewegung und wir sollten ganz schnell den Rest einpacken und uns anschließen, damit wir möglichst vorn mit dabei sind und nicht gleich wieder hinten dranhängen. Über Pits Problem werden wir sicherlich noch unterwegs reden können und wenn er mal schlechte Laune hat, wissen wir warum. Nicht wahr, Pit?"

Der brummte nur sowas wie „...eiße."

Dann aber war er stolz, diesmal beim Marsch ganz vorn mit dabei sein zu können. Und hoffte, dass es so bleiben würde. Jedenfalls fühlte er sich heute viel besser als gestern –trotz der drohenden Vaterschaft. Ohne mich!

Eine Besonderheit dieses Vormittags war, dass die Teilnehmer gebeten wurden, im Gedenken an die Opfer von damals, zwischen der kleineren Vormittagspause und der größeren Mittagspause möglichst schweigend zu marschieren. So wurde es dann auch von den meisten eingehalten. Die Erfahrung dieses Schweigens, so bestätigten es hinterher viele, war das erinnerte Lautwerden der Schreie von damals. Man meinte die Befehlsschreie der serbischen Milizen zu hören „Rauskommen! In Reihe aufstellen!" Man meinte die Salven ihrer Waffen zu hören und die Angst- und Leidensschreie derer, die getroffen wurden oder es mit ansehen mussten. Man meinte Trampeln und Knistern unter ihren Füßen von denen zu hören, die versuchten, tiefer in den Wald zu fliehen und doch in die nächste Falle oder auf eine Mine liefen. Ja, dieser Schweigemarsch redete laut zu ihnen allen. Für die Menge der teilnehmenden Bosniaken waren es die Schreie ihrer Väter, Brüder und Söhne, die auch nach dreißig Jahren nicht verstummen wollten. Und es war der Schrei ihrer Frauen und Mütter, die brutal vergewaltigt wurden. Für alle aber war es der Schrei: „Nie wieder!" Und dass sie, die an achttausend Teilnehmer dieses Jubiläumsweges, darin einig waren „Nie wieder Gewalt! Nie wieder Krieg und Mord!" das war ein hoffnungsvolles Zeichen, das waren Schritte auf dem Weg des Friedens und der Versöhnung. Gut, dass der Weg während dieses Schweigens so laut gesprochen hatte!

Bei manchen hatten sich während dieses Schweigens freilich auch andere Stimmen eingemischt, wie bei Pit. War da nicht Silkes Stimme, die ihn mahnte, endlich erwachsen zu werden und Verantwortung zu übernehmen? Und schrie da nicht ein Kind?

Und bei Anna: ‚Und bist du nicht willig, so brauch ich Gewalt'. Zitierte Hamed da den Erlenkönig?

Und Jan meinte seinen Sohn Sven zu hören: Wer bist du? Ich kenne dich nicht.

Nur Kjell redete zu sich selbst: Du kannst wirklich dankbar sein, dass Schweden seit Jahrhunderten nur noch Frieden kennt, verschont von Weltkriegen und Bürgerkriegen. Wahrscheinlich gut, dass wir eine einheitliche Kultur haben und am Rand Europas liegen. Migrationsströme können wir auch nicht gebrauchen. Bei der kommenden Reichstagswahl werde ich deshalb wohl nicht die Grünen wählen – einen grünen Anstrich haben ja inzwischen alle Parteien – sondern die Schwedendemokraten. Die sind gegen Multi-Kulti. Richtig. Was dabei rauskommt, sieht man ja hier und überall in der Welt, wo homogene Kulturen unterwandert werden. Ich werde der Partei bestimmt nicht beitreten, aber ein Zeichen setzen. Ja, ein Zeichen!

Als dann die Mittagspause kam, sprach man wieder miteinander und wuselte um die Gulaschkanonen und Angebote der Einheimischen am Wegesrand. Doch dann fielen die ersten Tropfen und was sich am Himmel schon länger angekündigt hatte, entlud sich als ein lautes und kräftiges Donnerwetter auf die meistens unvorbereiteten Marschierer. Hastig zog man die Kapuze über den Kopf oder zog den Regenumhang aus dem Rucksack. Die auf dem Boden abgestellte Erbsenschüssel wurde dabei von oben her noch etwas verdünnt und abgekühlt. Da es nun keinen trockenen Platz mehr zum Hinsetzen, geschweige zum Hinlegen gab, war nach dem „Schnellimbiss", wie es Kjell sarkastisch ausdrückte, die allgemeine und logische Parole: Weiter!

Das war für Leute wie Pit hart. Zwar blieben diesmal alle drei Gefährten bei ihm, aber das änderte nichts daran, dass die Menge der Anderen an ihnen vorbei zogen. Auch Anna und Kjell, die unter diesen Wetterbedingungen auch keine Lust hatten, mit den Flyern Werbung für morgen Abend zu machen, war es egal und sie trösteten Pit: „Macht doch nichts, wenn wir als Letzte ankommen. Hauptsache, wir kommen an. Genau."

Wenig später konnte sie verkündigen: „Nachricht von Hamed. Er hat vier weitere Anmeldungen für unser Treffen morgen. Und er will sich mit seinen Kumpels morgen in der hoffentlich wieder trockenen Mittagspause mit uns treffen, um Einzelheiten für Sonntagabend mit uns zu besprechen. Na, es läuft doch. Genau."

Alle freuten sich mit und summten oder sangen für ein paar Minuten doch tatsächlich ‚ihr' Lied: „Alle, die mit uns nach Bosnien fahren, müssen Kerle mit Messern sein. Jan und Kjell und Anne und Pit, die haben Messer, die haben Messer. Jan und Kjell und Anne und Pit, die haben Messer, die fahren mit."

„Bären haben wir schon hinter uns", lachte Kjell, „nun bleiben nur noch die Räuber. Also los!"

„Alle, die Bären und Räuber nicht fürchten, müssen Kerle mit Messern sein. Jan und Kjell und Anne und Pit, die haben Messer, die haben Messer. Jan und Kjell und Anne und Pit, die haben Messer, die fahren mit."

Den Schluss hatte der eine oder andere schon nicht mehr mitgesungen, weil sie außer Puste waren. Es war nicht nur gerade wieder mal ein Anstieg, sondern der Weg wurde durch die Wassermassen auch immer tiefer und schwerer. So verstummten nicht nur die Gesänge jeglicher Art, sondern mehr und mehr auch die Gespräche. Jeder war mit sich beschäftigt, die Schwierigkeiten des Weges und Wetters zu meistern. Das Unwetter war in einen Dauerregen übergegangen und es sah nicht danach aus, also ob sich daran heute noch etwas ändern würde. Umso mehr klammerte man sich an die Hoffnung auf eine trockene Unterkunft und die Nachricht – oder war es nur ein Gerücht? Egal! – dass morgen wieder schönes, warmes Wanderwetter sein soll, nicht zu heiß, aber trocken.

„Na, vielleicht endet ja doch noch alles gut, ohne Räuber und Erkältung", orakelte Kjell. „Mein Messer habe ich jedenfalls griffbereit."

Doch dann wurde auch er stiller und widmete sich wie die anderen dem Kampf mit Wetter und Weg. Da half ihm sein Messer wenig.

Am Ziel hatten sie, obwohl als Letzte angekommen, wieder einmal Glück. Ein kleiner Container mit eigenem „Bad" war für sie reserviert. Anna hatte gemailt, dass G.I. einen Teilnehmer dabei habe, der schwer angeschlagen sei und für diese Nacht unbedingt einen guten Ruheplatz brauche. Und sie seien im Ganzen vier Leute. Und siehe da, der Name Greenpeace International und der Verweis auf den angeschlagenen Pit hatten gereicht für eine ‚kleine aber feine Datsche', wie Pit sagte. Als sie ihre nassen Klamotten auf eine Leine gehängt, ihre Doppelstockbetten bezogen hatten und sich zum Abendessen um ein kleines Tischchen sammelten, war die Welt fast wieder in Ordnung. Nur Pit hing noch immer durch und war nicht zu bewegen, auch nur einen Handschlag zu machen.

„Morgen nehme ich mir ein Taxi oder einen Eselskarren oder was auch immer. Ich laufe keinen Schritt mehr", sagte er.

„Das wird schon wieder", trösteten die anderen ihn, „iss mal was. Du wirst sehen."

„Und hier, schöner heißer Tee."

„Jan, dass du den Kocher mit hast. Klasse. Haben wir nicht dran gedacht."

„Nun, wir haben da schon etwas Erfahrung", lachte Anna, „wir von G.I. müssen immer auf alles gefasst und vorbereitet sein."
„Aber Ihr habt doch sicherlich auch schon Situationen erlebt, die Ihr nicht vorhersehen konntet. Oder?"
„Sicher", antwortete Jan, „ das kann man ja gar nicht ausschließen. Einmal zum Beispiel fiel das Wasser in einer Unterkunft aus. Da mussten wir uns zum Toilettieren einen Ort in der Wildnis suchen und gewaschen haben wir uns mit dem Rest aus unseren Trinkflaschen. Die mussten wir dann natürlich bei nächster Gelegenheit auffüllen. Aber es ging. ‚Immer flexibel sein' ist unser Wahlspruch. Und das hat bisher immer geklappt. Nicht wahr, Anna?"
Die nickte nur.
„Möge es so bleiben", sagte Kjell, „ dann ist es auch gut für uns alle." Und grinste.

Der nächste Tag sah sie wieder früh auf den Beinen. Abmarsch ist heute schon um 6.30 Uhr geplant, da die meisten Marschteilnehmer in Tuzla zum Bus, zur Bahn oder zum Flieger eilen wollen für die Heimreise. So planen die Veranstalter, dass die letzten Marschierer bis 16 Uhr angekommen sein werden.
„Alles wird gut", sagte Jan und deutete zum Himmel. Der Regen hatte aufgehört und die Wolken machten Anstalten, sich zu verziehen und einem freundlichen Tag freie Bahn zu geben.
„Ich nehme alle Skepsis zurück und behaupte das Gegenteil", stimmte Kjell zu. „Aber im Prinzip ist es doch besser, erst mal skeptisch zu sein und sich dann durch ein gutes Ende überraschen zu lassen als umgekehrt. Stimmt`s?"
„Ente gut, alles gut", griff nun Pit die positiven Aussichten auf. „So sage ich immer. Und das Wetter ist dafür einer der wichtigsten Faktoren. Wie man sagt, ‚die halbe Miete'. Also, für mich war es ja bis jetzt eine einzige Quälerei und auch bei bes-

tem Wetter wird es für mich heute kein Spaziergang. Aber ich schaue nach vorn, auf den heutigen Abend. Dann ist die Pflicht vorbei und die Kür beginnt. Und zur Feier des Tages beziehungsweise des Abends gebe ich einen aus. Versprochen!"

„Versprich nicht zu viel", sagte Anna. „Denn es ist nicht sicher, dass du es halten kannst. Wir sind in muslimischen Gegenden. Da wird meistens kein Alkohol verkauft, jedenfalls nicht offiziell."

„Na, irgendwas wird sich doch auftreiben lassen, für Geld kriegt man doch alles. Jedenfalls will ich heute Abend mal ein bisschen feiern. Wenn ich heute heil am Ziel ankomme, ist das doch Grund genug. Noch nie im Leben bin ich so viel gelaufen."

„Zur Entschädigung kannst du dann ab heute Abend im Jeep sitzen, morgen wahrscheinlich sogar stundenlang bei einer längeren Fahrt. Was ich nun wieder doof finde. Lieber würde ich ein Stück laufen", warf Jan ein. „Ich bin übrigens gespannt auf die Planungen für die nächste Woche. Wenn ich recht informiert bin, geht es morgen nach Sanski Most an die Sana. Stimmt`s Anna? Du weißt doch immer alles."

„Ich weiß nur, dass die Richtung Sanski Most geplant war, aber Einzelheiten weiß ich auch nicht. Lassen wir uns überraschen. Jetzt heißt es Abmarsch. Habt Ihr auch nichts liegen lassen? Nein? Na denn: Los geht´s!"

Die ersten zehn Kilometer liefen sich gut. Keine Hitze, kein Regen, keine Komplikationen. Auch Pit hatte sich wieder erholt. Der ausgiebige Schlaf, ausreichendes Essen und die Übung der letzten Tage, alles gut. Ich glaube, ich bin über den Berg, dachte er. Auch über Silkes Horrornachricht hatte er sich inzwischen gefasst. Sie ist schuld. Sie hat es gewollt. Sie soll es wegmachen lassen. Basta.

Jan und Anna erzählten unterwegs zum allgemeinen Vergnügen die eine und andere Anekdote von früheren Einsätzen,

Kjell schilderte seine sportlichen Erfahrungen im Boxring. Wie es sich anfühlt, wenn man seinen Gegner zu Boden gestreckt hat, aber auch, Ehrlichkeit muss sein, wie es ist, wenn man sich selber anzählen lassen muss.

„Das ist das Schöne im Sport. Man hat da Gegner, aber keine Feinde. Und man kann sich sogar, auch wenn es manchmal physisch und psychisch weh tut, gegenseitig zum Sieg gratulieren. Manchmal stelle ich mir vor, ich müsste mich mit einem richtigen Feind prügeln. Wie ich mich dann verhalten würde. Ich weiß es nicht. Ich habe das noch nie erlebt. Aber ich tröste mich dann, dass mir meine boxerische Erfahrung doch nützen würde. Also Vorsicht!"

Lachend hob er den Zeigefinger zu seinen Gefährten. Die lachten auch.

„Alle, die Bären und Räuber nicht fürchten…", stimmte Jan an. Aber die anderen enthielten sich, sei es, dass sie wie Pit keine Luft für das Singen hatten, da es gerade wieder einmal bergauf ging, sei es, dass sie inmitten der anderen Marschierer um sich herum sich nicht blamieren wollten.

„Ich hoffe", schloss Pit dieses Thema, „dass wir weder Feinden noch Räubern begegnen und dass wir, lieber Kjell, nicht auf deine Boxkünste angewiesen sind. Ich kann jedenfalls gut und gern darauf verzichten. Mein Feind ist dieser Anstieg. Das reicht mir. Punkt."

Damit war auch seine Luft am Ende. Punkt. Bis zur Frühstückspause sprach er kein Wort mehr. Und nach der Pause wurde, wie schon gestern, darum gebeten, bis zur Mittagspause schweigend zu laufen im Gedenken an die Schreie und Gräueltaten von damals vor dreißig Jahren.

Doch heute waren diese Schreie nicht mehr so präsent wie gestern. Der Mensch kann sich nicht dauernd in die Schrecken der Vergangenheit versetzen. Er muss es auch nicht. Es reicht, dass jeder Tag seine eigene Problematik hat. Auch seine eigene Schönheit. Denn bei den angenehmen Temperaturen dieses heutigen Tages und bei dem Gedanken, dass heute auch das Ziel erreicht wird, hatte man auch wieder eine Auge für die Schönheit der Landschaften, besonders, wenn sich nach einem mühsamen Anstieg eine der wenigen Aussichten auftat. Dann machte man sich schweigend und mit Gesten gegenseitig auf ein besonders schönes Motiv aufmerksam. Und so manches Foto wurde geschossen. Auch Pit kramte die Handykamera raus. Doch gerade, als er abdrückte, gab sein Handy das Zeichen für den Empfang einer Nachricht. Pit schaute kurz nach: von Silke. Sie verwies auf einen Anhang. Leck mich doch, dachte er und klappte das Handy wieder zu. Jetzt nicht. Wer weiß, was für einen Trick sie sich wieder ausgedacht hat. Nein, seine gute Laune wird er sich jetzt nicht verderben lassen.

Auch Anna bekam eine Nachricht. Von Hamed. Er machte den Vorschlag, dass sie sich nachher zur Mittagspause bei dem Dorf treffen sollten, wo die Pause stattfinden würde. Beim Eingang des Dorfes stände eine kleine grüne Moschee und sicher auch „Erfrischung". Sie hätten eine Überraschung. Einverstanden?

Anna erklärte den Anderen flüsternd die Anfrage und alle nickten mit dem Kopf.

Kjell fügte hinzu: „Schreib, dass wir gespannt sind auf die Überraschung."

„Vielleicht haben sie ja eine Gaststätte, wo man doch ein Glas Wein miteinander trinken kann!"

Pit war weiterhin fest entschlossen, das Ende dieses Marsches gebührend zu feiern.

„Warten wir unsere Begegnung heute Mittag ab", flüsterte Jan, „ dann werden wir hören, was sie anzubieten haben. Wir beiden kennen sie ja noch nicht einmal. Also abwarten."

Die Mittagspause kam und mit ihr der verabredete Treffpunkt, die grüne Moschee. Sie war schon von weitem zu sehen. Und je näher man ihr kam, umso deutlicher erkannte man, dass sie nicht nur ganz frisch gestrichen, sondern auch gerade erst gebaut sein musste. Vorher hatte es in dem kleinen Dorf offenbar keine Moschee gegeben. Jedenfalls war zwischen den armseligen Häusern kein Minarett oder sonst ein auffälliges größeres Gebäude zu sehen.

„Das ist schon auffällig", fasste Kjell diesen Eindruck zusammen. „Das ganze Land scheint doch ziemlich arm zu sein und die Dörfer noch mehr, wie man sieht. Und dann solch ein Neubau. Wo mag das Geld dafür herkommen?"

Doch bevor die anderen diese Frage aufnehmen und diskutieren konnten, wurden sie abgelenkt durch die Gruppe bei Hamed, die ihnen schon von weitem zuwinkte.

„Da sind sie ja", sagte Anna und winkte zurück. „Der große in der Mitte ist Hamed, der Anführer. Da außen mit dem Mädchen, das ist Husein und das Mädchen heißt Dajana. Die anderen Namen habe ich mir auch nicht alle gemerkt."

„Der mit dem roten Pulli ist Muhamed", ergänzte Kjell. „ Den habe ich mir noch gemerkt. Aber mehr weiß ich auch nicht."

„Da wir nicht wissen, wie hier die Sitten sind, von wegen Frauen und Männer, halten wir lieber erst mal Abstand", befand Jan.

Die anderen nickten.

Als man herangekommen war, begrüßte man sich mit einem lauten ,Hallo' und da die Bosniaken offenbar überhaupt keine Hemmungen hatten, allen ohne Ausnahme die Hand zu schütteln, gingen die vier gern darauf ein. Bei der Gelegenheit stellten sich alle noch einmal vor, erstens von wegen Vergesslichkeit und zweitens, weil Jan und Pit in der Runde ja noch ganz neu waren.

„So, so. Du bist also der große Bruder Jan von deiner kleinen Schwester Anna."

Hamed machte eine Handbewegung in die Höhe und eine in die Tiefe, um den Unterschied zwischen groß und klein anzudeuten. Und lachte dabei.

Lachen kann er also auch, dachte Anna. Laut aber sagte sie: „Also das mit der kleinen Schwester vergessen wir mal. Das ist lange vorbei. Wir sind jetzt auf Augenhöhe, gleichberechtigt und mit gleichen Rechten und Pflichten."

„Sorry, selbstverständlich. Wir wissen, in Westeuropa wird die Geleichberechtigung ganz groß geschrieben", jetzt waren Hameds Augen wieder scharf und stechend. Von einem Augenblick auf den anderen konnte er ihren Ausdruck ändern. Und als er sich an seine Kumpels wandte, blickten sie schelmisch, oder doch eher spöttisch? Jedenfalls konnte er sich nicht verkneifen, zu sagen: „In Westeuropa kriegen nicht nur die Frauen, sondern auch die Männer Kinder. Gleichberechtigung!"

Durch das darauf folgende Lachen waren die vier G.I.s doch etwas irritiert, was Hamed natürlich sofort bemerkte.

„Bitte verzeiht mir. Ich wollte euch wirklich nicht beleidigen. Nur, für uns in Osteuropa ist manches an den Schwerpunkten und Themen im Westen nicht immer verständlich. Bitte, seht mir und uns das nach, falls wir da noch einmal etwas sagen, was euch missfällt."

„Gut, gut. Lassen wir dieses Thema jetzt. Ich bin Pit aus Berlin. Und Ihr?"

Sie nannten noch einmal ihre Namen.

Dann ergriff Husein das Wort: „Auf eurem Flyer steht, dass die Versammlung wegen unserer Flüsse um 16 Uhr sein soll. Wenn wir davon ausgehen, dass wir alle hier, die wir daran teilnehmen wollen, gegen 15 Uhr in Tuzla eintreffen, also jetzt eine

Stunde Pause, dann noch knapp zwei Stunden bis zum Ziel, dann könnte das hinkommen."

„So denken wir auch", erwiderte Anna. „Nach der Ankunft warten unsere Freunde auf uns, dann etwas frisch machen und um 16 Uhr die Versammlung. Ich denke auch, dass das so klappen wird."

„Und nun unsere Überraschung", fuhr Husein fort, „wir würden euch gern hinterher, also so ab 17 Uhr, zu einem kleinen privaten Treffen in eine Datsche am südwestlich der Stadt gelegene Stausee Modračko jezero einladen. Der Stausee ist das größte Naherholungsgebiet der Stadt und die Datsche gehört meiner Familie und ist gerade frei. Man hat da einen sehr schönen Blick auf den See und die Berge ringsum. Was meint Ihr?"

„Wir könnten auch grillen", fügte Dajana hinzu. „Und ich mach einen Hirtensalat."

„Das hört sich ja alles gut an", antwortete Pit. „Ich habe heute früh auch schon daran gedacht, heute Abend nach den Strapazen dieser Tage etwas zu feiern und abzuhängen. Nur eine Frage dazu. Ich kenne ja nicht eure Sitten an diesem Punkt. Könnt oder dürft Ihr auch ein Gläschen Wein oder Bier oder andere Alkoholika besorgen? Ich meine, für uns als Gäste. Ich, beziehungsweise wir, würden diese Getränke natürlich bezahlen."

Blitzartig war ihm klar geworden, dass das eine ganz schöne Rechnung werden würde, wenn nicht sie, die vier vom G.I.-Team, sondern die fünf Gastgeber auch noch mittrinken würden. Eine Flasche Wein würde er ja, wie versprochen, gerne ausgeben, aber für vier plus fünf bei einem ganzen geselligen Abend? Deshalb ‚ich, beziehungsweise wir'.

Seine drei Mitstreiter hatten das wohl verstanden, weshalb Jan bekräftigte: „Selbstverständlich würden wir für die Alkoholika aufkommen. Gewissermaßen als Gastgeschenk. Nur, wo hernehmen und nicht stehlen?"

Die muslimischen Bosniaken schienen damit kein Problem zu haben.

„Offiziell sind alkoholische Getränke nicht erwünscht", erklärte nun Hamed und entschied definitiv, „aber privat und für westeuropäische Gäste ist alles möglich. Wir wissen, wo es diese Getränke gibt und werden alles besorgen. Über das Geldliche einigen wir uns dann vor Ort. Einverstanden?"

„Na klar. Eine kleine Party als Abschluss des Friedensmarsches. Und dabei lernen wir euch und euer Leben in eurem Land gleich noch besser kennen. Also, ich bin dafür."

Dabei schaute Kjell seine Mitstreiter herausfordernd an.

Alle nickten mit dem Kopf. Nur Anna, die bisher ganz gegen ihre Art geschwiegen hatte, sagte: „Ich möchte aber, dass wir auch ein Ende der Party festlegen, sagen wir, so gegen zwanzig Uhr. Nehmt es mir nicht übel. Aber schließlich sind wir da mit freundlichen Gastgebern verabredet, mit denen wir auch noch über den Plan für die nächsten Tage reden wollen. Ihr versteht das?"

Fragend sah sie die Bosniaken an.

Alle beteuerten, dass sie den Wunsch ihrer Gäste sehr wohl verstehen und selbstverständlich auch respektieren werden.

„Schließlich seid Ihr hier, um unserm Land zu helfen, seine schönen Flüsse zu bewahren", schloss Hamed das Gespräch.

„Wir werden euch pünktlich wieder zu euren Gastgebern bringen. Versprochen!"

Dabei reckte er die Schwurfinger in die Höhe.

„Jetzt aber lasst uns zugreifen und uns für den Endspurt stärken."

„Bis Nachmittag. Zdravo!"

„Bis Nachmittag. Tschüss!"

Pit, der schon während des Gespräches einen Döner verspeiste, suchte sich gleich einen Platz, wo er sich ausstrecken konnte. Die Temperaturen waren angenehm, die Sonne hatte auch die Erde nicht nur getrocknet, sondern schon wieder durchwärmt, die Aussicht auf das Ziel und die anschließende Party, alle diese Faktoren bewirkten bei ihm eine gehobene Stimmung. Ja, er würde das letzte Stück auch noch schaffen und ja, dann würde er einen ausgeben.

Auch die anderen ruhten nach dem Essen und schlossen die Augen.

Als das Signal zum Aufbruch ertönte, gab Jan die Losung aus: „Nur Mut! Alles wird gut!" Und schlug dabei Pit und Anna aufmunternd auf die Schultern.

Kjell aber konnte es sich nicht verkneifen, zu warnen: „Man soll den Tag nicht vor dem Abend loben."

„Alter Miesepeter!"

Entgegen aller Miesepeterei kamen sie jedenfalls wohlbehalten und vorfristig in dem Dorf Nezuk bei Tuzla an, wo der Jeep ihrer bosnischen Partner schon bereit stand und auf sie wartete. Vor Freude klatschten sich die Vier ab und beteuerten einander, dass der Weg trotz aller Anstrengung doch eine schöne Erfahrung war.

Rache

„Ich bin Ratko", stellte sich ihr Fahrer vor. Und sich in Richtung Anna verbeugend, „wir hatten ja beide schon per Mail und Telefon Kontakt miteinander. Seid alle herzlich willkommen in Bosnien-Herzegowina. Schön, dass wir uns nun kennen lernen. Ich bin gewissermaßen der Sprecher oder Verbindungsmann für die Beziehungen zu Greenpeace International. Ich bringe euch jetzt zum Quartier. Etwa zehn Minuten Fahrt. Da habt Ihr dann noch eine gute Stunde, um euch etwas frisch zu machen und nachher hole ich euch ab zur Versammlung. Ihr habt also noch ein wenig Zeit, euch zu erholen."

„Danke", sagte Anna erfreut. „Ich freue mich auch über unsere persönliche Begegnung."

„Ratko?", hakte Jan ein, „war das nicht auch der Vorname jenes serbischen Generals, dessen Blutspur wir gerade gefolgt sind?"

„Ja, leider. Aber ich habe mir ja den Namen nicht ausgesucht. Und bei uns in der Familie hießen die ältesten Söhne immer Ratko. Also ich auch. Und was Ratko Mladic betrifft, er hat schreckliches Unglück über viele Bosniaken gebracht und Schande über unseren guten serbischen Namen. Inzwischen ist er ja tot. Aber jetzt zum dreißigsten Gedenkjahr jenes Massakers – Ihr wart ja gerade auf dem Marsch mit dabei – da kommt alles wieder hoch. Und es gibt bis heute viele streng nationalistische Serben, die das alles runter spielen und mindestens einen Teil der Schuld den Bosniaken zuschieben, beziehungsweise noch weiter zurück: den Türken, die ja hier vierhundert Jahre die Macht hatten, im Westen würde man sagen, als Kolonialherren hier waren. Und da unter den Türken nur diejenigen gleichberechtigte Staatsbürger waren, die deren Glauben, also den Islam, annahmen, konvertierte ein Teil der Bevölkerung zum Islam und genoss damit alle staatsbürgerlichen Vorteile. Wir Serben aber, die wir treu zum orthodoxen christlichen Glauben standen, waren vierhundert Jahre lang im eigenen Land nur Bürger zweiter Klasse, mit Sondersteuer und anderen Schikanen. Vor zweihundert Jahren haben wir dann die Türken verjagt, aber die Muslime, die Bosniaken, sind geblieben. Im serbischen Bewusstsein sind sie nun so etwas wie die letzten Türken, beziehungsweise die ständige Erinnerung an jene Zeit der türkischen Unterdrückung und dass ein gewisser Bevölkerungsanteil den christlichen Glauben um persönlicher Vorteile willen verraten hat und zum Feind übergelaufen ist. Ich sag das alles bloß, damit Ihr versteht, welche Gefühle, Erinnerungen und heutige Herausforderungen hier auf dem Westbalkan aufeinander prallen."

„Danke, danke für diesen kurzen Geschichtsunterricht", sagte Jan. „Für mich ist das weithin alles neu, obwohl ich Geschichtslehrer bin. Sehr interessant. Da merke ich wieder einmal, wie sehr wir, die Uni, wo ich studiert habe und ich auch, wahrscheinlich aber unser ganzes westliches Bildungssystem auf die Erfahrungen und Werte der westlichen Hemisphäre fixiert sind und die Geschichte Osteuropas weithin ausgeblendet haben, beziehungsweise ihre Erfahrungen und daraus resultierenden Schlüsse nicht verstehen und ignorieren. Deshalb frage ich mal: Was siehst du als besondere ‚heutige Herausforderung' an? Falls du das so in der Kürze der Zeit auf einen Punkt bringen kannst?"

„Nur ganz kurz, da wir ja gleich im Quartier sind. Von meinem christlichen Glauben her: dass wir uns alle, jeder Bevölkerungsteil, unter unsere eigene Schuld beugen und einander um Vergebung bitten müssten. Nur durch Vergebung wird Schuld bereinigt und kommen Versöhnung und Frieden."

„Aha."

„Hm."

Unsere Vier waren über diese Antwort einigermaßen überrascht und verwirrt, da sie eine Antwort in Richtung der üblichen Floskeln wie Toleranz und Dialog erwartet und selbst keinerlei innere Beziehung zum christlichen Glauben hatten.

Das einzige, was Kjell daraufhin einfiel, war die Frage: „Du kommst wohl aus einer sehr gläubigen Familie?"

Die kurze und knappe Antwort lautete: „Ja."

Da sie nun aber wirklich beim Quartier angekommen waren, ruhte bis auf weiteres jedes tiefere Gespräch und man widmete sich dem Nächstliegenden: Duschen, Trinken, hinlegen, fertig machen für die Versammlung. Auf dem Weg dahin informierten sie Ratko über die darauf folgende Einladung.

Für die Versammlung war der Nebenraum einer Gaststätte reserviert mit Platz für zwanzig Personen. Auf den Tischen standen Wasserflaschen und Gläser.

Als Anna durchzählte, sie vier, vier ihrer neuen bosniakischen Bekannten – Husein und Dajana waren schon in der Datsche beschäftigt – dann mit Ratko zusammen vier von hiesigen Umweltverbänden und fünf Gäste, die die Bosniaken eingeladen hatten, kam sie im ganzen also auf siebzehn Teilnehmer.

„Das ist doch gut. So etwa hatten wir es erhofft."

Dann erhob sich Ratko und eröffnete offiziell die Versammlung: „Seid alle ganz herzlich gegrüßt zu dieser Versammlung mit dem Thema ‚Rettung der bosnischen Flusslandschaften'. Besonders begrüße ich die Vertreter von Greenpeace International aus Amsterdam, auf deren Initiative hin diese Versammlung zustande gekommen ist." Und zu den vier G.I.s gewandt: „Es wäre nett, wenn Ihr euch noch einmal mit Namen und Herkunftsland vorstellt."

So geschah es.

Danach stellte Ratko sich selbst und die Vertreter der bosnischen Umweltverbände vor, um sich schließlich dem Thema zu widmen.

„Die ‚Rettung der bosnischen Flusslandschaften' ist ein Thema , das viele Bosnier bewegt, besonders auch junge Leute. Aber es fehlt uns an einer schlagkräftigen Gruppe, die da etwas ausrichten könnte, damit die umweltschädlichen Entwicklungen nicht völlig aus dem Ruder laufen. Deshalb schlage ich als Tagesordnung vor, dass wir alle zuerst auf die Sicht von außen, von Amsterdam hören, die Anna und Jan uns vortragen werden, dann die fachlichen Beiträge unserer Umweltschützer und zum Schluss Diskussion frei für alle Anwesenden. Ich persönlich wünschte mir, dass am Schluss unserer Versammlung, gegen 17 Uhr, unser Herz brennt für unsere schöne Heimat und wir bereit sind, Zeit und Mittel für sinnvolle und nachhaltige Rettung unserer urigen Flusslandschaften zu investieren. Zunächst aber: Bitte Anna und Jan, jetzt seid Ihr dran."

Anna fing mit der globalen Perspektive an und der UN-Resolution „Agenda 2030" von 2015 unter besonderer Berücksichtigung des Punktes Umwelt. Und dass besonders die jüngere Generation, „also alle unter sechzig", aufgerufen sei, die Dinge nicht einfach laufen zu lassen, sondern sich zu engagieren. Welche Wirkung man da gemeinsam erreichen könne, habe ja Greta Thunberg mit den fridays for future gezeigt. Sie schloss mit dem Aufruf: „Wir sind jung. Wir können etwas erreichen zur Verbesserung unserer Welt und Umwelt, auch zur Verbesserung unserer Lebensqualität. Wir können das. Genau. Wir müssen es nur wollen!"

Dann übergab sie die konkreten Ausführungen zu den bosnischen Flussläufen an Jan.

„Wir haben in Amsterdam gerade eine interessante Ausstellung über ‚das blaue Herz Europas'", begann der. „Da werden wunderbare großformatige Fotos über die herrlichen Flusslandschaften hier bei euch gezeigt, aber auch die Probleme, die durch zunehmende Industrialisierung und den damit verbundenen Energiehunger entstehen. Hunderte neuer Staudämme an den Flüssen sollen nun Abhilfe schaffen. Ihr werdet davon gehört und gelesen oder die Arbeiten auch mit eigenen Augen gesehen haben. Doch diese Staudämme und wie sie geplant sind, bringen neue Probleme."

Jan schiebt einen vorbereiteten Stick in den bereitgestellten Laptop und schaltet den Beamer an.

Auf Fotos mit schönen naturbelassenen Flusslandschaften folgen Fotos, die die dramatischen Zerstörungen zeigen, wo Staudämme rücksichtslos die natürlichen Landschaften verändern. Dann erläutert er an Hand von Tabellen und Graphiken all die Schäden, die von der Quelle bis zu Mündung der Flüsse entstehen und in keinem Verhältnis zum Nutzen der hundert großen und tausend Ministaudämme entstehen.

„Zum Beispiel", so schließt Jan seine Ausführungen, „brauche ich euch nicht zu sagen, dass Ihr mit der Luftverschmutzung über eurer Stadt einen traurigen Spitzenplatz in Europa einnehmt. Woher kommt das? Das wisst Ihr auch: vom wachsenden Verkehr und eurem großen Kohlekraftwerk. Und das Absurde: alle neuen Staudämme zusammen reichen nicht aus, um auch nur dieses eine Kohlekraftwerk abzuschalten und für saubere Luft in euren Lungen zu sorgen. Ganz abgesehen vom enorm ansteigenden CO_2-Ausstoß, der dem Pariser Klimaabkommen völlig zuwider läuft und nicht nur global, sondern auch lokal seine katastrophalen Folgen zeitigen wird."
Jan schaltete den Projektor aus.

Dann kam er zum Schluss: „Es ist ein Umdenken erforderlich, wie bei uns im Westen auch. Erstens ein Umstieg auf klima- und umweltfreundliche Energien, die den Wohlstand fördern und die Umwelt nicht zerstören. Zweitens wissen wir, ich meine uns vier, nur zu gut, welchen Hunger es bei uns gibt, ich sage jetzt mal, auf Urlaubsparadiese in aller Welt. Eure natürlichen Flusslandschaften sind solche Paradiese und könnten es für unzählige Touristen aus Westeuropa und der ganzen Welt werden. Touristen kommen nicht wegen Kohlekraftwerken oder Stauseen, sie kommen wegen schöner und uriger Natur. Wir denken, dass das nicht bedeuten muss, alle Stauseen wieder abzureißen oder zu verhindern. Es wird auch Stauseen geben, die Sinn machen, aber es gilt im Ausgleich dazu und zu eurer eigenen und der Touristen Freude große Teile eurer wunderbaren Flusslandschaften zu erhalten und zu Naturreservaten zu erklären. Es gilt, euren verständlichen Wunsch nach mehr Wohlstand und den Schutz eurer wunderbaren Natur möglichst in Einklang zu bringen. Dazu bedarf es eures Engagements. Wir vier fahren wieder ab. Ihr aber bleibt hier. Und es ist eure Heimat. Wenn Ihr euch für eure Flusslandschaften engagiert, engagiert Ihr euch für eure Heimat und, nicht nur, aber auch für euren eigenen Wohlstand. Ich danke euch für eure Aufmerksamkeit."

Applaus.

Nun waren die Vertreter der lokalen Umweltaktivitäten an der Reihe. Sie bestätigten im Prinzip alles, was schon gesagt war, ergingen sich dann aber in Klagen über fehlende Finanzen und Mitarbeiter.

Anna, die den aufkommenden Negativton merkte, versuchte, die Stimmung wieder zu drehen.

„Alles, was die Umweltvertreter eben beklagten, ist so. Genau. Aber lasst euch dadurch nicht entmutigen. Schaut auf die Millionen Umweltaktivisten in aller Welt, die schon so viel erreicht haben. Und schaut auf euch und sagt euch: das können wir auch. Genau. Und schaut auf eure schöne Heimat und nehmt euch vor, sie aktiv mit zu gestalten und zu erhalten. Und wie schön wäre es, wenn ich in zehn oder zwanzig Jahren mit meinen Kindern den Urlaub besprechen würde: Wo fahren wir diesmal hin? Und alle würden sagen: Nach Bosnien. Da ist es am schönsten. Na, was meint Ihr?"

Großer Applaus.

„Und um das konkret werden zu lassen, geben wir mal eine Liste rum, wo sich alle mit Mail-Adresse und Telefon eintragen können, die Infos und Einladungen zu entsprechenden Projekten erhalten wollen. Genau."

Während die Liste rumging, wurde noch gefragt, ob es denn jetzt ein ganz konkretes Projekt gäbe, woraufhin Ratko auf die Sana verwies und mit einem geheimnisvollen Schmunzeln ankündigte, dass man „in den nächsten Tagen" wohl über die öffentlichen Medien da einiges hören werde. Man lasse sich überraschen. Auch seine Gäste aus Amsterdam wüssten davon noch nichts. Aber die werde er noch heute Abend einweihen.

Am Ende hatten sich bis auf Mesut alle Bosniaken, sowie zwei von denen in die Liste eingetragen, die sie zu dieser Versammlung eingeladen hatten.

„Na, das ist doch ein guter Anfang", sagte Ratko, „und eine Hoffnung für unsere Flüsse."

Und zu den G.I.s gewandt: „Dank euch, dass Ihr gekommen seid. Wir wissen es zu schätzen, dass Ihr eure Zeit und euer Geld für uns ausgebt, für die Bewahrung unserer schönen Heimat. Danke!"

Nach einem gehörigen Applaus war die Versammlung beendet. Danach besprach man mit Ratko noch einmal den Verlauf des weiteren Tages und Abends. Die Vier würden jetzt der freundlichen Einladung ihrer bosniakischen Bekannten folgen und mit ihnen zu einer Datsche fahren, wo sie es sich zwei oder drei Stunden gemütlich machen wollten. Husein gab Ratko die Adresse: „Hier kannst du unsere lieben Gäste wieder abholen. Wann etwa?"

„Ich denke, so ab 20 Uhr", sagte Anna. „Aber ich rufe vorher an. Wie lange fährt man?"

„Etwa zwanzig Minuten."

„Gut. Also, wenn ich um zwanzig Uhr anrufe, weiß ich, dass du in zwanzig Minuten da bist. Dann sind wir auch bereit zur Abfahrt."

„Gestriegelt und gebügelt, wie man bei uns sagt", fügte Pit lachend hinzu.

Er freute sich nach getaner Arbeit wohl am meisten auf die kommende Party und das Gläschen...

„Nach der Pflicht folgt jetzt die Kür."

Auch Kjell machte ein fröhliches Gesicht. Er sah nun wohl keinen Grund mehr zur Skepsis.

„Auf geht´s!"

Einen besseren Ort zum Abschluss des Marsches als diese Datsche hätten sie nicht finden können. Darin waren sich unsere vier G.I.s sofort einig, als sie auf die Terrasse traten und von Husein und Dajana willkommen geheißen wurden.

„Willkommen auf unserer Datsche! Mögt Ihr unsere Gastfreundschaft genießen und viel Freude mit und bei uns haben."

„Vielen Dank. Schön habt Ihr es hier."

„Welch ein phantastischer Ausblick! Der See glitzert in der Sonne, ein paar Boote, die Berge im rötlichen Abendlicht und nebenan eine Alm mit ein paar Kühen. Schöner geht es nicht."

„Führt der Pfad hier runter zum See?

„Nicht direkt. Er mündet da hinter der Biegung in den Fahrweg, der vom Ort runter zum See führt. Da gehen wir lang, wenn wir Zeit haben. Zum Baden. Aber jetzt haben wir leider nicht so viel Zeit."

„Schön. Wie ist doch gleich der Name des Sees? Ihr habt ihn uns ja schon im Auto genannt, aber ich konnte ihn mir nicht merken."

„Modračko jezero, der Stausee von Modračko, also nach dem kleinen Ort benannt, durch den wir eben gekommen sind", erklärte Muhamad noch einmal. „Das ganze Gebiet ist jetzt Naherholungsgebiet. Ihr habt ja schon mitbekommen, dass Tuzla viel Industrie und wenig gute Luft hat. Dafür haben die Einwohner hier einen schönen und erholsamen Ausgleich."

„Ist ja fast wie am Largo Maggiore. Genau", schwärmte Anna.

„Na, na", bremste Kjell, „die Hügel hier sind doch ein ganzes Stück niedriger."

„Aber schön sind sie mit ihren Wäldern und Almen", begeisterte sich Pit. „Bei uns in und um Berlin haben wir auch viele Seen und Wälder, aber solch wunderbare Bergkulisse ringsum haben wir nicht. Ich finde es herrlich."

„Ich werde immer neidisch", wandte sich Jan an ihre Gastgeber, „wenn ich so viele Berge sehe. Schon auf dem Marsch und hier wieder. Wisst Ihr, wie hoch unser höchster Berg ist? Na? 322m, der Vaalserberg. Das heißt, es stimmt nicht ganz. Wir besitzen noch einen viel höheren Berg auf unserer Karibikinsel Saba: Mount Scenery mit 877m! Na, da staunt Ihr, was?"

„Na ja", konterte Hamed, „wir haben in unserem kleinen Land zwölf große Berge über 2000m."

„Donnerwetter!"

„Und dazu die wunderschönen Flusstäler", ergänzte Husein, „ja, wir haben eine schöne Heimat. Wir lieben sie auch. Aber nun setzen wir uns doch! Bitte!"

An zwei großen Tischen fanden sie alle bequem Platz. Husein hantierte inzwischen am Grill, während Dajana in der Küche beschäftigt war. Mesut und Muhamad aber schleppten Getränke heran, wobei sie jedes Mal mit großem ‚Oh‘ und ‚Ah‘ begrüßt wurden.

„Die Wünsche unserer Gäste sind uns Befehl", schmunzelte Mesut, „hier neben dem obligatorischen Wasser auch einige alkoholische Getränke, zum Beispiel Tuzlanski Pilsener", dabei zog er eine Flasche aus dem neben dem Grill stehenden Bierkasten und schwenkte ihn übermütig und anpreisend über der Tischrunde. „Und hier unser berühmter Sljivovica, Pflaumenschnaps, aber von der besseren Sorte, kein Fusel!" Und er streckte eine der beiden auf den Tischen verteilten Flaschen in die Höhe. „Und zum Schluss das Beste: ein paar Flaschen Zilavka, ein Wein aus der Herzegowina, eine Rebe, die es nur hier bei uns gibt." Dabei hob er eine der drei Weinflaschen hoch und zeigte das Etikett in die Runde.

„Na, wenn wir das alles getrunken haben, dann kann uns Ratko nachher unterm Tisch einsammeln", lachte Pit.

Die andern stimmten in sein fröhliches Lachen mit ein.

„Doch bevor wir zugreifen, möchte ich an mein Versprechen erinnern, wenigstens eine Flasche zu bezahlen. Für mehr reicht es nicht. Bin ja noch Student."

„Nein, nein", unterbrach ihn Hamed, „behalte dein Geld. Wir sind hier die Gastgeber. Oder willst du uns kränken?"

Seine Augen waren wieder schwarz und stechend.

„Wie könnte ich solch liebe Gastgeber kränken wollen? Auf keinen Fall. Deshalb möchte ich es anders formulieren: Erlaubt mir, euch eine dieser Flaschen als mein Gastgeschenk anzubieten. Gäste bringen doch gern etwas mit. Oder ist das bei euch nicht so?"

„Doch, doch, aber...", Hamed kam etwas ins Stottern.

„Na also, ich übernehme auch eine Flasche Wein als Gastgeschenkt", fiel ihm Kjell ins Wort.

„Und wir, Anna und ich, übernehmen die dritte Flasche, ich bitt Euch", ergänzte Jan, „nehmt diese drei Weinflaschen als unser Gastgeschenk an. Ihr würdet uns eine große Freude damit machen."

„Na gut, wenn es so ist. Dann sollt Ihr diese Freude haben", gab sich Hamed geschlagen.

Jan ging mit Mesut zur Seite und bezahlte die drei Flaschen Wein.

„Ihr könnt mir euren Anteil nachher geben", sagte er zu Kjell und Pit.

Husein aber, dessen Holzkohle inzwischen zu einer schönen Glut gewandelt war, rief Dajana: „Bring doch bitte mal die Ćevapčići raus. Sie können jetzt auf den Grill."

Und zur Tischrunde gewandt: „Schließlich brauchen die Getränke eine gute Grundlage."

Und als Dajana mit einer großen Schüssel heraus kam und sie ihrem Bruder in die Hände drückte, hob er sie anpreisend in der Runde hoch: „Ćevapčići aus Lammfleisch! Etwas ganz besonderes!"

Und in Richtung Küche: „Dajana, denk bitte auch an Lepinja!"

„Jaaa!"

„Lepinja ist unser Fladenbrot. Und wer es zusammen mit den Ćevapčići besonders genießen will, muss es mit Olivenöl beträufeln und beim Grillen kurz auf die Ćevapčići legen. Hmm, das schmeckt!"

Muhamed schnalzte mit der Zunge.

„Ich würde vorschlagen", ergriff Hamed wieder das Wort, „dass wir schon mal mit einem Getränk beginnen und anstoßen. Ich würde sagen, wir beginnen mit einem Bier, jedenfalls, wer will. Um erst mal ordentlich Flüssigkeit aufzunehmen und den Wein heben wir uns für danach auf. Einverstanden?"

Alle bekundeten ihr Einverständnis.

„Wir machen es auch immer in dieser Reihenfolge", bekräftigte Pit. „Oder, wie man bei uns sagt: ‚Wein auf Bier, das merke dir. Bier auf Wein, das lass sein'. Sonst kann man nämlich ganz schnell unterm Tisch liegen. Haha."

Währenddessen war Mesut aufgestanden und reichte jedem fragend eine Flasche Bier: „Ladys first", verneigte er sich vor Anna."

Die aber lehnte ab: „Ich möchte zunächst beim Wasser bleiben. Danke."

„Und du Ahmed? Du hast dich noch gar nicht geäußert."

Erklärend fügte er für die anderen hinzu: „Ahmed ist nämlich praktizierender Muslim."

Und wieder zu Ahmed: „Aber wenn Gäste da sind, machst du doch sicher auch eine Ausnahme. Da geht Gastfreundschaft vor. Oder?"

„Na ausnahmsweise."

Und nahm auch, man hatte den Eindruck, nicht ungern, eine Flasche.

Dann eröffnete Hamed das Gelage, indem er seine Flasche hob: „Auf unsere lieben Gäste!"

Vor dem zweiten Schluck revanchierte sich Jan: „Auf unsere lieben Gastgeber."

Es gab noch etliche gute Gründe für den jeweils nächsten Schluck.

„Auf unsere Heimat!"

„Auf eure Flusslandschaften!"

„Auf euer Engagement in dieser Sache."

Ein Schluck und ein Toast folgte dem anderen. Und auch wenn die vier Westler merkten, dass das Bier weder Amstel noch bayrisch war, griffen sie doch wacker zu. Einem geschenkten Bier sieht man schließlich nicht in die Flasche.

Inzwischen hatte Dajana das Fladenbrot, Olivenöl, Olivenfrüchte und zwei große Schüsseln Hirtensalat auf die Tische gestellt und Mesut brachte ein Tablett mit einer Sammlung unterschiedlichster Gläschen für den Sljivovica.

„Das Fleisch ist fertig", vermeldete Husein, „wenn jemand unser Lepinja besonders genießen will, sollte er jetzt etwas Olivenöl auf einen Fladen träufeln und dann kurz auf die Ćevapčići legen. Also ziert euch nicht."

Die Gäste ließen sich nicht zweimal bitten und waren gespannt auf diesen Genuss. Dann schlossen sich auch die Gastgeber an. Schließlich war es das Nationalgericht.

Als dann jeder seinen Pappteller vollgepackt und jeder, der wollte, sein Gläschen mit Sljivovica gefüllt hatte, sagte Husein: „Auf unsere Ćevapčići!"

„Auf die Ćevapčići", antworteten alle im Chor und stürzten den ersten Pflaumenschnaps hinunter.

„Hui", Anna verzog ihr Gesicht, „der brennt ja wie Feuer."

„Der ist auch Feuer", versicherte Mesut, „haltet mal ein brennendes Streichholz vor den Mund, dann werdet Ihr zu Feuer speienden Drachen. Haha."

Alle lachten.

Jan, Kjell und Pit aber waren sich mit ihren bosnischen Bekannten einig, dass man dieses Feuer noch ein bisschen am Brennen halten müsse.

„ Auf das Feuer des Sljivovica!"

„Auf die Lepinja!"

„Auf Huseins Grillkünste!"

„Auf Dajanas schönen Salat!"

Mit jedem Bissen, mit jedem Gläschen und jedem Schluck stieg nicht nur der Alkoholpegel, sondern auch die allgemeine Begeisterung, wie das eben bei gutem Essen und Trinken und in geselliger Runde leicht der Fall ist. Auch die Sonne schien Gefallen zu haben an dem fröhlichen Treiben. Jedenfalls ließ sie noch viel wohlige Wärme und abendlich-rötliches Licht den Menschen und den Kühen, dem See und den Bergen zuteilwerden.

„Welch ein schöner Abschluss unseres großen Friedensmarsches. Hier auf dieser Terrasse, bei diesem Ausblick und bei diesem Wetter und natürlich", Anna wandte sich zu den Gastgebern, „bei solch liebenswürdigen Gastgebern. Da ist Frieden nicht nur ein Wort, sondern wird geradezu spürbar."

Anna hob den Rest ihres Sljivovica: „Auf den Frieden hier in unserer Runde!"

In der einen Hand die Grillzange, in der anderen ein Bier, bekräftigte Husein: „Auf den Frieden in Bosnien!"

Und Jan fügte hinzu: „Auf den Frieden zwischen allen Menschen und Völkern!"

Vom allgemeinen Frieden innerlich ergriffen, war einen Augenblick Stille und man widmete sich intensiv dem Gastmahl, bis Pit an vergangene Zeiten meinte erinnern zu müssen: „Gut, dass die Coronazeiten vorbei sind. Wisst Ihr noch, wie da alle solche Treffen aussahen, falls sie nicht ganz verboten waren? Da dürften wir hier nur auf Abstand sitzen. Der Letzte von uns also etwa da hinten im Gemüsebeet."

„Hahah!"

„Und mit Maske! Haha!"

„Und nur mit Maske essen und trinken! Haha!"

Es war abzusehen, dass die allgemeine Heiterkeit einmünden würde in eine allgemeine Verbrüderung. So geschah es auch. Man versicherte sich höchster gegenseitiger Sympathie und dass man auf jeden Fall Kontakt halten und sich wiedersehen wolle. Eifrig wurden Handynummern und Adressen ausgetauscht. Man erzählte sich gegenseitig von der Arbeit, der man nachging oder die man, hier in Bosnien, vergeblich suchte.

Bei steigendem Pegel an Alkohol und Brüderlichkeit konnte es nicht ausbleiben, dass auch private Dinge nicht mehr geheim blieben. Muhamed zum Beispiel erzählte, so, dass es alle mithören konnten, von seiner Familie. Wie stolz er auf seine beiden Kinder sei, die schon in die Schule gehen und immer gute Zensuren nach Hause bringen. Er erzählte auch von seiner Frau, die sehr schön sei, weshalb er sie ja auch geheiratet habe und wenn er mit ihr durch die Straßen gehe, würden sich alle Männer nach ihr umsehen. „Ja, schön ist sie. Nur manchmal ziert sie sich. Weiß der Kuckuck, warum die Weiber so sind, wenn Ihr versteht, was ich meine. Und wenn sie sich zu lange ziert, suche ich mir in der Stadt eine andere. Sie weiß davon aber nichts. Soll sie auch nicht. Obwohl, manchmal denke ich, ich erzähle es ihr. Dann würde sie sich vielleicht nicht mehr so zieren."

Er hob sein Glas: „Auf die Weiber!"

Die anderen waren etwas verlegen über Muhameds Bekenntnis und griffen statt einer Antwort lieber zum Glas.

Pit aber, der Muhamed gegenüber saß, erzählte dem, dass er, Pit, Vater werden solle, aber nicht wolle.

„Hier, heute habe ich wieder eine Nachricht von ihr bekommen."

Dabei nestelte er sein Handy aus der Gürteltasche und zeigte Muhamed die Mail.

„Sie will mir das Kind unterjubeln. Dabei weiß ich nicht mal, ob es von mir ist. Und ich will sie auch nicht heiraten. Ach ja, ein Anhang ist hier dabei. Den habe ich noch gar nicht aufgemacht. Mal sehen. Vielleicht der Beweis für die Abtreibung? Schauen wir mal."

Pit schaute sich das kleine Video an. Er war ja schon etwas angeheitert, aber das konnte er sehen: es war das neue Leben in ihrem Bauch. Ganz deutlich. Ein kleines Menschlein. Und darunter stand ‚im 4. Monat'. Was? Im vierten? Nicht im zweiten Monat? Also noch aus der Zeit, als sie fest zusammen waren? Dann war es wirklich sein Kind.

„Scheiße", sagte er laut.

„Ist es so schlimm?" fragte Muhamed herüber.

„Ja, ich bin wirklich der Vater. Solch eine Scheiße. Sie hat es nicht wegmachen lassen."

Im Stillen aber dachte er, dass Silke ihm vor zwei Monaten wohl deshalb hinterher gelaufen war, weil sie ihm das mitteilen wollte, sich dann aber nicht getraut hatte. So eine Sch...

„In Sarajewo haben wir einen regelrechten Abtreibungstourismus", wollte Muhamed gerade erklären, aber er kam nicht weiter. Jan hatte sich nämlich zu seiner ganzen Größe erhoben, ein Bier in der Hand nach oben reckend:„Auf unsere neuen Freunde in Bosnien!"

Als sie sich alle zugeprostet und getrunken hatten, manche „auf ex", erhob sich auch Hamed, ähnlich groß wie Jan, aber deutlich muskulöser, mit einem Becher voll Wein in der Hand: „Es ist uns eine große Ehre und Freude, dass Ihr hier bei uns seid und uns Freunde nennt. Freundschaft ist etwas Kostbares. Wir wissen eure Freundschaft sehr zu schätzen. Auf die Freundschaft!"

„Auf die Freundschaft", kam es im Chor zurück.

Inzwischen waren fast alle Ćevapčići verspeist, auch Dajanas Hirtensalat gegessen und gelobt. Dieser und jener knabberte noch an einer Lepinja oder stopfte Oliven in sich hinein. Alle waren satt und zufrieden. Dajana, die auch eine kurze Zeit zum Essen bei ihnen gesessen hatte, war wieder aufgestanden und räumte alles, was nicht mehr gebraucht wurde, ab. Die Pappteller und Speisereste landeten in der Mülltonne beim Haus, alles, was zum Haushalt gehörte, kam in die Küche, wohin sie dann auch wieder verschwand, um abzuwaschen und wegzuräumen. Nur die Getränke blieben auf den Tischen und an der zunehmenden Lautstärke der von den Männern dominierten Gespräche merkte man, dass die Getränke nicht umsonst da standen.

Zu den Männerthemen ‚Freundschaft' und ‚Weiber' war nun auch das Thema ‚Fußball' noch hinzu gekommen. Ausgerechnet durch Pit, der selber, unsportlich wie er war, nie Fußball gespielt hatte, aber vom Vater her ein Fan von Hertha BSC war. Der erinnerte sich, wie sie als Jugendliche, „also das ist mindestens fünfzehn Jahre her", einem gewissen Ibisevic zugejubelt haben. „Der war immer zuständig für die besonderen Tore!" „Und der war auch damals in unserer Nationalmannschaft dabei in Brasilien", wusste Muhamed. „Wann war das doch gleich? Na klar, 2014, als Deutschland Weltmeister wurde. Da waren wir dabei, das einzige Mal, haben aber die Gruppenphase leider nicht überstanden."

„Und wir saßen damals mit vielen Freunden vor dem Fernseher und haben geblökt wie die Ochsen, als Deutschland gegen Brasilien ein Tor nach dem anderen schoss."

Pits Augen glänzten.

Jan als Niederländer wusste zu berichten von der ewigen Rivalität zwischen seiner und der deutschen Nationalmannschaft und dass er die Hoffnung nicht aufgebe, „dass wir es den Deutschen mal wieder zeigen."

Nun kamen die Kerle alle richtig in Fahrt, erzählten von ihren heutigen Lieblingsvereinen und -spielern und man konnte meinen, dass hier Profis beisammen saßen, von denen Sieg und Niederlage ihrer Vereine abhingen. Dabei hatten sie höchstens mal auf einem Bolzplatz den Ball getreten und Pit noch nie einen Fußball berührt.

Anna hatte lange Zeit geschwiegen. Aber jetzt wurde ihr dieses Männergequatsche zu bunt. Auch sie hatte mit zwei Gläschen Sljivovica und einem ganzen Becher Wein für ihre Verhältnisse schon zu viel getrunken, so dass Schweißperlen auf ihr gerötetes Gesicht traten und sie sich mühen musste, ihre Zunge zu beherrschen und den rechten Ton zu treffen für das, was sie sagen wollte. Aber sie sagte es. Hätte sie es doch lieber nicht getan. Hätte sie doch die Männer quatschen lassen. Hätte, hätte, Fahrradkette. Ein Wort, das gesagt ist, kann man nicht zurückholen. Es ist nur ein Wort, aber welche Wirkung kann es haben.

Anna, auf Ordnung und Sinn bedacht, stand also auf, klopfte mit einem Löffel gegen ein Glas und verschaffte sich Gehör: „Liebe Freunde, nehmt es mir bitte nicht übel, wenn ich eure Männergespräche vielleicht unterbreche. Aber ich sehe, dass es schon 19 Uhr ist. Und da frage ich mich, und nun auch euch, ob wir nicht mal das Thema wechseln und uns einer Frage zuwenden, die mich schon den ganzen Abend beschäftigt. Sie hängt zusammen mit dem Anlass und Inhalt des Friedensmarsches, an dessen Ende wir uns heute hier zusammen gefunden haben. Ich weiß nicht wie es euch ging", Anna sah ihre drei Mitstreiter an, „aber mich bewegt, schon seit wir unsere neuen Freunde kennengelernt haben, die Frage, ob Ihr beziehungsweise eure Familien auch unter dem Massaker vor dreißig Jahren gelitten habt und wie Ihr das heute seht und empfindet. Gerade auch auf diesem Marsch. Genau."
Betretenes Schweigen.
„Vielleicht wollt Ihr ja davon nicht reden. Dann ist es auch gut."
Anna war sichtlich verlegen über dieses Schweigen.
„Aber mich hat es eben bewegt, besonders in der stillen Zeit beim Marsch. Vielleicht werdet Ihr nun auch wieder sagen ‚typisch Weiber'. Dann entschuldigt, dass ich eure Gespräche unterbrochen habe."
Sie setzte sich wieder und ließ sich noch einmal Wein nachschenken, wohl wissend, dass das zu viel war. Sie nippelte auch nur daran.
Als erster fasste sich Hamed. Seine Augen, die eben beim Thema Fußball noch so geglänzt hatten, wurden wieder scharf und stechend: „Nun gut. Du willst wissen, was der Genozid damals für uns bedeutet hat. Weiber können es ja nicht lassen, in ihrer Neugierde alte Wunden wieder aufzureißen. Aber du hast recht. Im Unterschied zu euch Vieren waren wir auf dem Marsch nicht als neugierige Beobachter oder Wanderer dabei,

sondern als Betroffene. Sei still", befahl er, als Anna Widerspruch anmelden wollte. „Die meisten Bosnier, die auf dem Marsch dabei waren, waren als Betroffene dabei. Die alten Männer, weil sie damals ihre Brüder oder Söhne verloren haben. Es wurden ja damals von den scheiß Serben auch halbe Kinder, also Söhne von ab dreizehn Jahren umgebracht. Man kann es sich heute kaum noch vorstellen, aber es war so. Von uns fünfen hier blieb nur Huseins Familie verschont. Sie hatten das Glück, in Tuzla zu überleben. Deshalb haben wir heute das Glück, in dieser Datsche feiern zu können."

Er machte eine spannungsgeladene Pause.

„Wir anderen aber", und beim Nennen der Namen schlug er jedes Mal krachend auf den Tisch, „Mesuts Familie, Ahmeds Familie, Muhameds und meine Familie, wir waren und sind betroffen. Und wir leiden darunter. Bis heute. Muhameds und mein Vater wurden damals erschossen. Auch mein großer Bruder, Mesut, er war gerade dreizehn Jahre alt. Mutter war damals mit mir schwanger, aber egal, wir wurden von den serbischen Milizen durchs Land gejagt. Erbarmungslos. Es hieß, dass wir da in der Schutzzone der UN in Sicherheit seien. Unter dem Schutz der niederländischen Blauhelme."

Er machte wieder eine Pause und sah Jan und Anna scharf und stechend an: „Vielleicht waren da auch eure Väter und Onkels dabei. Ihr wisst es vielleicht gar nicht. Vielleicht wird ja in euren Familien auch darüber geschwiegen."

„Von unserer Familie war niemand dabei", sagte Jan laut und deutlich.

„Vielleicht, vielleicht auch nicht", ereiferte sich nun Ahmed, der ansonsten bisher meistens geschwiegen hatte. „Jedenfalls waren es Niederländer, in deren Schutz sich unsere Familien damals begeben haben. Und unter deren Augen wurden meine Mutter und ihre Schwester damals vergewaltigt und meine

Tante ermordet. Kein Niederländer hat auch nur einen Finger gerührt zu ihrem Schutz. Feiglinge!"

Schweigen.

„Und ich bin", fügte Ahmet leise hinzu, „das Ergebnis dieser Vergewaltigung. Meine Mutter hat es mich aber nicht fühlen lassen. Sie hat mich geliebt als ihr Kind. Ihr Mann war schon in den Kriegswirren vorher umgekommen. Ja, sie liebt mich bis heute. Und ich liebe sie. Sie hat mich dann auch in den Glauben des Propheten eingeführt und mich gelehrt, alle zu lieben, die nach dem Koran leben, aber alle zu hassen, die gegen die Gebote Allahs verstoßen."

„Und als die Dutchmänner danach aus Srebrenica abgezogen wurden", ereiferte sich nun auch Mesut, „da haben sie in Sarajewo gefeiert und getanzt, weil sie endlich, heil und gesund, nach Hause konnten. In unserer Familie aber wurde nicht getanzt, sondern getrauert: um den Vater meiner Mutter und um ihren Bruder. Ihre Fotos stehen mit Trauerflor noch immer auf unserer Kommode."

Wieder betretenes Schweigen.

Bis Jan versuchte, die aufgebrachten Gastgeber etwas zu beruhigen: „Das tut uns alles schrecklich leid und wir schämen uns für unsere Landsleute damals, dass sie nicht eingegriffen und nicht wenigstens versucht haben, euch zu schützen. Aber mal muss doch Schluss sein mit den gegenseitigen Vorwürfen und mit dem Hass. Hass von Generation zu Generation, das zerstört doch alles."

„Hass ist immer nur die Folge", erklärte nun Mesut, „Hass und Rache können nur verschwinden, wenn das Leid gerächt ist oder in irgendeiner Form Wiedergutmachung geschehen ist. Wie bei den Deutschen. Die haben an die Juden viele Millionen Wiedergutmachung gezahlt. Aber die UN und die Niederlande haben uns nichts gezahlt. Jedenfalls ist bei unserer Familie nichts angekommen. Wir sind ja nur dreckige Bosniaken und Muslime. Und die Serben, die bestreiten sogar das Massaker von damals. So sieht es aus."

Und schlug mit der Faust auf den Tisch.

Jan wollte noch etwas erwidern, aber er kam nicht mehr dazu. Denn Kjell, der die Lage offenbar nicht ernst nahm, fing doch tatsächlich an zu singen: „Alle, die mit uns nach Bosnien fahren, müssen Kerle mit Messern sein…"

Dabei hantierte er wie gewohnt mit seinem Messer in der Luft herum, was die Bosniaken gar nicht lustig fanden. Denn plötzlich standen Mesut und Muhamed mit Messern in den Händen vor ihm. Auch Hamed war mit gezücktem Messer hinter seinem Tisch aufgesprungen.

„Messer weg!" schrien sie den verdutzten Kjell an, der aber noch immer weiter mit dem Messer herumfuchtelte. Bis Ahmed dem Spaß endgültig ein Ende setzte. Mit einem kräftigen Knüppel schlug er von hinten so auf Kjells Arm ein, dass nicht nur das Messer durch die Gegend flog, sondern – der Arm brach. Mit einem Aufschrei drehte sich Kjell nach dem Angreifer um. Aber noch bevor er mit seinem gesunden Arm zuschlagen konnte, hatte er den Knüppel auch am Kopf und ging bewusstlos zu Boden. Ahmed machte sich nicht die Mühe, bis zehn zu zählen. Für heute war Kjell k.o. und fiel als Bodyguard für Anna aus.

Mesut bückte sich nach ihm, befühlte den Puls, schob ihm ein Kissen unter den Kopf und nickte beruhigend zur Tischrunde hinüber.

Das alles ging so schnell, dass Jan, Anna und Pit wie erstarrt da saßen. Pit kippte vor Schreck noch einen Sljivovica hinunter. Im Handumdrehen hatte sich die Gesellligkeit des Abends ins Gegenteil verkehrt. Nur, im Unterschied zu einer bayrischen Gasthausrauferei war die Stimmung hier offenbar lebensbedrohlich. Ein Gemisch aus Alkohol und lang aufgestauter Sucht nach Vergeltung für erlittenes Unrecht spülte alle wohlgemeinten Gedanken und Reden von Frieden, Versöhnung und Brüderlichkeit hinweg. Frieden und Versöhnung waren nur Wünsche, Leiden und fehlende Vergeltung beziehungsweise Wiedergutmachung aber waren Realitäten, die bei passender Gelegenheit eruptiv aufbrachen wie ein Vulkan. Hier war die Gelegenheit, von niemand gewollt und geplant und doch bitterernste Realität.

Anna realisierte es als erste, sprang auf und rief so energisch sie konnte: „Aufhören, bitte, hört sofort auf!"

Doch schon stand Hamed neben ihr, ergriff sie an ihrem Pferdeschwanz und herrschte sie an: „Halts Maul. Du als Weib und Niederländerin hast uns hier gar nichts zu sagen. Verstanden? Du kannst in Amsterdam rumschreien, so viel du willst. Da können dein Bruder und alle deine Kerle hier nach deiner Pfeife tanzen. Hier nicht! Verstanden?"

Und zog sie an ihrem Pferdeschwanz, so dass sie aufschrie und ihm mit spitzen Fingernägeln ins Gesicht fuhr. Die Folge war ein Schlag in ihr zorniges und gerötetes Gesicht, der sie, über den Stuhl stolpernd zu Boden zu stürzen drohte, hätte Hamed sie nicht nach wie vor mit harter Hand an ihren Haaren gehalten. Der dadurch verursachte Schmerz ließ sie wiederum aufschreien, was einen neuen Schlag ins Gesicht zur Folge hatte. Jan hatte inzwischen versucht, seiner Schwester zu Hilfe zu kommen, wurde aber von Muhamed und Mesut festgehalten und schrie vor Wut: „Ist das eure Gastfreundschaft?! Was hat sie euch denn getan!"

„Halts Maul, dreckiger Dutchman. Unsere Mütter und Großmütter hatten auch niemand was getan und Ihr habt sie trotzdem nicht beschützt."

„Im Gegenteil", dröhnte Achmed, der sich ob seines Alkohol-pegels kaum noch auf den Beinen halten konnte, „unter eurem Schutz und mit eurer, äh, Billigung, wurden unsere Mütter vergewaltigt und unsere Väter erschlagen. Sie alle waren un-schuldig."

„Das stimmt ja nicht ganz", machte Jan einen letzten Versuch der Selbstbehauptung, „von unschuldig kann man wohl nicht reden. Denn noch vor dem Massaker vor dreißig Jahren hatten eure Kämpfer Hunderte serbischer Zivilisten umgebracht."

Daran hätte er besser nicht erinnern sollen. Denn nun ergoss sich eine geballte Ladung Wut über ihn, allen voran Muhamed: „Du plapperst hier die Lügen der Serben nach? Du willst unser Freund sein? Pfui!"

Und spie ihm ins Gesicht.

„Das damals war nur, äh, die gerechte Vergeltung für alles, was uns die Serben schon vorher angetan hatten. Gerechtigkeit, äh, jawohl."

Ahmed schwang wieder seinen Knüppel.

„Geh mal weg, Mesut."

Im selben Augenblick, als der schwankende Ahmed zuschlug, konnte Jan sich losreißen und wurde nur an der Schulter ge-troffen. Er sah sich nach Hilfe um. Aber da war niemand. Kjell rührte sich nicht mehr und Pit guckte wie blöd in der Gegend rum und murmelte etwas wie „ohne mich". Husein aber hatte sich mit seinem Grill irgendwo ins Dunkle verzogen, wollte mit der ganzen Auseinandersetzung offenbar nichts zu tun haben.

Hamed hatte bis hierher zugeschaut, noch immer Anna mit seiner Linken fest am Pferdeschwanz haltend, die sich vergeb-lich mühte, loszukommen oder sich zu ihrem Peiniger umdre-hen und wehren zu können.

„Jan, hilf mir", flüsterte sie.

Die andern aber stellten sich dem Bruder entgegen und schubsten ihn weg.

„Lasst meine Schwester in Ruhe!", schrie Jan jetzt. Angst stieg in ihm auf.

„Gerechtigkeit", griff nun Hamed ein. „Genau. Das ist es. Gerechtigkeit!"

Er war, Anna hinter sich herziehend, um den Tisch herumgekommen und baute sich vor Jan auf. Obwohl auch er reichlich getrunken hatte, schien er sich noch am besten im Griff zu haben.

„Es geht um Gerechtigkeit", verkündete er laut. „Gerechtigkeit für damals. Für die achttausend Morde damals und für die ungezählten – Vergewaltigungen."

Das letzte Wort sprach er sehr betont und langsam aus.

„Und du Anna, wirst uns dafür Genugtuung leisten. Hoffentlich freiwillig. Das wäre jedenfalls sehr ratsam. Wie es sich für Gerechtigkeit gehört. Hast du das verstanden, tapfere Anna?"

Dabei zog er sie zu sich und umfasste mit seinem freien Arm von hinten ihre Brust.

„Sei folgsam und sag deinem Brüderchen, er soll still sein. Das wäre gut für euch beide."

Da stürzte Jan mit letzter Kraft nach vorn. Es gelang ihm, die Sperre seiner Gegner zu durchbrechen und zu Hamed vorzudringen, um Anna zu befreien.

„Du Schwein, du lässt jetzt auf der Stelle meine Schwester los. Sonst…"

„Sonst?" Hameds Augen waren scharf und stechend auf Jan gerichtet. Sie waren gleich groß. Aber jeder sah, auf welcher Seite die Kraft war.

„Sonst?"

„Sonst schlag ich dir den Schädel ein!"

In wilder Entschlossenheit schlug Jan nun auf Hamed ein, der vor Schreck Anna losließ, um beide Arme zur Abwehr frei zu haben.

„Anna, lauf weg!", schrie Jan, bevor ihn ein schwerer Schlag von Hamed und ein Knüppel von hinten trafen. Während er zu Boden ging, schrie er noch einmal „Ihr Schweine!". Dann schlug er gegen eine Steinkante, schrie noch einmal auf und verstummte. Eine Blutlache sammelte sich unter seinem Kopf.

Anna aber war direkt Muhamed in die Arme gelaufen: „Bitte. Hilf mir!"

Der jedoch hielt sie fest und zerrte sie wieder zu Hamed: „Sei ein braves Mädchen."

In ihrer Angst schrie Anna jetzt so laut sie konnte: „Hilfe, Hilfe!" Bis zuerst eine schwere Ohrfeige, dann ein Tuch, das man ihr umband, ihr den Mund stopfte.

Pit in seinem Alkoholnebel hatte vom Ernst der Lage bisher nichts begriffen und brabbelte vor sich hin: „Gerechtigkeit. Ohne mich." Doch Annas gellender Hilfeschrei riss ein Loch in diesen Nebel, so dass er augenblicklich seine Vaterschaftssorgen vergaß und die gefährliche Situation erkannte. Hilfe, ich muss Hilfe holen. Er suchte und fand sein Handy. Ratko! Doch als er sein Handy zum Ohr hob, schlug es ihm jemand aus der Hand, so dass es scheppernd auf den Steinfliesen landete. Dieser Schlag vertrieb noch mehr Nebel und Pit gelang es, sich nach dem Jemand umzudrehen und ihm eine Bierflasche an den Schädel zu schlagen. Es war Mesut, der nun seinerseits am Kopf blutete und wutentbrannt auf Pit einschlug, der nicht weiter in der Lage war, sich zu wehren, sondern schwer getroffen zuerst auf den Tisch, dann auf einen Stuhl und zum Schluss, genau wie sein Handy auf den Steinfliesen landete, seine Brille unter sich einklemmend. Er stöhnte noch einmal „Auah" und verstummte.

„Gerechtigkeit!", schrie jetzt Hamed und beorderte seine Männer: „Kommt, in die gute Stube!"
Nach ein paar Schritten, Anna fest im Griff haltend, hielt er noch einmal inne: „Nehmt den Dutchman auch mit. Die Duchtmänner schauen doch gerne zu, ohne einzugreifen. Haha!"
So torkelten sie, Hamed mit Anna, die sich kaum noch wehrte und Muhamed, Ahmet und Mesut, Jan hinter sich her schleifend, ins Innere der Datsche.
„Dajana", rief Hamed, „bring uns mal einen Verband, damit der Dutchman nicht die ganze Laube mit seinem Blut verschmutzt. Das fehlt uns noch."
Dajana brachte Verbandszeug aus der Küchenecke und Jan wurde verarztet.
„Mich kannst du auch verarzten", sagte Mesut. „Der verdammte Deutsche hat mich mit einer Flasche attackiert. Hier."
Während Dajana auch Mesuts Wunde verband, schleppten die anderen Jan auf eine Liege im einzigen größeren Raum, der sogenannten guten Stube. Er blinzelte etwas in die oben hängende Lampe, konnte sich aber sonst kaum bewegen.
„Fesselt ihm die Hände", befahl Hamed. „Seht mal, Anna hat hier so einen schönen schmalen Gürtel in ihrer Hose", und zu Anna gewandt, „den wirst du doch gern für deinen lieben Bruder opfern, nicht wahr?"
Er drehte sie zu Muhamed hin, der ihr unter dem Gejohle der anderen den Gürtel aus der Hose zog. „Pass auf, dass dir die Hose nicht runterfällt."
„Und dann mach mal Striptease, aber schön langsam."
Haha.
Als sie Jan die Hände fesselten, versuchte der sich zwar schwach zu wehren, aber es war zwecklos.
„Ihr Schweine", murmelte er und schloss die Augen.

Inzwischen war auch Mesut reingekommen, hatte die Tür abgeschlossen und setzte sich in der Ecke auf einen Stuhl. Ihm brummte der Schädel.

Die anderen aber schrien jetzt im Chor: „Striptease. Striptease. Striptease!"

Dabei leerten sie die letzte noch halb volle Weinflasche und gaben sie von Mund zu Mund weiter.

„Striptease. Striptease. Striptease!"

„Du hörst, was sie wollen", sagte Hamed nun fast freundlich zu Anna. „Es ist doch nicht schlimm. Du kannst den Abend noch retten. Los!"

Dabei schob er sie in die Mitte und ließ sie frei. Anna aber riss sich das Tuch vom Mund und schlug so blitzschnell zu, dass er den Schlag ins Gesicht nicht mehr abwehren konnte.

„Ihr Schweine", schrie sie und wehrte sich mit Händen, Füßen und Beißen, als Hamed sie wieder bändigen wollte.

„Verdammtes Miststück", schrie der nun. Seine alkoholisierte Freundlichkeit war in alkoholisierte Brutalität umgeschlagen. Mit einem mächtigen Schlag ins Gesicht beförderte er sie auf den Teppich, wo sie mit dem Kopf gegen ein Tischbein krachte. Betäubt blieb sie liegen.

„Bindet ihre Hände an den Tischbeinen fest", befahl er und wischte sich das Blut von der Hand, wo Anna ihn gebissen hatte.

Dann stürzte er sich auf sie, riss ihr die Wäsche vom Leibe und mit dem Ruf: „Für unsere vergewaltigten Mütter, Großmütter und Tanten!" drang er in sie ein.

Als Anna wieder zu sich kam und merkte, was mit ihr geschah, schrie sie noch einmal gellend auf. Dann erstarrte sie.

Als Hamed fertig war, nahm Muhamed sie mit dem Ruf „für unsere ermordeten Mütter und Väter!"

Dann ließ auch Ahmed die Hose runter. Aber er kam nicht mehr dazu, sich an Anna zu vergehen. Draußen waren Fahrzeuge vorgefahren und Kommandos gebrüllt. Eine Fensterscheibe klirrte und eine Pistole blickte durch das Fenster: „Polizei! Alle mit erhobenen Händen an die Wand stellen!" Dann flog die Tür mit großem Krach auf und an zehn weitere Polizisten stürmten in den Raum, bedeckten Anna mit einer Decke und führten die Männer mit Handschellen hinaus. Sie wurden auf einen LKW verladen und erst mal in eine Ausnüchterungszelle der Polizei gebracht. Am nächsten Tag würden sie verhört werden. Anna, Jan, Kjell und Pit aber wurden in ein Krankenhaus eingeliefert.

Auch von Husein und Dajana wurden die Personalien aufgenommen und ein erstes Protokoll über den Ablauf des Abends angefertigt. Husein beteuerte, dass er nicht mit dem Tun der Anderen einverstanden war, aber nichts gegen sie unternehmen konnte.

Die Polizisten vergatterten die beiden noch: „Ihr haltet euch in den nächsten Tagen zur Verfügung. Eine Schweinerei. Ausländische Gäste. Blödmänner!"

Zu Dajana aber sagten sie: „Gut, hast du richtig gemacht."

Sie hatte, als sie merkte, dass die besoffenen Kerle zum Äußersten gehen würden, aus weiblichem Mitgefühl telefoniert. Und als Husein sie nun deshalb wegen „Verrat und so" zur Rede stellte, blaffte sie ihn an: „Besoffene Männer sind Schweine und nicht besser als die Serben damals" und knallte ihm die Tür ihrer kleinen Kammer vor der Nase zu.

Auch die Sonne mochte nicht mehr hinsehen und zog sich eine Wolke vor das Gesicht. Und niemand hatte die Wolke kommen sehen.

Nach einer halben Stunde hielt wieder ein Jeep knirschend vor der Datsche. Es war Ratko, der vergeblich versucht hatte, Anna telefonisch zu erreichen und sich genötigt sah, nun selbst nach dem Rechten zu sehen. Husein erklärte ihm, dass es eine kleine Tätlichkeit gegeben habe und Anna mit ihren drei Helfern und Mesut ins Krankenhaus gebracht wurden. Dass seine anderen Kumpels auf der Polizeiwache gelandet waren, verschwieg er. Ratko aber machte sich auf den Weg zum Krankenhaus, wo er erfuhr, dass alle gerade behandelt würden und erst morgen wieder zu sprechen seien. Und nein, lebensbedrohlich war alles nicht. Das beruhigte Ratko und er beschloss, morgen Vormittag wieder nach seinen Gästen zu sehen.

Böses Erwachen

Noch immer baumelt das Nachtlicht von der Decke, obwohl draußen schon heller Tag ist. Es ist Juli und die Nächte sind kurz, denkt Jan. Aber wo bin ich? Und wie komme ich hierher? Nur langsam kehrt die Erinnerung zurück. Wie er Anna zu Hilfe kommen wollte und wie sie ihn zusammen geschlagen haben. Diese Schweine! Doch dann reißt der Faden. Keine Erinnerung mehr. Gut für ihn. Jedenfalls zunächst. So grübelt er darüber, wie es passieren konnte, dass sich der erst so fröhliche Abend ins Gegenteil verwandelt hatte. Es hatte doch alles so schön begonnen: der Marsch, die Begegnung mit den Bosniaken, das Vorbereitungstreffen in Tuzla, ja, da waren die alle dabei und wollten mit einsteigen in das große Projekt der Rettung ihrer Flusslandschaften. Es hatte doch alles so hoffnungsvoll begonnen. Und sie vier waren doch genau deshalb hier her gekommen, um Hoffnung zu bringen für die herrliche Landschaft und für das Miteinander der Menschen. Sie hatten es doch gut gemeint. Sie waren doch mit positiven Gedanken gekommen, voller Idealismus. Und nun lagen sie hier mit verbundenen

Köpfen. Auch seine Schulter schmerzte und als er sich aufrichtete, um sich zur Toilette zu begeben und sich im Toilettenspiegel einmal näher zu betrachten, musste er die Zähne zusammen beißen, um nicht laut aufzuschreien. Überall schmerzten ihn seine Gelenke. Und als er dann in den Spiegel schaute, sah er ein ihm völlig unbekanntes Gesicht: die linke Seite samt Auge völlig blutunterlaufen, der dicke Verband an der rechten Seite rötlich schimmernd von Blut. Und als er das Krankenhaushemd auf der Schulter beiseiteschob: alles blau. Auch an der linken Hüfte sah es nicht besser aus. Mächtig lädiert, aber scheinbar nichts gebrochen. Bloß gut!

Als er wieder zu seinem Bett zurück schlich, sah er sich Kjell genauer an. Bei dem war nicht nur der Kopf verbunden, sondern auch der rechte Arm offenbar in einer Schiene. Armer Kerl. Da erinnere ich mich, fiel Jan ein. Der hatte mit dem Messer rumgefuchtelt. Aber er hatte es doch nicht ernst gemeint. Hatte er nicht sogar dabei gesungen? Und warum haben die Bosniaken plötzlich alles so ernst genommen? So todernst?

Anna hatte etwas gesagt, grübelte er, als er sich vorsichtig und mit leisem Stöhnen wieder hingelegt hatte. Genau. Sie hatte sich nach den Erfahrungen der Gastgeber und ihrer Familien im Blick auf die Geschehnisse von vor dreißig Jahren erkundigt. Wie er seine Schwester kannte, war das echte Anteilnahme, wirklich gut gemeint. Na ja, vielleicht auch ein wenig Taktik dabei, um hinzulenken auf das höhere Thema ‚Versöhnung‘. Schließlich hatte sie ja die Fackel von Versöhnung und erneuertem, friedlichen Miteinander herbringen wollen. Genau. Ja, so war sie, voller Ideale.

Hier wurde Jan in seinen Gedanken unterbrochen. Eine Krankenschwester mittleren Alters trat herein mit einem kräftigen und fröhlichen „Guten Morgen!“ Dieser Gruß weckte auch die beiden anderen Leidens- und Zimmergenossen. Pit fasste sich als erstes an den Kopf und mit lautem Stöhnen tat er kund, dass es ihm da gar nicht gut ging. Kjell aber begutachtete seinen rechten Arm und dann den Verband am Kopf und fasst die dabei gewonnenen Erkenntnisse doch tatsächlich so zusammen: „Ich hab ja gleich gesagt, dass hier alles schief geht. Die ganze Reise stand unter keinem guten Stern. Aus und vorbei!"

Die Schwester ging von Bett zu Bett: wie das Befinden sei, Fieber messen und so weiter.

Als sie bei Jan stand, fragte der, ob sie wüsste, wo seine Schwester sei.

„Ja, Ihre Schwester ist auf der Gyn.-Station."

„Warum?"

„Sie wurde vergewaltigt."

„Nein!"

„Doch, von mehreren."

„Nein!"

Jan schrie seine Verzweiflung förmlich heraus, dass weder er noch ein anderer sie hatte schützen können.

„Und wie geht es ihr? Ich meine, ist sie verletzt?"

„Körperlich ist sie unversehrt. Aber psychisch... Ihr Männer könnt das wohl kaum verstehen, wie schrecklich solch ein Erlebnis für eine Frau ist. Sie stand die halbe Nacht unter der Dusche. Die Nacht-schwester hatte sehr mit ihr zu tun."

„Kann ich zu ihr?"

„Nein. Erstens, weil Sie selbst wahrscheinlich ein mittleres Schädel-Hirn-Trauma haben und zweitens ist die Polizei gerade bei Ihrer Schwester wegen Protokoll und so weiter. Die Polizei hatte die Täter ja in Flagranti erwischt und schon gestern Abend soweit alles protokolliert, aber heute geht es um die förmliche Anzeige Ihrer Schwester und eventuelle Einzelheiten des Tatherganges und wie es dazu kommen konnte. Ich denke, Sie alle hier werden dazu auch noch befragt. Einer der Mittäter wurde hier gestern Abend übrigens auch noch verarztet, dann aber nach Hause entlassen. "

Die Schwester hatte versucht, leise zu Jan zu sprechen, jetzt aber drehte sie sich zu allen um und verkündete laut, dass demnächst das Frühstück komme und danach die Visite. Und dass sie dann alle eine ausführliche Behandlung bekommen würden. Gestern Abend sei ja alles nur provisorisch gewesen in der Notaufnahme.

So kam es.

Zwischen Frühstück und Behandlung aber kam die Polizei, um auch von ihnen zu hören, wie es überhaupt zu der Schlägerei gekommen sei.

„Schlägerei?" reagierten die drei ziemlich empört, „es war keine allgemeine Schlägerei, sondern wir wurden verprügelt!"

Und dann trug man die Einzelheiten zusammen, deren man sich allmählich erinnerte.

„Einer von denen hatte einen Knüppel. Mit dem hat er mir zuerst den Arm gebrochen und mich dann niedergestreckt. So war es", gab Kjell zu Protokoll.

„Und warum hat er zugeschlagen?", fragte der Polizist. „Er wird doch einen Grund gehabt haben."

„Na, ich habe das Lied vom Messer gesungen und dabei zum Spaß das Messer in die Hand genommen."

„So, so. Zum Spaß. Na ja."

Pit konnte sich an überhaupt nichts erinnern, außer dass er leider zu viel getrunken habe. Und er vertrage doch nicht so viel Alkohol.

„Könnte es sein, dass Sie einem Ihrer Gastgeber ein Flasche über den Schädel geschlagen haben?" wurde er gefragt.

„Ich? Ich weiß nicht. Ich kann mich an nichts erinnern. Vielleicht... Aber nein, da ist ab einer gewissen Zeit am Abend ein großes Loch in meiner Erinnerung. Tut mir leid. Ich weiß auch nicht, was da mit Kjell und Jan passiert ist. Alles weg. Och!" Pit fasste sich an den Kopf.

„Und Sie?", ging der Polizeibeamte nun fragend zu Jan. „Sie wissen wahrscheinlich auch von nichts."

„Sie irren. Das weiß ich genau, dass Anna, also meine Schwester um Hilfe schrie. Hamed hatte sie bei ihrem Pferdeschwanz gepackt und ließ sie nicht mehr los. Da wollte ich ihr zu Hilfe kommen, aber ein Faustschlag von Hamed und der Knüppel von hinten schlugen mich nieder. Ich war wohl sofort bewusstlos."

„Und wie sind Sie dann auf die Liege ins Zimmer gekommen?"

„Das weiß ich doch nicht. Da müssen Sie die Täter fragen. Und welche Schweinerei da passiert ist, habe ich auch nicht mitbekommen. Das habe ich erst vorhin hier im Krankenhaus erfahren, als ich mich nach meiner Schwester erkundigte. Was sage ich Schweinerei, nein, ein Verbrechen ist das. Und dann gleich mehrere. Ist das hier im Land so üblich?"

Jan war sichtlich erregt. Der Beamte aber blieb ganz ruhig. Für ihn schien alles nur eine durch zu viel Alkohol bedingte allgemeine Prügelei gewesen sein, leider, hm, mit einem gewissen Kollateralschaden. Jeder musste noch seine Aussage unterschreiben, die der Polizist dann, sich verabschiedend, mitnahm.

Für Pit und Jan war diese ganze Aufregung schon wieder zu viel gewesen. Sie hielten sich nur noch stöhnend den Kopf. Ihre Untersuchung ergab für beide eine schwere Gehirnerschütterung und wenigstens drei Tage absolute Bettruhe. Kjell wurde eine leichte Gehirnerschütterung bestätigt, für die er Schmerzmittel bekam, die auch gleichzeitig den Arm beruhigen sollten, der in Gips gelegt war.

„Ich kann nach Hause", sagte er strahlend, als er vom Arzt zurückkam. „Unser Projekt ist doch sowieso gestorben. Nun muss ich bloß mal sehen, ob ich mit Ratko Verbindung kriege. Der muss uns ja noch unsere Rucksäcke holen."

Kaum hatte er das ausgesprochen, öffnete sich die Tür und herein trat – Ratko.

„Seid alle gegrüßt. Es tut mir ja so unendlich leid, was Ihr hier als Gäste und als Helfer erleben musstet. Ich habe das meiste eben schon unten von Anna gehört. Sie ist völlig verändert. Schrecklich. Ich war ja gestern Abend auch noch bei der Datsche, weil ich keine Verbindung zu Anna kriegte und nicht wusste, was überhaupt los war. Da hörte ich von Husein, dass Ihr alle im Krankenhaus seid. Aber mehr sagte er nicht. Es war ihm als Gastgeber alles wohl schrecklich peinlich. Hier im Krankenhaus konnte ich euch dann nicht mehr sprechen. Wegen Polizei und ärztlicher Betreuung und so weiter. So beschloss ich, heute zu kommen. Ich habe auch eure Sachen aus dem Quartier gleich mitgebracht, weil ich dachte, Ihr braucht hier sicher das eine oder andere aus euren Rucksäcken. Nicht, dass Ihr denkt, ich will euch loswerden. Wirklich nicht."

„Das glauben wir dir ohne weiteres", sagte Kjell, „und du hast alles richtig gemacht. Eben habe ich überlegt, wie ich dich und mein Zeug kriege. Stimmt`s?"

Die anderen nickten bestätigend mit dem Kopf.

„Und jetzt bist du hier und mein Rucksack auch. Nächste Frage: Würdest du mir noch den Gefallen tun und mich zum Flughafen bringen? Für mich ist das Projekt so oder so zu Ende, wie du siehst."

Und er streckte seinen Gipsarm in die Höhe.

„Für Anna auch", sagte Ratko leise und traurig. „Sie will sofort weg. Sie wird gleich hochkommen und es euch selbst sagen.

„Ich soll sie zum Flughafen bringen. Da gibt es einen Direktflug nach Amsterdam. Traurig, traurig."

„Wo willst du eigentlich genau hin?", fragte er dann Kjell.

„Nach Malmö."

„Da wird es von hier keinen Direktflug geben. Aber vielleicht von Sarajewo über Berlin. Wir schauen mal."

In dem Augenblick trat Anna ein, fertig für die Reise.

„Ich fliege zurück nach Amsterdam", sagte sie mit starrem Gesichtsausdruck und tonloser Stimme. „Unser Projekt ist abgeblasen. Ich wünsche euch allen gute Besserung."

Sie hob die Hand grüßend zu Jan, ohne näher zu kommen.

„Ratko, können wir?"

„Ja, wir nehmen aber auch Kjell gleich mit. Zuerst laden wir dich hier beim Flughafen ab und dann fahre ich mit Kjell wahrscheinlich nach Sarajewo, von wo aus er über Berlin nach Hause fliegen kann."

„ Tschüss!"

„Tschüss, Anna!"

„Tschüss, Kjell!"

Mit dem Versprechen „Ich komme euch morgen oder übermorgen nochmal besuchen", verabschiedete sich auch Ratko.

„Tschüss, Ratko!"

„Tschüss und gute Besserung!"

Als Ratko am Mittwochnachmittag zum Krankenhaus kommt, winken ihn Jan und Pit schon von weitem zu ihrem Tisch auf der Terrasse beim Krankenhaus. Es geht ihnen ganz offensichtlich schon sehr viel besser. Ihre Verbände sind ab und sie dürfen sich schon wieder im Freien bewegen.

„Hallo Ratko, schön, dass Du vorbeikommst. Dürfen wir dich zu einem Kaffee einladen?"

Sie dürfen.

„Und wie geht es euch? Ich sehe, dass du noch ein ziemlich blaues Auge hast", fragte er zu Jan hingewandt.

„Wie du siehst, schon sehr viel besser. Und die Marmorierung im Gesicht ist nur ein Trick, damit ich nicht gleich erkannt werde." Jan lachte. „Habe mich ja selbst zuerst nicht wiedererkannt, wenn ich in den Spiegel geschaut habe. Fürchterlich." Er lacht wieder und die anderen beiden freuen sich mit.

„Bei mir sind auch die Kopfschmerzen ziemlich zurück gegangen", berichtet nun Pit. „Wir sollen zwar noch zwei Tage hier bleiben zur Beobachtung, aber dann, ab Freitag können wir uns höchstwahrscheinlich zum Abflug rüsten. Na, was sagst du?"

„Ich freue mich mit euch. Und da ich mir diese Woche ja sowieso frei genommen hatte, um mit euch das blaue Herz Europas zu verteidigen", hier verzog Ratko ironisch sein Gesicht, „da kann ich euch, in Anführungsstrichen ,nach der Reise' auch zum Flugplatz bringen. Habt Ihr schon einen Flug rausgesucht?"

„Ja, am Freitagmittag nach Berlin", erwiderte Jan. „Ich steige da um nach Amsterdam."

„Er macht sich große Sorgen um Anna", erläuterte Pit. „er kann sich gar nicht vorstellen, wie sie dieses schreckliche Erlebnis verkraftet. Dauernd denkt er an sie oder redet von ihr. Stimmt`s?

„Na ja, wir waren halt immer, von Kindheit an, sehr verbunden. Hatten immer und haben noch, sonst wäre ich ja nicht hier, dieselben Interessen. Bei Anna kommt noch hinzu eine feste Überzeugung vom Guten im Menschen und dass man ihnen nur helfen müsse, das Gute auch bei den anderen Menschen und in der Natur zu finden. Sie ist ein richtiger Idealist oder, wie sie mich jetzt berichtigen würde, Idealistin. Wie heute bei uns üblich, ist sie auch eine überzeugte Genderistin, wenn du verstehst, was damit gemeint ist."

„Verstehe ich nicht."

„Also, es soll so sein, dass die Sprache sowohl dem männlichen als auch dem weiblichen Teil gerecht wird, je nach Zuhörern und, das würde Anna sofort einfordern, Zuhörerinnen. Oder, damit nicht immer alles doppelt gesagt werden muss, geschrieben mit Sternchen ‚Zuhörer*innen'."

„Ach was."

„Gesprochen ist es noch lustiger", warf Pit ein. „Da geht es so: Zuhörer, Luft anhalten, Innen."

„Äh? Versteh ich nicht. Warum nicht außen?"

Alle lachten.

„Also, ich versteh es auch nicht. Und mir gefällt das auch nicht alles", gab Jan zu. „Es ist mir zu künstlich. Aber es ist Trend, jedenfalls bei Anna und vielen ihres gleichen. Und sie ist überzeugt, auch von der Sprache her für Gerechtigkeit kämpfen zu müssen. Und natürlich erst recht für Gerechtigkeit unter den Menschen und einen gerechten Umgang mit der Natur. Das hängt für sie alles zusammen. Sie ist manchmal eine richtige Gerechtigkeitsfanatikerin. Jedenfalls eine Radikalistin."

„Hatte nicht auch Hamed da auf der Datsche von Gerechtigkeit gesprochen", grübelte Pit. „Ich habe ja, vom Alkohol getrübt, kaum noch etwas mitbekommen, aber das Wort ist bei mir hängen geblieben, kommt mir jetzt dunkel in Erinnerung. Aber warum er das gesagt hat, weiß ich nicht."

„Ich glaube, er wollte sein Vorhaben mit Anna vor sich selbst und seinen Kumpels als gerecht hinstellen, als späte, aber gerechte Vergeltung an uns Niederländern für das, was unsere Blauhelme damals stillschweigend geduldet haben. Vielleicht haben die Kerle es wirklich so geglaubt. Vielleicht war es aber auch nur ein Vorwand, um ihren ganz animalischen männlichen Trieb an einer Frau zu befriedigen, die ihnen wehrlos ausgeliefert war. Oder es war beides. Was meinst du, Ratko, war das gerecht? Anna hat es bestimmt nicht als gerecht empfunden. Für sie ist wahrscheinlich eine Welt zusammengebrochen, nicht nur körperlich, sondern vor allem seelisch. Sie tut mir so leid."

„Was die Gerechtigkeit betrifft", nahm Ratko Jans Frage auf, „so muss man natürlich sagen, dass diese Vergewaltigung nichts, aber auch gar nichts mit Gerechtigkeit zu tun hatte und in keiner Weise zu rechtfertigen ist. Es gibt aber bei den meisten Bosniaken und besonders bei den Familien, die damals vor dreißig Jahren Schreckliches durchgemacht und erlitten haben, einen Narrativ, der nun von Generation zu Generation weiter gegeben wird, nämlich ,wir sind unschuldig und haben für das, was wir erlitten haben, bis heute keine Genugtuung erfahren'. Die Sehnsucht nach Genugtuung oder Gerechtigkeit, wie Hamed sagte, ist tief drinnen, wird gewissermaßen vererbt. Im Grunde ist es der auf dem Balkan uralte Schrei nach Rache. Das ist übrigens auf serbischer Seite oder bei den anderen hiesigen Völkerschaften nicht viel anders: Mord für Mord, Schlag für Schlag, Vergewaltigung für Vergewaltigung. Es ist noch immer so. Nicht bei allen, aber bei vielen. Auch im zwanzigsten Jahrhundert. Leider. Ob nun aber dieses Rachemotiv oder die reine Lustbefriedigung bei diesem Verbrechen an deiner Schwester im Vordergrund stand, das mögen der Himmel und die Gerichte entscheiden. Gut zu heißen ist weder das eine noch das andere."

„Wie schätzt du die Gerichtssprechung in Annas Fall ein?", wollte Jan weiter wissen.

„Wie man so hört, sind die Gerichte hier sehr großzügig. Dazu kommt der Alkohol und dass einer von euch auch ein Messer in der Hand hatte..."

„Aber das war doch Spaß bei Kjell!"

„Egal. Das Gericht wird und muss eure und ihre Aussagen gegenüber stellen und wird zu dem Schluss kommen, dass eine schöne Party leider durch die Schuld aller in einer Prügelei ausgegangen ist und, leider, ja, mit einem gewissen Missbrauch der Situation, was Anna betrifft. Das ist nicht meine Beurteilung, aber ich vermute, so etwa wird das Gericht urteilen. Ein paar Monate auf Bewährung für die an der Vergewaltigung direkt Beteiligten und das war`s."

„Scheiße", sagte Pit.

„Und was würdest du Anna und uns raten?" wollte Jan noch wissen.

„Ich kann nur das raten, was Jesus uns rät: ‚Vergebt, so wird euch vergeben' oder wie wir im Vaterunser beten ‚vergib uns unsere Schuld, wie wir vergeben unsern Schuldigern'. Ihr kennt doch das Vaterunser?"

„Ich habe es mal bei der Beerdigung meines Großvaters gehört", sagte Jan, „sonst weiß ich nichts davon."

„An mir sind solche religiösen Dinge auch vorbei gegangen", bekannte Pit.

„Ach ja, bei euch in Westeuropa ist der Wohlstand förmlich explodiert, aber der christliche Glaube fast erloschen. Schade, sehr schade."

Ratko sagte das nicht spöttisch. Man merkte vielmehr, dass er darüber traurig war.

„Ich nehme an", erwiderte Jan, „dass bei steigendem Wohlstand die Entwicklung hier in Osteuropa ähnlich sein wird. Technische Entwicklung und damit verbundener Wohlstand machen uns mehr und mehr unabhängig von himmlischen Mächten. Der moderne Mensch hat sich emanzipiert und nimmt die Dinge selbst in die Hand. Bis hin zu den Fragen der sozialen und juristischen Gerechtigkeit. Und das scheint mir doch im Westen, also bei uns zu Hause, besser zu funktionieren als hier. Dass jeder so seine private, ethnische oder soziale Rache ausübt, das geht nicht. Nicht mehr! Wir sind im einundzwanzigsten Jahrhundert! Da sind wir in Westeuropa dank der Nachkriegsentwicklungen drüber hinweg. So empfinde ich es jedenfalls. Oder was meinst du, Pit?"

„Na, ich meine, dass sind mir alles zu tiefschürfende Gedanken. Gedanken, die du dir als Geschichtslehrer machst oder du, Ratko, als gläubiger Mensch, die mir aber fern liegen. Mich interessiert das Naheliegende: zum Beispiel das Wasser, wie man es umweltschonend und doch ausreichend für den modernen Lebensstil verwalten kann. Das hat mich ja auch hierher zu den bosnischen Flüssen geführt. Aber ich bin überzeugt, wir kommen wieder. Anna wird sich wieder fassen, Kjells Arm wird heilen und auch wir werden bald wohlbehalten wieder zu Hause sein. Ich mach meinen Master, wahrscheinlich über Wassertechnik und dann treffen wir uns hier wieder. Aber ohne Sljivovica! Nicht noch einmal!"

„Also gut. Wann soll ich am Freitag hier sein? Wenn der Flieger gegen 13 Uhr geht, reicht es um 11 Uhr Abfahrt. Aber dann bitte fertig sein! Klar?"

„Du kannst dich drauf verlassen."

„Und danke für alles! An dir lag es nicht, dass das Projekt für diesmal gescheitert ist."

„Und ich danke euch für den Kaffee. Und tschüss bis Freitag."

„Tschüss!"

An diesem selben Mittwoch war Anna vormittags in Amsterdam. Jedoch nicht in den Niederlanden, sondern im Café Amsterdam in Tuzla, etwa zwei Kilometer entfernt von der Uni-Klinik, wo sie die Nacht vom Sonntag auf Montag verbracht hatte. Sie war am Montag aber nicht, wie ursprünglich geplant, in den Flieger eingestiegen, sondern mit dem Bus nach Sarajewo gefahren. Dort hatte sie sich für zwei Nächte ein Hotelzimmer genommen. Dann ging sie zum Friseur und ließ sich den Pferdeschwanz abschneiden, kaufte sich eine kecke Basecap-Mütze mit langem Schirm und eine große Sonnenbrille und forschte nach dem Schwarzmarkt. Sie wusste, dass Sarajewo eine Drehscheibe illegalen Waffenhandels war. Am Dienstag wurde sie fündig. Hier war es ein leichtes, eine Handfeuerwaffe aus den riesigen Beständen des einstigen jugoslawischen Militärs zu finden und sie erwarb für billiges Geld eine alte Makarow der früheren Sowjetarmee samt Magazin mit acht Schuss Munition. Sie befühlte die Waffe in der Umhängetasche neben sich. Ja, mit dieser Pistole konnte sie gut umgehen. Sie ähnelte der Walther, mit der sie schießen gelernt hatte.

Seit der Nacht in der Datsche hatte sie keinen anderen Gedanken mehr. Sie musste es tun: Gerechtigkeit herstellen. So hatte es doch Hamed gewollt. Nun war sie dran. Während sie die Makarow in der Tasche streichelte, sah sie mit starrem Blick auf die Grachten an der Wand des Cafés. Ich werde euch nicht mehr wiedersehen. Ich muss es tun.

Als sie nach dem Frühstück gezahlt hatte, stieg sie in den Mietwagen, mit dem sie heute Morgen von Sarajewo wieder hierher zurückgekommen war. Jetzt brauchte sie nur um die Ecke zu fahren und schon war sie in der Straße mit dem militärisch klingenden Namen VI bosanske brigade. Das passte doch. Denn hier war auch Hameds Adresse, die sie sich in den besseren Zeiten jenes Abends von Hamed selbst hatte ins Handy tippen lassen. Sie parkte schräg gegenüber seiner Hausnummer ein, um zunächst einmal das Haus im Auge zu behalten. Es war ein altes Haus. Der Putz bröckelte von den Wänden. Eine alte Haustür, die nicht abgeschlossen wurde. Das sah sie, als ein alter Mann sein Fahrrad ans Haus stellte und dann ohne einen Schlüssel benutzen zu müssen, hinein ging. Sollte sie auch hinein gehen und an den Namensschildern suchen, in welchem der drei Stockwerke er wohnte? Einen Plan oder eine Strategie, wie es nun weitergehen sollte, hatte sie nicht. Nur eines war ihr völlig gewiss: Ich muss es tun. Dieser Gedanke beherrschte sie so sehr, dass sie nicht mehr fähig war, etwas anderes zu denken, eine Alternative zu erwägen oder auf das Gericht oder auf Jan zu warten. Der Schmutz und Ekel, der sie seit jener abscheulichen Tat beherrschte, war durch keine Dusche abzuwaschen, nur durch Blut, das Blut von Hamed und Muhamed. Muhameds Adresse hatte sie zwar nicht. Sie würde sie aber mit vorgehaltener Waffe aus Hamed herausbekommen oder herausschießen. Zuerst in die Schulter, dann ins Knie. Kampfunfähig. Genau. Er wird um sein Leben winseln. Gerechtigkeit! Haha. Hat er nicht Gerechtigkeit gewollt? Genau. Er soll sie haben.

Sie saß nun schon vier Stunden im Auto. Wieder fasste sie in die Tasche auf dem Beifahrersitz und streichelte die Makarow. Dann zog sie die Hand aus der Tasche, aber nicht mit der Waffe, sondern mit ihrem Handy. Sie suchte Jans Nummer und sah sein ihr so vertrautes Gesicht. Jan, ich werde dich nicht mehr wiedersehen. Aber nicht das schrieb sie, sondern ‚Ich muss tun, was ich tun muss‘.

Die Sonne hatte ihren Zenit längst überschritten. Sie hatte Leute rein und raus gehen sehen, auch Kinder, die von der Schule kamen. Hamed war nicht dabei. Doch dann ging einer ins Haus, den sie sofort erkannte: Muhamed. Gut, dachte sie, gut. Wenn er wieder rauskommt, werde ich ihm folgen. Genau. Vielleicht kommen sie aber sogar beide zusammen. Abwarten! Sie nahm den Handspiegel aus ihrer Tasche und schaute sich noch einmal an. Nein, mit der Mütze auf den verbliebenen Haaren und der großen Sonnenbrille würde man sie weder auf den ersten, noch auf den zweiten Blick erkennen. Frühestens an ihrem Sprechen.

Dann bimmelte ihr Handy und zeigte eine Nachricht an.

„Was willst du tun?", fragte Jan.

„Ich werde tun, was ich tun muss!", tippte sie wieder ein, fügte aber diesmal hinzu „Tschüss, Jan."

Im Handumdrehen kam die Anfrage zurück: „Was willst du denn tun und warum Tschüss? Anna, mach keinen Mist."

Es ist kein Mist, es ist Gerechtigkeit. Sie haben nichts anderes verdient! Aber das schrieb sie nicht. Sie schrieb gar nichts mehr. Armer Jan. Ich muss es tun. Ich kann nicht anders.

Nach einer Weile klingelte das Telefon und sie sah, dass es Jan war, der sie anrief. Nun will er es ganz genau wissen. Bist mal wieder besorgt um dein Schwesterlein, was? Wie damals, als ich weggelaufen war und du mich gesucht hast. Aber ich bin jetzt erwachsen. Sie schwankte, ob sie den Ruf annehmen sollte. Doch im selben Augenblick öffnete sich drüben die Tür und Hamed und Muhamed erschienen. Da machte sie das Handy aus. Keine Zeit jetzt, Jan.

Die beiden stiegen in ein in der Nähe parkendes Auto. Es war das von Hamed. Und fuhren stadtauswärts. Anna folgte diskret. Dann merkte sie, dass sie auf der Straße waren, die sie am Sonntag auch gefahren waren: Zu Huseins Datsche! Zum Stausee! Wie hieß er doch gleich? Wenige Minute später las sie es: Modračko. Genau. Der Täter kehrt immer an den Tatort zurück. Aber diesmal auch das Opfer. Ihr werdet euch wundern.

Als Hamed im Ort in Richtung der Datschen abbog, fuhr sie auf dem unbefestigten Fahrweg in Richtung Stausee weiter, aufmerksam nach einem Pfad Ausschau haltend, der von der Datschenseite her einbiegen musste. Da ist er. Der Pfad zu Huseins Datsche! Genau. Sie stellte das Auto ab, rückte Basecap und Brille zurecht und hängte sich die Tasche so um, dass sie mit der rechten Hand hinein fassen konnte, so, als suche sie etwas. Gut so. Dann ging sie bis zu der Ecke, wo der Pfad abbog zur vielleicht fünfzehn Meter weiter oben gelegenen Terrasse. Von dort hörte sie die lauten Stimmen von Hamed und Muhamed und blieb in der Deckung der Biegung stehen. Sie schienen auf Husein einzureden. Es fielen Wort wie ,Gericht' und ,Prozess' und dann ganz deutlich Hameds Aufforderung: „Husein, du musst bezeugen, dass Anna uns angemacht hat. Sie hat angefangen zu flirten im Alkohol. Sie hat uns provoziert. Sie hat meine Hand an ihre Brust geführt und gesagt ,fühl mal'. Aber als sie uns dann in Wallung gebracht hatte und wir sie zu einem Striptease aufforderten, kratzte, schlug und biss sie mich. Hier sind noch die Spuren ihrer Kratzer. Jawohl. Also kurz und gut: sie hat angefangen, sie hat uns provoziert, klar?"

Husein, der offenbar mit dem Rücken zu ihr stand, sagte leise, aber doch deutlich vernehmbar: „Klar. Ich stehe zu euch. Könnt euch drauf verlassen."

Diese Schweine, dachte Anna, jetzt wollen sie ihren Arsch retten und Husein soll zu ihren Gunsten falsch aussagen. Lügen! Merkwürdig, wie kalt sie innerlich war, wie emotionslos, so, als würde sie einen lange genau vorbereiteten Plan ausführen. Genau. Ich muss es tun.

Sie bog um die Ecke und ging mit schnellen Schritten auf die Gruppe zu. Die Sonne stand hinter ihr und schien den Kerlen vor ihr direkt ins Gesicht. Muhamed hielt die Hand über die Augen: „Da kommt jemand."

Hamed blinzelte auch in die Sonne, während Husein sich umdrehte: „Suchen Sie etwas?"

„Ja", sagte sie, schien in ihrer Tasche nach etwas zu suchen und hielt ihnen plötzlich die Waffe vor ihre verständnislosen Gesichter. Sie hörten und sahen, wie sie die Pistole im selben Augenblick auch spannte.

„Euch suche ich. Genau. Und wie Ihr seht, bin ich in treffsicherer Begleitung. Wer eine falsche Bewegung macht, wird es spüren."

„Anna?"

„Anna!"

Muhamed hatte sich als erster gefasst und wollte sich auf sie stürzen. Doch zwei gezielte Schüsse streckten ihn zu Boden. Er rührte sich nicht mehr. Etwas Blut floss aus seiner Stirn. Hamed war auch aufgesprungen. Da zertrümmerte ein gezielter Schuss seine rechte Schulter, so dass er vor Schmerzen aufschrie und mit dem gesunden Arm nach der Schulter griff.

Husein, der die ganze Scene zunächst wie erstarrt beobachtet hatte, wandte sich nun flehend an Anna: „Das kannst du doch nicht machen. Hör doch auf, Anna. Bitte!"

„Für mich hast du kein Wort eingelegt, als die Kerle sich an mir vergriffen. Verschwinde ins Haus, ehe ich es mir anders überlege, du Feigling. Sogar lügen würdest du für sie. Feigling. Weg!"

Erst langsam, dann immer schneller lief Husein ins Haus.

Hamed hatte inzwischen mit zusammen gebissenen Zähnen versucht, sich unauffällig um den Tisch herum zu bewegen, sei es, um davon zu laufen oder sich mit dem gesunden Arm auf Anna zu stürzen.

„Keinen Schritt weiter", herrschte Anna ihn an

Als er dennoch mit einem weiteren Schritt aus der Klemme zwischen Bank und Tisch heraus trat, peitschte der nächste Schuss durch die Luft und traf auch seine andere Schulter. Ein weiterer Aufschrei. Nicht mehr fähig zu irgendeiner eigenen Aktion, zischte er sie mit seinen kalten und stechenden Augen an: „Was willst du?"

Anna aber hielt diesem Blick stand und ließ sich davon nicht mehr verwirren. Es war sowieso alles entschieden. Genau. „Ich will Gerechtigkeit", antwortete sie. „Du bist doch auch für Gerechtigkeit, nicht wahr? Du sollst sie haben."

Und wieder peitschte ein Schuss. Sie hatte zwischen seine Beine gezielt, auf sein bestes Stück. Mit einem gellenden Aufschrei ging er in die Knie, hockte da wie ein schwer verwundetes Raubtier, das nicht mehr fähig war, sich zu verteidigen, sondern nur noch fauchen konnte.

„Du Hure, wenn ich dich kriege...", fauchte er.

„Du wirst mich nicht mehr kriegen, auch keine andere Frau mehr vergewaltigen. Hörst du in der Ferne die Sirenen? Es sind Polizei und Notfallwagen. Beide werden nichts mehr zu tun haben, außer aufzuräumen. Ich habe noch drei Schuss: einen für dich, einen als Reserve, falls du noch nicht tot bist und einen für mich."

In den wenigen Minuten, die noch verblieben, wurde ihr klar, dass die äußere Genugtuung, die sie mit dem Tod ihrer beiden Peiniger erreicht haben würde, nicht genügte, um den Schmutz und Ekel der durch sie erlittenen Vergewaltigungen abzuwaschen. Sie würde mit diesem Schmutz und Ekel leben müssen. Für immer. Nein!

Als der Polizeijeep mit knirschenden Bremsen vorfuhr, hallten den Polizisten noch drei Schüsse entgegen. Doch als sie sich mit vorgehaltenen Waffen und Schilden dem Tatort näherten, fanden sie nur noch drei Leichen. Eine war besonders schlimm zugerichtet.

„Verdammt, sie nimmt nicht ab."

Verärgert und gleichzeitig beunruhigt, legte Jan das Handy zur Seite.

„Geht es um Anna?", fragte Pit.

„Ja, ja. Sie hat mir vorhin so eine merkwürdige Nachricht geschickt. Hier, sieh mal ‚Ich muss tun, was ich tun muss'. Was soll das? Was will sie tun?"

„Frag sie doch einfach."

„Habe ich doch vorhin schon getan. Und weißt du, was sie geantwortet hat?"

„Na?"

„Hier: ‚Ich werde tun, was ich tun muss! Tschüss, Jan'. Kannst du mir sagen, was das soll?"

„Warum sagt sie so betont ‚Tschüss. Jan'?"

„ Das verstehe ich doch auch nicht. Habe ich sie doch gleich zurück gefragt. Aber keine Antwort. Sie hat irgendetwas vor, wo sie sich Genugtuung verspricht für die Schandtat. Aber was? Vielleicht will sie einen Anwalt konsultieren. Aber das könnte sie mir doch schreiben. Oder traut sie mir nicht mehr, weil ich sie nicht beschützt habe? Aber ich war doch selbst völlig hilflos. Sie haben mich doch brutal zusammen geschlagen. Ich habe ja, Gott sei Dank, nicht einmal mitgekriegt, was wirklich geschehen war. Erst im Krankenwagen, als sie mir die Fesseln lösten und ich wieder etwas zu Bewusstsein kam, fiel mir ein, wie ich auf Hamed einstürmte, aber sie waren zu stark. Doch dann war der Faden gerissen."

Noch einmal probierte er es mit einem Anruf.

„Nichts, sie nimmt nicht ab."

Voller Verzweiflung schaute er immer wieder in das Handy. Aber es kam keine neue Nachricht.

„Vielleicht will sie es öffentlich machen", mutmaßte Pit. „Vielleicht will sie zur Presse gehen? Sie ist doch klug genug, um eine richtige Entscheidung zu treffen. Vertraue ihr."

„Gut, ich schicke ihr noch eine Vertrauensbotschaft."

Er schickte ihr eine Sprachnachricht über Whats-App: „Anna, ich leide mit dir. Und ich bin zutiefst traurig, dass ich dir nicht beistehen konnte gegen diese Schweine. Aber sie hatten mich k.o. geschlagen und gefesselt. Ich habe gar nicht mitgekriegt, was passiert war. Ich bin voll an deiner Seite. Aber bitte warte bis Freitag. Da komme ich gegen Abend mit dem Flieger an. Und dann überlegen wir zusammen, wie wir gegen diese Schweine vorgehen. Anna, mach nichts alleine. Ich bin bald da. Bis Freitag. Jan."

„Okay so?"

Pit nickte.

„Vertrau ihr. Ihr werdet das gemeinsam meistern und Genugtuung für Anna einfordern. Und nun beruhige dich. Hörst du? Es gibt Abendessen."

Pit aber sinnierte, wie gut es war, wenn man jemand hatte, mit dem ein Problem gemeinsam klären konnte. Bei ihm musste jeder sein Problem alleine lösen. Silke wollte das Kind, er nicht. Sollte sie doch allein damit fertig werden. Sie hatte es gewollt, also soll sie auch die Suppe auslöffeln. Basta.

Ganz in der Nähe, in einem Mietwagen am Rande der Straße, die vom Ort zum Modračko jezero hinab führte, klingelte ein Telefon. Aber niemand hörte es.

Am Freitag kam Ratko sehr früh. Lange vor dem für die Fahrt zum Flughafen verabredeten Termin.

„ Ich habe zwei schlechte, sehr schlechte Nachrichten. Erstens: die EU hat die Grenzen dicht gemacht, wegen einer neuen Viruserkrankung, eine Mutation von Covid-19, die sich völlig selbstständig gemacht hat. Also praktisch ein neues Virus aus der Corona-Familie. Die neue Pandemie heißt Covid-25, weil es in diesem Jahr zum ersten Mal aufgetreten ist. In den letzten Tagen gab es schon beunruhigende Nachrichten, aber jetzt hat es uns schon hier auf dem Balkan erwischt. Es ist zu befürchten, dass es wieder eine weltweite Pandemie wird. Gott erbarme sich. Jedenfalls geht kein Flieger mehr, kein Bus, nichts. Die Grenzen sind dicht. Ihr sitzt gewissermaßen in der Falle."

„Aber das gibt es doch nicht. Die können uns doch hier nicht hängen lassen", ereiferte sich Pit.

„Das Zimmer, das ich für euch gemietet hatte, ist noch frei. Ich rate, dass Ihr euch dort erst einmal einquartiert. Es kommt nämlich noch eine zweite Nachricht dazu, die ist noch viel schrecklicher und betrifft besonders dich, lieber Jan, ganz persönlich."

Damit zog er eine örtliche Tageszeitung aus seiner Tasche und wies auf eine Meldung hin, die er schwarz angekreuzt hatte.

„**Selbstjustiz**", stand da fett gedruckt und darunter: „Am Mittwochnachmittag wurde die örtliche Polizei zu einem schrecklichen Tatort ins Naherholungsgebiet von Modračko jezero gerufen. Dort fand sie die Leichen von zwei männlichen und einer weiblichen Person. Die weibliche Person war offenbar die Täterin und hatte mit einer am Tatort gefundenen Pistole vom Typ Makarow zuerst die beiden Männer und dann sich selbst getötet. Die Polizei geht von einem Racheakt aus, da die beiden Männer sie am Sonntagabend vergewaltigt hatten. Von daher waren die Personalien aller drei Personen bei der Polizei bekannt. Der Name der jungen Frau ist Anna Verhoeven aus Amsterdam/ Niederlande."

„Nein", hallt der Schrei von Jan durch das Zimmer und über den ganzen Flur des Klinikums.

Er ist aufgesprungen, rauft sich die Haare und läuft mit großen Schritten hin und her: „Anna, warum hast du das gemacht! Warum hast du nicht gewartet, bis ich da bin!"

„Es tut mir sehr leid", sagte Ratko, „aber ich musste dich doch in Kenntnis setzen."

„Sie konnte wohl nicht anders", fügte Pit leise hinzu, „auch mein herzliches Beileid."

„Noch mal, wann ist es geschehen?", wollte Jan wissen.

„Am Mittwochnachmittag, als wir unten auf der Terrasse saßen."

„Wir sitzen also unten beim Kaffee und in zwanzig Minuten Entfernung erschießt Anna drei Menschen, einschließlich sich selbst. Ich habe es ja geahnt, dass sie was Schlimmes vorhat", Jan rauft sich wieder die Haare, „aber doch nicht sowas. Ich dachte doch, sie ist in Amsterdam."

„Ja, so haben wir uns ja auch am Montag auf dem Flughafen verabschiedet", bestätigte Ratko. „Sie muss sich erst dort anders entschieden haben. Nachdem ich gegangen war."

„Irgendwo muss sie sich ja die Pistole erworben haben. Na klar, sie wusste, dass in Sarajewo der illegale Waffenhandel blüht. Damit hat sie sich mal intensiv beschäftigt und versucht, Verantwortliche vor Ort an einen Tisch zu bekommen, um diese dunklen Geschäfte zu beenden. Wollte aber niemand mitmachen. Nun hat sie selber mitgemacht. Es ist nicht zu fassen. Anna, wie konntest du nur??"

Jan schrie die Frage förmlich heraus und Tränen traten ihm in die Augen.

„Ich denke, sie stand unter Zwang", grübelte Pit. „So hat sie doch auch geschrieben", und zu Ratko hin. „Sie hat Jan eine Nachricht geschickt in dem Sinne ‚ich muss tun, was ich tun muss' oder so. Sie stand unter einem inneren Zwang. Alle vernünftigen Ratschläge von Jan kamen nicht mehr bei ihr an, konnte sie innerlich nicht mehr aufnehmen oder in Erwägung ziehen. Sie stand unter Zwang."

„Ja, so war es wohl. Anders kann ich es mir auch nicht erklären. Und radikal wie sie in der Hingabe für eine gute Sache war, war sie nun auch an diesem Punkt. ‚Ich muss'. Und merkte nicht, dass sie all ihren Idealismus, all ihre guten Absichten damit desavouierte. Und was machen wir nun?"

Die Antwort kam durch die Tür in Gestalt eines älteren Polizeibeamten, begleitet von einer jungen Polizistin: „Herr Verhoeven?"

„Das bin ich."

„Wir müssen Ihnen leider eine traurige Nachricht überbringen. Ihre Schwester hat Suizid begangen."

Jan zeigte wortlos auf die Zeitung.

„Ach, Sie wissen schon. Dann können Sie uns vielleicht auch sagen, wie es dazu gekommen Ist?"

„Das wissen Sie doch genau so gut wie ich und haben es doch der Presse auch verraten: Rache."

„Hat sie Ihnen gesagt, was sie tun will?"

„Nein, wir hatten keine Ahnung. Hier ihre Nachrichten am Mittwoch", Jan hielt ihnen sein Handy hin. „Wir dachten, sie ist in Amsterdam. Hier, unser bosnischer Freund Ratko, hat sie am Montag zum Flughafen gebracht."

„Und dort hat sie vor meinen Augen ein Ticket nach Amsterdam gekauft", ergänzte der.

„Und wo sie die Waffe her hatte, wissen Sie wohl auch nicht?"

Der Beamte blieb beharrlich.

„Keine Ahnung. Aber dass es hier in Bosnien einen großen illegalen Waffenmarkt gibt, wissen Sie doch bestimmt besser als wir."

Der Beamte zuckte mit den Schultern.

„Darf ich noch erfahren, warum Sie mit ihrer Schwester überhaupt nach Bosnien-Herzegowina eingereist sind? Urlaub?"

„Mitnichten. Wir sind von Greenpeace International hier, um mit örtlichen Vertretern, wie zum Beispiel, hier Ratko..."

„Und Hamed und Muhamed und Mesut und so weiter", fiel ihm Pit ins Wort, „jawohl, die wollten auch mitmachen, also um etwas zu tun für den Erhalt der herrlichen bosnischen Flusslandschaften. Jawohl, deshalb sind wir hier."

„Alle Achtung", meinte der Beamte, „und nun solch ein trauriges Ende", und fügte hinzu „mit Racheakten haben wir auf dem Balkan leider viel zu tun. Leider. Doch zum Schluss noch eine ganz praktische Frage: Wie wollen Sie es mit der Beisetzung halten?"

„Haben wir noch keinen Augenblick drüber nachgedacht."

„Sie haben wahrscheinlich mitbekommen, dass die EU leider ihre Grenzen völlig dichtgemacht hat. Sowohl für Personen- als auch für Güterverkehr. Wegen des Virus. Die Krankheit soll bei uns bleiben und nicht zu den feinen Leuten im Westen kommen. Na ja. Jedenfalls werden auch Sie beide bis auf weiteres hier bleiben müssen. Und eine Überführung der Leiche ist unter diesen Umständen schon gar nicht denkbar. Was meinen Sie, soll Ihre Schwester hier in Tuzla beerdigt werden?"

Jan überlegte einen Augenblicke, dann sagte er: „Es bleibt wohl nichts weiter übrig. Mit einer Urne möchte ich die Wartezeit hier auch nicht verbringen. Lieber ein Ende mit Schrecken als Schrecken ohne Ende. Und vielleicht ist es ja ganz gut, wenn sie in derselben Erde ruht wie ihre Opfer und - Täter. Vielleicht gibt es ja da eine unsichtbare Versöhnung. Wer weiß."

„Also hier beerdigen?"

„Ja."

„Gut. Das Bestattungswesen wird sich mit Ihnen in Verbindung setzen. Sie haben noch dieselbe Handynummer?"

„Ja."

„Dann bleibt nur noch eine Pflicht, nämlich ihre Schwester zu identifizieren. Können Sie gleich mitkommen?"

„Wenn es recht ist", antwortete Ratko, „fahren wir hinter Ihnen her. Wir nehmen hier alles mit und danach bringe ich euch in euer Quartier. Einverstanden?"

Der Beamte nickte und auch Jan und Pit waren einverstanden. An der Rezeption bekamen sie noch ihre Entlassungspapiere mit dem Hinweis, jegliche Aufregung bis auf weiteres zu meiden.

„Selbstverständlich."

Als im Leichenschauhaus das Tuch von Annas Gesicht genommen wurde, schrie Jan wieder auf: „Nein!" und raufte sich die Haare. „Nein, Anna, das hättest du nicht tun sollen – auch wenn du es deiner Meinung nach tun musstest. Hättest du doch auf mich gewartet."

Dann berührte er noch einmal ihre Stirn und unterschrieb das amtliche Formular.

Als sie sich im Quartier einigermaßen eingerichtet hatten, klingelte das Telefon und das Beerdigungsinstitut meldete sich, ob Herr Verhoeven mal vorbei kommen könne, um den Termin der Beerdigung seiner Schwester abzusprechen, den Sarg auszusuchen und so weiter. Ja, heute Nachmittag wäre es recht, sagte die Chefin.

Mit den Behörden war offenbar alles ganz schnell gegangen. Der Fall war für sie eindeutig und der Totenschein lag in doppelter Ausführung vor. Einen steckte sich Jan ein. Ob ihm der Termin gleich am nächsten Tag, am Samstag, 19.07.2025, recht sei. Um 11.30 Uhr wäre noch frei. Jan bejahte. Die Eltern könnten ja wegen Covid-25 sowieso nicht kommen. Er würde sie hinterher benachrichtigen. Er weiß, es wird schrecklich für sie sein. Aber da müssen wir jetzt alle durch. Wie lange sollte man denn warten: Monate? Ein Jahr? Nein, morgen! Und nein, religiös sind sie nicht gebunden. Ein Redner genügt. Die Chefin rief gleich den Redner an. Der sagte zu, heute Abend noch bei Jan vorbei zu kommen, um die Beisetzung zu besprechen.

Ratko fuhr sie am nächsten Tag zur vereinbarten Zeit auf den Friedhof. Als sie dort durch das Tor gingen, sahen sie von ferne eine große Trauergesellschaft auf sich zukommen. Alle feierlich in schwarz. Die drei sahen an sich herunter und merkten, dass sie mit ihren drei Sträußen in der Hand eher aussahen wie Leute, die auf dem Weg zu einer Gartenparty sind.

„Es ist ja auch so etwas, wie der endgültige Abschluss unserer Party von vor einer Woche", sagte Jan mit einer Mischung von tiefster Trauer und bitterer Ironie.

Etwas verschämt drückten sie sich an die Mauer, als der nicht enden wollende schwarze Trauerzug an ihnen vorbei zum Ausgang schritt. Jan meinte viele Augenpaare auf sich gerichtet zu sehen, wie Pistolen, scharf und stechend. Dann blitzte auch ein Handy zu ihnen herüber.

„Man sagt, auf dem Balkan nimmt die Rachespirale nie ein Ende", wandte er sich, als sie wieder frei ausschreiten konnten, an Ratko. „Mir war, als waren das die Familien von Hamed und Muhamed. Und jemand hat uns fotografiert. Was meinst du: bin ich nun auch bei denen auf der Abschussliste?"

„Leider kann ich das nicht völlig ausschließen", erwiderte Ratko. „Ich will mich aber bemühen, euch zu helfen, dass Ihr in Sicherheit kommt, das heißt in die EU. Ich habe da so eine Idee. Doch darüber nachher. Wir sind da."

Sie hatten mit dem Trauerredner verabredet, dass die kurze Feier gleich am Grab stattfindet. Jan hatte ihn auch gebeten, ein Vaterunser zu sprechen, weil das doch zu einer Beerdigung dazu gehöre. „Bei uns nicht", hatte der Redner gesagt, „wir sind hier Muslime. Aber vielleicht kann es ja einer von Ihnen sprechen?"

So kam es, dass Ratko das Gebet sprach. Dann warfen sie zum Abschied noch ihre Sträuße ins Grab und gingen.

Am Nachmittag saßen sie im Café Amsterdam, nicht ahnend, dass hier auch Anna vor ihrem Racheakt gesessen hatte. Jan erzählte die eine oder andere Story aus Annas Schul- und Jugendzeit, immer wieder unterbrochen von der verzweifelten Frage, warum sie nicht gewartet hatte, um alles mit ihm zu besprechen.

Schlussendlich aber resümierte er: „Am Ende war es wohl so, wie sie gemailt hatte ‚Ich werde tun, was ich tun muss', Betonung auf dem ‚muss'. Eigentlich passt es zu ihr. Immer radikal: weiß oder schwarz, richtig oder falsch, Wahrheit oder Lüge, gut oder schlecht. Grautöne kannte sie nicht. Differenzierungen fielen ihr schwer. Mit dieser Radikalität passte sie natürlich bestens zu Greenpeace. Auf Anna!"

Er hob den Wein, den er nach dem Kaffee bestellt hatte und alle folgten ihm.

„Auf Anna!"

„Tschüss, Anna!"

Dann widmeten sie sich der Zukunft.

„Also, wie kommen wir nach Hause, Ratko, du hattest doch eine Idee. Lass sie uns wissen."

„Ja", stimmte Jan zu. „Es hat keinen Zweck, im traurigen Rückblick zu verharren. Ich muss auch nach Hause. Ich will unsere Eltern heute noch anrufen und ihnen alles erzählen, erklären kann man es ja nicht, aber so schonend wie möglich berichten. Und dann muss ich ihnen auch noch beibringen, dass wir hier nicht so ohne weiteres über die Grenze kommen und ich also noch nicht genau sagen könne, wann ich wieder in Amsterdam sein werde. Was meinst du, Ratko, können wir am Dienstag zu Hause sein?"

„Darauf würde ich mich nicht verlassen", bremste der diese Hoffnung. „Es gibt für euch nur zwei Möglichkeiten. Entweder Ihr meldet euch bei euren Botschaften in Sarajewo an als solche, die mit einem nächsten Sammeltransport, sei es mit Bus oder Flugzeug, zurück in die Heimat wollen. Das kann natürlich dauern. Oder aber ich bin morgen früh um neun Uhr hier und bringe ich euch zum Bahnhof nach Sarajewo. Von dort müsstet Ihr mit dem Zug nach Bihac an der kroatischen Grenze. Wie oft Ihr umsteigen müsstet, weiß ich jetzt nicht. Ich bin die Strecke noch nie gefahren. Mit dem Auto nach Bihac, das schaffe ich morgen aber nicht hin und zurück. Ich muss ja am Montag wieder auf Arbeit sein und noch einiges dafür vorbereiten. Also würde ich euch nach Sarajewo bringen und Ihr müsstet mit dem Zug weiter. In Bihać sucht Ihr euch eine Übernachtung und am Montagmorgen marschiert Ihr auf Schleichwegen in Richtung kroatische Grenze. Ich selbst war da noch nie, aber ich weiß von Augenzeugen, dass das recht unproblematisch ist, weil die Grenze wegen der vielen Berge und dichten Wälder nur dürftig gesichert ist. Man müsste nämlich etwa 200 Kilometer geschützten Wald roden für eine Grenztrasse, also mit Elektrozaun und Wachtürmen und so weiter. Und dagegen laufen die heimischen, aber auch die Naturschutzverbände der EU Sturm, von wegen bedrohter Tierarten und Umweltzerstörung. Und ganz abgesehen davon, selbst wenn man die Mauer bauen würde, man könnte sie gar nicht überall absichern, weil das Gelände einfach zu unübersichtlich ist. Kurz und gut: Wenn man sich nicht zu blöd anstellt, kommt man da relativ leicht auf kroatisches Staatsgebiet und damit in die EU. Und da Ihr EU-Staatsbürger seid, werdet Ihr dann auch nicht nach Bosnien zurückgeschickt, höchstens in Quarantäne gesteckt. Damit müsst Ihr allerdings rechnen."

„Ist es denn schon so schlimm mit der neuen Seuche?"

„Jeden Tag mehr. Ich weiß schon von Todesfällen im Bekanntenkreis."

„Und was weiß man vom Verlauf der Krankheit?"

„Es heißt, Covid-25 breite sich nicht ganz so schnell aus wie Covid-19. Dafür sei es tödlicher. Es lähmt die Atemwegsorgane und kann innerhalb von drei Tagen zum Tode führen. Egal, ob alt oder jung. Gott erbarme sich. Es soll bei uns diesmal durch Migranten aus dem Osten eingeschleppt worden sein, die leider die neue Balkanroute hier durch unser Land benutzen, was für unsere einheimische Bevölkerung und unsern schwachen Staat nur schwer zu ertragen ist."

„Und die benutzen wahrscheinlich auch die Schleichwege bei Bihać, ja? Das wird ja eine hübsche Gesellschaft. Meine Güte, auf was müssen wir uns da wieder einlassen. Es reicht eigentlich: erst der anstrengende Marsch, dann die scheiß Party, dann die Tragödie mit Anna, Krankenhaus und jetzt mit Covid und Migranten auf Schleichwegen in Richtung Heimat. Geht's noch?"

Pit war ziemlich außer sich.

„Wirklich. Eine schöne Alternative: entweder hier auf Abholung und auf Corona warten oder gleich als Schmuggler mit Covid-Infizierten über die Grenze. Was meinst du, Jan?"

„Ich möchte sofort nach Hause. Nein, ich muss nach Hause. Wegen der Eltern. Sie warten auf mich. Ich kenne sie doch. Sie zermartern sich wegen dieser Schreckenstat den Kopf und werden nur weinen, besonders Vater. Anna war sein Liebling, wie das so ist bei Vätern und der einzigen Tochter. Ich muss hin. Wenn du hier in Bosnien warten willst, Pit, nehme ich dir das nicht übel. Dann gehe ich eben alleine."

„Das ist auch Mist. Und ich muss ja auch unbedingt an meinem Master arbeiten. Bleiben ist blöd und sich über eine fremde Grenze schmuggeln ist auch blöd."

„Ich würde euch ja gerne etwas Besseres vorschlagen, aber so ist die Lage", erwiderte Ratko, „und wir sind erst am Anfang. Ab morgen gilt auch wieder Maskenpflicht in allen öffentlichen

Verkehrsmitteln. Ihr habt wahrscheinlich keine Masken bei oder?"

„Quatsch! Wer hat denn an sowas gedacht. Das hatten wir doch hinter uns. Dachten wir jedenfalls. Wenn die Seuche richtig ausbricht, wird es hier wahrscheinlich ungemütlicher als bei uns in Berlin. Das Gesundheitssystem hat in hiesigen Gegenden bestimmt größere Probleme als in Deutschland. Stimmt`s?"

Ratko nickte achselzuckend mit dem Kopf.

„Also gut, ich habe keine Lust auf den schnellen Zusammenbruch des hiesigen Gesundheitssystems zu warten. Ich komme morgen mit in Richtung Heimat. Was ist noch nötig?"

„Wir werden uns morgen in Sarajewo als erstes bei den Geschäften am Bahnhof umsehen, wo es Masken gibt, für euch und für mich", erklärte Ratko. „Ich habe nämlich auch nur noch eine von damals übrig."

„Gut. Oder nicht gut. Egal, wir müssen uns fügen, aber was brauchen wir noch?", wollte Jan wissen.

„In einem Buchladen oder bei der Touristinformation kauft Ihr euch eine gute Karte von der Grenzregion bei Bihać, sucht euch einen kleinen Ort in Kroatien in Grenznähe als Ziel aus und stellt euer GPS darauf ein. Wie gesagt, ich kenne die Wege und Ortschaften da nicht, aber es soll ganz gut gehen. Und steckt euch Bargeld ein, denn mit einem Zwanzigeuroschein kann man in diesen Gegenden schon etwas bewegen. Versteht Ihr? Ihr seid hier auf dem Balkan. Man braucht Cash. Klar?"

„Alles klar", ergriff Pit wieder das Wort, „aber weißt du denn, wie weit es von Bihać bis zur Grenze ist? So ungefähr? Vielleicht wieder dreißig Kilometer?"

Man merkte Pit an, wie sehr ihn der Gedanke an eine neue läuferische Kraftanstrengung bewegte. Und dann noch völlig fremdes und wildes Gelände. Und sie sind nur zu zweit.

„Ob wir uns einer Migrantengruppe anschließen? Was meint Ihr?"

„Da wäre ich vorsichtig", warnte Ratko, „nicht nur wegen Corona, sondern auch, weil man ja nie weiß, mit wem man es da gerade zu tun hat. Außerdem sind es keine dreißig Kilometer. Bis zur Grenze so an acht bis zehn und jenseits auch durch den Wals vielleicht nochmal vier bis fünf Kilometer. Da seid Ihr auf die Migranten nicht angewiesen. Denkt daran, das sind fast alles junge Männer, entschlossen zu allem, um nach Westen zu kommen."

„Ich denke auch, wir peilen erst mal die Lage und sind lieber vorsichtig als blauäugig."

Im Unterschied zu seiner Schwester haben wir Jan schon das eine oder andere Mal als jemand erlebt, der differenzieren kann. Er ahnte noch nicht, wie sehr er damit recht behalten sollte.

„Gut. Dann bis morgen. Um neun Uhr Abfahrt. Klar?"

„Klar, Ratko, wir werden bereit sein."

„Bis morgen."

Auf dem Bahnhof in Sarajewo haben sie noch gelacht.

„Jetzt geht der Maskenball wieder los."

Na ja, bei Jan war das Lachen etwas gequält. Der Gedanke an Anna lag doch wie eine schwere Last auf ihm. Aber auch er konnte sich eines gewissen Schmunzelns nicht erwehren, als sie sich selbst und Ratko und nachher all die anderen Fahrgäste mit ihren vielfältigen Atemmasken betrachteten.

„Da dachten wir, wir haben es hinter uns. Und nun fängt der Zirkus von vorne an. Dabei habe ich mich doch impfen lassen. War das nun ganz umsonst?", sinnierte Pit.

„Ich habe mich gar nicht erst impfen lassen", erwiderte Jan. „Wir Niederländer lieben die Freiheit. Kaum die Hälfte der Bevölkerung hat sich bei uns impfen lassen. Und es scheint, wir hatten recht. Würde jetzt sowieso nichts nützen."

„Ganz stimmt das wohl nicht", korrigierte Ratko. „Man sagt, dass die Covid-19-Impfung schon einen gewissen, nicht einen völligen, aber einen gewissen Schutz auch gegen Covid-25 gewähre. Für die einzukalkulierenden Restrisiken gibt es nun eben wieder die Atemmasken."

„Und wer nicht geimpft ist, muss sich eben noch mehr schützen. Jan, du wirst also die Maske weder beim Essen, noch beim Schlafen abnehmen. Klar? Haha."

Noch konnte Pit lachen.

In Bihać lachten sie nicht mehr.

Sie hatten eine kleine Pension abseits des Zentrums gefunden, wo sie sich vor Massenansammlungen von Flüchtlingen geschützt meinten. Doch als sie am Abend einen kleinen Erkundungsgang machten, die Maske auf der Nase, stießen sie auf eine Polizeisperre, die sie anwies, den Gehweg auf der anderen Seite der Straße zu nutzen. Von dieser Seite aus sahen sie, dass eine ganze Polizeikette, alle mit Atemmaske und herunter geklapptem Visier, eine anscheinend sehr große Lagerhalle absperrte. In der Seitenstraße des Lagers hielt eben ein Rettungswagen, aus welchem eine Bahre in die Halle gebracht wurde. Noch war der Vorgang nicht abgeschlossen, da hielt hinter ihm schon wieder ein anderes Fahrzeug mit Blaulicht.

„Was ist hier los?", fragten sie einen Polizeibeamten, der von ihrer Seite aus das ganze Treiben beobachtete. „Sorry, wir sind EU-Bürger und zufällig hier gestrandet. Wollen Sie unsere Papiere sehen?"

Der Polizist winkte ab.

„Wir mussten hier in dieser alten Fabrikhalle ein Krankenlager für die Flüchtlinge einrichten. Sie haben den neuen Virus mitgebracht und sterben nun zu Hunderten jeden Tag. Es ist mehr ein Sterbelager als ein Krankenlager. Wir sind völlig machtlos. Es gibt hier inzwischen mehr als zehntausend Flüchtlinge, die in Lagern an der Grenze festsitzen. Leider unter katastrophalen hygienischen Verhältnissen. Unser Staat und die Stadt versuchen, was möglich ist, um zu helfen. Aber unsere Ressourcen sind begrenzt, trotz EU-Hilfen. Und der Ansturm wird nach jeder Nachricht von einer geglückten Flucht größer. Wie viele von denen infiziert sind? Keiner weiß es. Sie selber auch nicht. Unsere Krankenhäuser sind schon mit einheimischen Patienten völlig überfüllt. Eine Katastrophe. Da, an der anderen Seite in der Nebenstraße fahren ununterbrochen Militärfahrzeuge mit den Leichen ab. Eine Katastrophe!", wiederholte er. „Ihnen rate ich, hier überall im öffentlichen Raum die Maske zu tragen. Und wenn Sie in die EU rüber wollen, meiden Sie größere Flüchtlingsgruppen! Die sind jetzt völlig in der Zange zwischen der rabiaten kroatischen Grenzpolizei, die sie bei jedem Auftauchen wieder über die Grenze zurück prügeln und der Corona-Seuche, der sie sich schutzlos ausgeliefert fühlen, weil ja die meisten von Ihnen nicht einmal Desinfektionsmittel haben, geschweige einen gewissen Schutz durch die Covid-19-Impfung. Die sind zu allem fähig. Also seien sie vorsichtig."

„Danke. Wir werden es beherzigen."

Dann sahen sie aus der anderen Nebenstraße zwei Militär-LKWs mit ihrer traurigen Last heraus fahren und in Richtung Stadtrand abbiegen.

Sie zogen wieder ihre Masken hoch.

„Arme Schweine. Die kommen nun in fremder Erde in ein Massengrab. Wahrscheinlich ohne Namen und ohne dass ihre Angehörigen zu Hause jemals erfahren, wo sie abgeblieben sind."

„Wer sollte in diesem labilen Staatsgebilde auch solche akribische Kommunikation leisten? Kann ich mir auch nicht vorstellen. War ja damals in Italien schon schwierig. Erinnerst du dich?"

„Ja, freilich. Ist ja noch nicht so lange her. Aber jetzt sollten wir auch mal an uns denken und vielleicht noch eine Apotheke ausfindig machen, wo wir Desinfektionsmittel kriegen. Was meinst Du?"

Pit hatte offenbar keine Lust, auch in fremder Erde in ein Massengrab zu kommen, selbst wenn seine Eltern darüber wahrscheinlich benachrichtigt würden. Ob Silke auch benachrichtigt würde? Oder sein Kind? Er ließ es offen.

Sie hatten Glück. Doppeltes Glück. Sie fanden nicht nur eine Apotheke, sondern bekamen auch „die letzten beiden Flaschen", wie die Verkäuferin achselzuckend versicherte. Bei der Touristinformation hatten sie kein Glück. Die war geschlossen.

„Da müssen wir morgen nochmal her."

„Geöffnet von zehn bis siebzehn Uhr. Na gut. Also morgen."

Morgen, also am Montag, ließen sie sich Zeit. Sie hatten beschlossen, sich noch diesen einen Tag Ruhe zu gönnen, zumal bei Jan die Kopfschmerzen wieder stärker waren. Die Schläge von vor einer Woche und der Schlag mit dem Selbstmord seiner Schwester belasteten ihn doch sehr.

Pit war einverstanden: „Machen wir eben noch einen Tag Pause. Dann sind wir morgen ausgeruht und haben den ganzen Dienstag vor uns zum Laufen. Und jetzt schlendern wir in aller Ruhe durch die Stadt, besorgen uns das nötige Kartenmaterial von der Gegend hier und essen irgendwo gemütlich zu Mittag. Dann gehen wir wieder in die Pension und strecken uns aus. Was meinst Du?"

„In Ordnung. Ich glaube, das wird mir gut tun."

In der Stadt waren die Flüchtlinge nicht zu übersehen. Sie kamen ganz offensichtlich aus vieler Herren Länder. Die meisten vermuteten sie aus östlicher Richtung, aus dem Kaukasus, viele andere aus Nahost. Alle trugen die Atemmaske. Ohne durften sie gar nicht in die Stadt. An den Geschäften sah man Inschriften in Englisch und Arabisch, um Kunden anzulocken.

„So kann man mit den Flüchtlingen auch Geschäfte machen."

„Andererseits kommt denen das auch entgegen. Sie werden als Käufer wahrgenommen und können aussuchen, was sie haben wollen. Ist doch gut."

„Na, ich weiß nicht."

Pit war skeptisch.

„Nach Willkommenskultur sieht mir das nicht aus. Es ist einfach Geschäft. Geld stinkt nicht. Und Geld scheinen die Flüchtlinge ja zu haben. Sonst wären sie nicht bis hier her gekommen. Und könnten auch nicht einkaufen. Und Handys haben sie wohl auch alle und starren genau so drauf wie bei uns zu Hause die Leute. Also Armut stelle ich mir anders vor."

Pause.

„Und sieh mal da, da oben, das Plakat, das da aus dem Fenster hängt. Siehst du es?"

„Refugees out!"

„Und da auf Arabisch wahrscheinlich dasselbe. Oder glaubst du, dass da steht ‚Willkommen'? Ich kann mir das nicht vorstellen. Und ich erinnere mich, dass Flüchtlingen vor ein paar Jahren sogar das Betreten der Stadt verboten war. Auf internationalen Druck mussten sie das Verbot dann wieder aufheben. Aber die Gefühlslage der Bevölkerung hat sich dadurch natürlich nicht verbessert. Und jetzt bei der neuen Pandemie, die die Flüchtlinge mitgebracht haben, schon gar nicht."

Nun sahen sie an vielen Fenstern solche Plakate raushängen und auch entsprechende Schriftzüge an Wänden.

„Ich kann beide Seiten verstehen", sagte Jan, „die Flüchtlinge, die ein besseres und sicheres Leben suchen und die Einwohner hier, die es offenbar satt haben, ganz besonders jetzt mit der neuen Seuche. Seit Jahren geht das ja hier schon so auf der neuen Balkanroute. Und es ist kein Ende in Sicht. Da war noch vor sechs, sieben Jahren eine herzliche Hilfsbereitschaft, die dann aber ins Gegenteil umschlug. Das Problem liegt bei der EU. Es ist eine Schande, dass sie in Brüssel hier die Kroaten die Drecksarbeit machen lassen, indem sie die Flüchtlinge mit brutaler Gewalt immer wieder zurück prügeln. Scheiße ist das."

„Denk mal an Calais in Frankreich. Wie da Zehntausende lauerten, um nach England rüberzukommen. Jetzt, nach dem Brexit, haben sie ja keine Chance mehr. Aber auch in Frankreich will die große Mehrheit der Bevölkerung sie nicht mehr haben. Ein Riesenproblem, weil Europa sich nicht einig ist.

Übrigens wüsste ich auch gar nicht, worin die Europäer sich einigen sollen. Selbst wenn man sich auf Quoten einigen würde, mal ist doch Schluss. Denn Millionen stehen vor der Tür. Aber lassen wir das Thema, wir stehen jetzt auch vor der Tür. Da ist die Touristinfo."

Sie fanden, was sie suchten und steckten die Wanderkarte „Diesseits und jenseits der Grenze" in die Tasche. Dann machten sie sich auf den Weg zur Una, einem der vielen schönen Flüsse Bosniens, der mitten durch die Stadt fließt „und weiter oben die Grenze zu Kroatien bildet", wie Jan erklärte. „Sehr fischreich. Mit herrlichen Wasserfällen und so weiter. In Vorbereitung auf unser Projekt habe ich mich ja mit etlichen der herrlichen Flusslandschaften hier beschäftigt. Wir sollten sehen, ob wir da eine gemütliche Lokalität finden. Ich hätte Appetit auf Fisch."

Pit war sofort einverstanden. Für Gemütlichkeit und gutes Essen war er immer zu haben.

Sie wurden fündig. Das River Una Restaurant auf der anderen Seite des Flusses lag wunderbar am Wasser und hatte, wegen Covid-25 nur im Außenbereich, aber immerhin und schön gelegen, Platz für viele Gäste. Mitten in der Woche und bei Coronagefahr war es nicht überlaufen. So ließen sie sich nieder unter einer großen schattigen Buche, durch deren dichtes Blätterdach einzelne Sonnenstrahlen ihren Weg zu ihnen fanden, ohne sie zu belästigen. Es war angenehm warm und der Blick über den Fluss war wunderschön. Während sie euphorisch alles musterten und kommentierten, hatten sie den Eindruck, dass sie doch noch irgendwie mit dem eigentlichen Anlass ihres Hierseins – Rettung der bosnischen Flusslandschaften – verbunden waren.

„Vielleicht klappt es ja beim nächsten Mal besser. – Ach ja, Anna."

Pit wechselte schnell das Thema: „Winken wir doch mal den Kellner rüber."

Sie bestellten Fisch und Bier, „der Fisch muss ja schließlich schwimmen", und waren überzeugt: „Hier halten wir es eine Weile aus."

Während des Essens wurden sie auf einen jungen Mann aufmerksam, der am Nebentisch auf Deutsch telefonierte. Pit konnte ein paar Brocken verstehen. Von „über die Grenze…, morgen…., Abend zu Hause…." war da die Rede. Das hörte sich hoffnungsvoll an.

Nach dem Essen nahm Pit Kontakt mit dem Nachbarn auf: „Hallo, ich bin Pit aus Berlin. Ich hörte bei deinem Telefonat eben heimatliche Klänge. Darf ich fragen, wo du zu Hause bist?"

Der junge Mann, ein schlanker, sportlicher Typ in sportlicher Kleidung, musterte die beiden.

„Keine Angst, wir sind keine Spione vom BND oder so. Wir sind von Greenpeace und das hier ist Jan aus Amsterdam. Die Seuche hat uns überrascht und nun suchen wir, wie wir von hier in die EU kommen. Vielleicht kannst du uns einen Tipp geben. Wir haben uns schon eine Karte von hier besorgt. Hier." Er holte die Karte aus der Umhängetasche.

Der Fremde hatte wohl Vertrauen gefasst: „Na gut. Ich bin Frank aus Frankfurt an der Oder. Passt gut, was?"

Er lachte.

„Ich war zum Wandern hier und sitze auch in der Falle. Aber ich habe mir schon für morgen früh ein Ziel rausgesucht. Zeig mal her."

Pit breitete die Karte vor ihm aus.

„Also. Ich stelle mein GPS von hier, von Bihać aus, auf Prijebog in Kroatien ein. Da!"

Er tippte mit dem Finger auf den kroatischen Teil der Karte.

„Und wie weit ist das?", wollte Pit wissen.

„Bis zur Grenze etwa zehn Kilometer und dann noch mal fünf. Ist eigentlich ganz einfach. Nur", hier holte Frank tief Luft, „es gibt weder eine Straße, noch einen Wanderweg. Es gibt höchstens Trampelpfade und Schleichwege für Schmuggler, Räuber und vor allem: Migranten! Die sollen sich auch mitten im Wald ihre Lager gebaut haben, um näher zur Grenze zu sein."

Er hob den Zeigefinger: „Vorsicht ist geboten!"

„Wollen wir uns zusammen tun?", fragte Jan, „dann sind wir einer mehr. Fände ich gut."

Frank musterte die beiden wieder von oben bis unten, kam dann aber, besonders im Blick auf Pit, zu dem Schluss: „Ich denke, ich gehe lieber alleine. Da kann ich meinen Schritt wählen wie ich will, auch mal rennen, wenn es sein muss. Außerdem bin ich es gewohnt, alleine zu laufen. Okay?`"

„Schon gut, aber vielleicht hast du ja noch einen Tipp für uns? Bei deiner Wandererfahrung?"

„Ein Tipp. Na ja. In der Fremde und unter Fremden halte ich es immer für angebracht, bei Ausweis und Kreditkarte auf Nummer Sicher zu gehen. Also, ich habe immer beides mit: Personalausweis und Pass. Den Pass kannst du nicht wirklich verstecken, wenn dich jemand beklauen will. Er ist zu groß. Den kann man immer finden, in der Jackentasche oder im Rucksack. Aber den kleinen Personalausweis, den habe ich zur Sicherheit immer im Strumpf."

„Den habe ich gar nicht mit", platzt Pit dazwischen."

„Aber ich", beruhigt ihn Jan, „ich kann dann für dich bürgen. Haha. Du bist dann eben mein Sohn. Haha."

„Wie Ihr das macht, ist eure Sache. Ist ja nur ein Tipp von mir."

„Und wie machst du es mit der Kreditkarte?"

„Auf jeden Fall immer zwei mit haben. Eine in der Brieftasche, falls die geklaut wird. Wenn die Räuber da nämlich keine finden, werden sie misstrauisch und filzen dich gründlich. Mit einer werden sie erst mal zufrieden sein, denke ich. Deshalb habe ich eine zweite immer noch entweder am Körper, im Gürtel oder in einer zunächst unsichtbaren Geheimtasche des Rucksacks versteckt. Und natürlich immer die Nummer, um das Konto so schnell wie möglich telefonisch sperren zu lassen."

„Ich bin noch Student und habe nur eine Karte und vom Konto ist auch nicht viel zu holen", seufzte Pit.

„Falls sie dir alles wegnehmen, kaufe ich dir dann ein Brötchen", versicherte ihm Jan, „ich werde meine zweite Kreditkarte jedenfalls auch irgendwo verstecken. In der Fremde und unter Fremden Vorsicht! Vielleicht gar kein so schlechter Tipp. Über so viel Misstrauen hätte Anna sich freilich sofort aufgeregt. Sie hat immer an das Gute im Menschen geglaubt."

„Wer ist Anna?"

„Ach, lassen wir das. Das ist eine Geschichte für sich. Aber danke Frank, wir werden alles beherzigen."

„Na, dann macht`s man gut. Vielleich laufen wir uns ja morgen noch kurz über den Weg."

„Tschüss, Frank. Und grüß Frankfurt. Haha."

Auf dem Weg zur Pension überlegten Jan und Pit, mal mehr lachend, mal ernsthafter, wo und wie man Personalausweis und Kreditkarte oder mangels einer solchen wenigstens ein paar Euroscheine verstecken könnte.
„Also ich lege mir je einen Zwanziger im Strumpf um die Beine. Mal sehen, ob über oder unter dem Knöchel", lachte Pit.
Den Nachmittag verschliefen und vertrödelten sie dann und stellten am Abend fest, dass es doch ein sehr schöner und erholsamer Tag gewesen sei.
„Jetzt sind wir gestärkt für morgen."
„Und vielleicht sind wir ja morgen Abend schon in Berlin und du kannst bei mir auf der Studentenbude übernachten, wenn du nicht mehr nach Amsterdam weiterkommst."
„Wir sollten den Wecker auf fünf Uhr stellen, damit wir um sechs loskommen. Dann haben wir den Tag vor uns. Was meinst du?"
„Machen wir."

Unter Räubern

Der nächste Morgen sah die beiden frisch und fröhlich um sechs Uhr in den schon hellen Sommertag hinaustreten. Sie hatten ihre Wanderstiefel an, in derem einen nicht nur Jans Fuß, sondern auch sein Ausweist steckte. Eine Kreditkarte hatte er so gut wie möglich im Rucksack versteckt. Beide hatten sie Zwanzigeuroscheine in den Strümpfen und natürlich auch in der Brieftasche, eingedenk Ratkos Hinweis, dass man in diesen Gegenden mit einem Zwanzigeuroschein „schon etwas bewegen könne."

Apropos Ratko. Gestern Abend noch hatte er die Nachricht geschickt, dass auch ihn Covid25 erwischt habe und er im Krankenhaus sei. Das hatte Jan erst heute Morgen gelesen.

„Hoffentlich kommt er gut durch."

„Ein feiner Kerl, der Ratko."

Jetzt aber konzentrierten sie sich auf den Weg, der sie nach Kroatien und damit in die EU und nach Hause bringen sollte. Genau genommen mussten sie sich einen Weg erst bahnen, als sie in den Wald eintauchten und einen Berg hinauf stiefelten. Sie quälten sich über Bruchholz und durch dichtes Unterholz bergauf, so dass Pit schon nach einer halben Stunde verpusten musste. Und wie sie so verschnaufen und um sich schauen, sehen sie in geringer Entfernung etwas wie einen Trampelpfad, „vielleicht auch nur ein Wildwechsel."

Sie gehen rüber und gewinnen den Eindruck, dass dies tatsächlich einer der erhofften Schleichwege sein könne. Doch dann gabelt sich dieser Weg. Sie sind unschlüssig, ob sie lieber links bleiben oder rechts abbiegen sollen. Beide gehen grob gesehen in der vorgegebenen Richtung. Sie entscheiden sich für die linke Variante und folgen dem Pfad bergauf. Doch oben scheint er sich zu verlieren. Da ist kein Gras, das niedergetreten sein könnte, nur einige umgestürzte Bäume, über die oder um die herum sie sich einen Weg suchen müssen.

„Vielleicht war es doch nur ein Wildwechsel. Aber die Richtung stimmte: Nord, Nordwest. Wir bleiben in der Richtung. Da lang."

Pit zeigte die Richtung, die ihm sein Handy vorgab. Er war froh, dass er hier auf der Höhe trotz mancher Blockaden gut durchatmen konnte. Die Anstiege lagen ihm so gar nicht. Und als es dann in der geplanten Richtung sogar ein Stück bergab ging, ließ er seiner Hoffnung freien Lauf, dass nun bald ein kroatischer Grenzpfahl kommen werde, der ihnen den Weg nach Berlin frei geben würde.

„Na ja, vielleicht noch nicht Berlin, aber immerhin Pri…, Pri…, wie heißt das Nest noch?"

„Prijebog! Ein Ort mit vier Häusern und zehn Verbrechern. Kein Bahnhof, kein Flughafen, kein Bus. Aber eine Straße, auf der du frisch und frei fünfzig Kilometer weiter laufen kannst. Nach Zagreb. Freu dich!"

„Na toll. Aber für einen Zwanzigeuroschein kann man ja vielleicht doch ein Fahrzeug bewegen."

Man merkte, die beiden waren von Hoffnung beflügelt und gut gelaunt.

Die gute Laune stieg noch, als Jan rief: „Hurra, hier ist wieder ein Trampelpfad! Diesmal kann ich sogar Abdrücke von Stiefeln sehen. Wir sind richtig!"

Diese Entdeckung gab ihnen zusätzlich Auftrieb, so dass sie auf dem Pfad, der am Berg leicht bergab führte, gut voran kamen, bis sie auf ein Dickicht trafen, in dem der Pfad verschwand.

„Sollen wir da rein? Oder lieber auf Sicht draußen rum?"

„Wir können es ja mal ein Stück probieren. Sonst können wir immer noch umdrehen."

Es schien ihnen aber schon merkwürdig, dass Schmuggler oder Migranten sich hier einen Weg durch solch ein unwegsames Dickicht gesucht hatten. Direkt auf der Grenze, ja, das wäre verständlich, aber hier? Fünf Kilometer vorher? Da läuft man doch lieber auf Sicht. Während sie so mit ihren Zweifeln und den tief herab hängenden Zweigen kämpften, die ihnen sei es ins Gehirn, sei es ins Gesicht schlugen, fasste Jan plötzlich Pit am Ärmel und legte den Finger auf den Mund: „Psst. Hörst du?"

Von vorn waren deutlich menschliche Stimmen zu hören, manche sogar ziemlich laut. Sehen konnten sie aber nichts.

„Verstehst du was?", fragte Pit.

Kopfschüttelnd meinte Jan leise: „Wir drehen um und laufen außen rum."

Im selben Augenblick knisterte und raschelte es hinter ihnen und eine knorrige tiefe Stimme rief: „Stoi!"

Erschrocken drehten sie sich um und sahen sich zwei wild aussehenden Männern mit einem langen Messer und einem Revolver gegenüber.

„Nicht schon wieder", stöhnte Pit.

„Wer seid Ihr und wohin wollt Ihr?", fragte der mit dem Revolver in fließendem Englisch. Er trug hier mitten im Sommer eine Pelzmütze.

„Wir haben uns verlaufen", beteuerte Pit. „Wir kommen von Bihać und wollen nach Kroatien. Wir waren hier im Urlaub und kommen wegen der Seuche nicht anders weg. Es wäre nett, wenn Ihr uns den Weg zur Grenze zeigt. Wir wollen euch hier gar nicht weiter stören, falls Ihr hier ein Lager habt. Lasst Ihr uns mal bitte durch?"

„Stoi!", knurrte der andere wieder und fuchtelte wild mit dem Messer. Er hatte nichts auf dem Kopf außer einem Wirrwarr tiefschwarzer, verzottelter Haare. Die waren wohl lange nicht gewaschen. Der mächtige Bart war nicht besser dran.

Dann wechselten die beiden ein paar Worte, offenbar auf Russisch.

„Seid Ihr Russen?", fragte Jan. „Ich war mit Greenpeace auch schon mal in Russland. Kennt Ihr Greenpeace?"

Der mit der Pelzmütze antwortete stolz: „Wir sind Tschetschenen! Und Ihr?"

„Das ist Pit aus Berlin in Deutschland. Ich bin Jan aus Amsterdam, Niederlande. Nett, euch kennen zu lernen."

„Wir wollen euch gern noch näher kennen lernen", sagte die Pelzmütze und deutete mit dem Revolver unmissverständlich an „weiter gehen!"

Wiederstand war zwecklos.

„Dawai! Dawai", trieb der Zottel sie mit seiner knorrigen tiefen Stimme vorwärts.

Ob Jan auch weiß, dass das ‚schnell, schnell' heißt?, sinnierte Pit im Stillen. Bei uns im Osten kennt man solche russischen Brocken noch. Scheiße, wären wir da unten doch bloß nach rechts abgebogen.

Zwanzig Meter weiter traten sie auf eine Lichtung hinaus. Links standen im Schatten der Bäume zwei größere und ein kleines Armeezelt, an der anderen Seite ein Schuppen aus rohen Holzbrettern, gegenüber allerlei Gestelle mit Planen darüber. Rechts plätscherte ein Bach vorbei. In der Mitte des Platzes umringten sechs Männer, ihrem wilden Aussehen nach auch Kaukasier, schreiend und gestikulierend einen jungen Mann in zerrissenem Hemd und mit blutigem Gesicht. Als sie der aus dem Dickicht tretenden Gruppe gewahr wurden und sich umwandten, riefen Pit und Jan wie aus einem Munde: „Frank, Frank aus Frankfurt an der Oder. Mensch, was machen sie mit dir hier?"

Einer jener Männer, größer und gepflegter als die anderen, trat auf sie zu: „Ihr kennt diesen jungen Mann?"

„Ja", beeilte sich Pit zu erklären in der Hoffnung, dass sich durch viele gute Worte alles zum Guten wenden könnte. „Wir haben uns gestern in Bihać getroffen, in einem Restaurant. Warum blutet er denn?"

„Ich stelle hier die Fragen", herrschte ihn der Gepflegte an, der hier scheinbar der Anführer war und nun von Pelzmütze und Zottel auf Russisch wissen wollte, wie sie auf diese beiden

Grenzgänger gestoßen seien. Die anderen fünf waren mit Frank in der Mitte auch näher gekommen.

„Also, wer seid Ihr?", fragte er nun wieder auf Englisch. „Und versucht nicht, mich zu belügen."

„Ich bin Pit aus Berlin, auch aus Ostdeutschland, genau wie Frank da. Und das ist Jan aus Amsterdam in Holland. Wir wollen nach Hause, weiter nichts. Wir wären euch sehr dankbar, wenn Ihr uns sagen könntet, wo es zur Grenze geht. Jan muss nämlich dringend zu seiner Schule. Er ist Lehrer. Und ich bin noch Student und muss meine Masterarbeit schreiben. Also wir müssen ganz schnell nach Berlin. Das versteht Ihr doch. Oder?"

Jan beeilte sich zu ergänzen: „Und Frank nehmen wir natürlich mit. Dann seid Ihr uns gleich alle los. Okay?"

Als der Boss seinen Kumpels dieses Anliegen übersetzte, brachen die in ein großes Gelächter aus, schlugen sich vor Freude auf die Schenkel und redeten in ihrer Sprache auf die in ihren Augen völlig naiven Ankömmlinge ein.

Der Boss stellte mit einer Handbewegung die Ruhe wieder her.

„Also. Wir Ihr wohl gemerkt habt, begrüßen wir euch ganz herzlich in unserer Runde. Schön, dass Ihr da seid. Ihr seid nun unsere Gäste und steht als solche unter unserem Schutz. Ich hoffe, dass Ihr unsere Gastfreundschaft nicht missbraucht, wie es euer Freund hier versucht hat. Wollte doch einfach davon laufen. Das macht man doch nicht als Gast. Wie Ihr seht, ist es ihm nicht gut bekommen. Lasst es euch eine Warnung sein. Und nun eure Rucksäcke."

Dabei streckte er seine Hand nach Jan und Pit aus und winkte mit den Fingern: „Her damit. Wir müssen alles untersuchen, auf Waffen und Rauschgift. Wie man das an einer Grenze eben so macht."

Zwischendurch erklärte er dasselbe seiner Bande in ihrer Muttersprache, was immer großes Gejohle auslöste. Widerwillig nahmen sie ihre Rucksäcke ab und gaben sie hin. Was blieb ihnen auch weiter übrig? Die Kerle schütteten und kramten ihre Habseligkeiten gründlich durcheinander. Aber das meiste interessierte sie scheinbar nicht. Erst als einer, der Jans Rucksack gründlich abgefühlt hatte, dessen Kreditkarte entdeckte und in die Höhe streckte, war das Gejohle wieder groß. „Na, das ist doch ein Anfang. Und nun machen wir weiter mit euren Brieftaschen. Vielleicht wollt Ihr ja Devisen schmuggeln? Das ist streng verboten!"

Mahnend hob er den Finger in die Höhe. Wieder großes Gelächter.

„Bitte", sagte er ganz freundlich und hielt fordernd seine Hand hin. Von hinten unterstützte Zottel diese Bitte, indem er Jan und Pit die Spitze seines langen Messers im Rücken fühlen ließ.

Die beiden gaben nach. Aus den Augenwinkeln hatten sie längst die Lage sondiert und resigniert festgestellt, dass dieselbe aussichtslos sei. Zahlenmäßig stand es acht zu drei für ihre Gegner, waffenmäßig acht zu null und mit der Umgebung bis hin zur Grenze waren die mit Sicherheit auch bestens vertraut.

Sie übergaben ihre Brieftaschen. Die Tschetschenen warfen die darin gefundenen Euroscheine in einen Beutel und die Kreditkarten übergaben sie dem Boss. Das Kleingeld interessierte sie nicht. Was sie sonst noch an Zetteln und Chipkarten fanden, ließen sie nach Prüfung achtlos auf den Boden fallen. Dann machten sie auch noch Leibesvisite bei Pit und Jan, während Frank wohl schon alles hinter sich hatte.

„Nichts", verkündeten sie. Die Messer aus den Rucksäcken hatten sie schon sicher gestellt.

„Die PIN-Nummern zu euren Kreditkarten habt Ihr also nicht in euren Brieftaschen", nahm sich der Boss nun wieder seine

„Gäste" vor. „Das ist sehr klug. Von wegen der Sicherheit. Sehr, sehr klug."

Dann trat er nahe an sie heran und tippte zuerst Pit mit seiner kräftigen Faust an die Stirn: „Da drin hast du die PIN, nicht wahr?"

Pit nickte schwach.

„Merk sie dir gut. Wir werden es überprüfen!"

Dann pflanzte er sich vor Jan auf, zu dem er ein paar Zentimeter aufblicken musste. Aber das schien ihn überhaupt nicht zu irritieren: „Und du; Herr Lehrer, weißt sowieso alle Zahlen auswendig, nicht wahr? Sag mal deine PIN für diese Kreditkarte."

Jan murmelte nur: „Du kannst mich mal."

„Was? Wie bitte? Ich habe nicht verstanden. Deine PIN, so dass ich sie verstehe, auf Englisch!"

Und hielt seine Hand ans Ohr: „Also? Ich höre!"

Dazu kam ein Faustschlag in die Magengrube und das Messer von hinten. Das waren überzeugende Argumente.

Jan nannte eine vierstellige Zahl.

„Behalte sie weiter im Kopf oder vergiss sie, falls es die falsche Zahl ist. Ihr bekommt gleich einen Zettel und Stift, wo jeder seine PIN aufschreibt. Du, Jan, hast ja dankenswerterweise zwei Kreditkarten. Also zwei PIN aufschreiben. Ja? Nicht vergessen! Dann gehen zwei von uns mit einem von euch nach Bihać, wo sie am Bankautomaten eure Angaben überprüfen werden. Ich werde dabei sein. Und damit Ihr den Ernst eurer Lage versteht: Falls wir merken, dass eine Zahl gelogen ist, rufe ich sofort hier an und der Lügner ist ein toter Mann."

Dabei schaute er seinen drei „Gästen" einen nach dem anderen kalt und entschlossen in die Augen.

„Wir sind Ehrenmänner und hassen Lügner. Also entscheidet euch, ob Ihr wegen eurem scheiß Geld sterben wollt oder ob

Ihr für kurze Zeit mal ohne Geld auskommen könnt. Eure Länder und Familien werden euch bestimmt entschädigen und nicht verhungern lassen. Wir aber", er machte eine Handbewegung in die Runde, „wir kämpfen ums nackte Überleben. Zurück können wir nicht und am Weiterkommen hindert uns die kroatische Polizei. Die nehmen uns jedes Mal, wenn sie uns kriegen, alles Geld und die Handys weg und schicken uns unter Prügel wieder zurück."

Er streifte seinen Ärmel hoch: „Hier, die blauen Flecke sind vom letzten Mal vor drei Tagen. Wenn wir also von euch einen gewissen Wegezoll kassieren, so ist das nur gut und billig. Apropos, Handys. Weil sie uns unsere jedes Mal abnehmen, sind wir immer auf Nachschub angewiesen. Ihr wollt uns doch eure Handys gewiss zum Ausgleich unserer Verluste und als Gastgeschenk überlassen. Das Handy von Frank ist bei seinem Fluchtversuch leider kaputt gegangen. Also: Eure Handys!"

Jan versuchte zu protestieren: „Wir sind doch aber auf GPS angewiesen. Sonst finden wir uns im Gelände nicht zurecht. Das Handy müsst Ihr uns lassen, wenigstens eins."

„Keine Angst. Wir bringen euch morgen bis dicht an die Grenze. Und dann seid Ihr in der EU und bekommt Hilfe. Verlasst euch auf uns."

„Glaubt ihm nicht", zischte Frank.

„Was quatscht du da? Hast du noch nicht genug?"

Einer schlug ihm in sein schon blutverschmiertes Gesicht.

„Eure Handys!"

„Nein."

Jan umklammerte sein Handy fest mit seiner Faust. Er hatte seine Bankdaten gespeichert. Für jemand, der kundig war, konnten die leicht geknackt werden.

„Das Handy!"

Drohend trat der Boss wieder vor ihn hin.

„Oder sollen wir dir jeden Finger einzeln abschneiden, damit du die Hand öffnest?"

Mit einer Kopfbewegung gab er Zottel ein Zeichen. Der kam von hinten mit dem aufgeklappten Messer, packte Jans Hand und schnitt ihm kaltblütig in den das Handy umklammernden Zeigefinger, so dass das Blut spritzte.

Mit einem Aufschrei ließ Jan das Handy fallen.

„Na geht doch. Warum nicht gleich?"

Pit gab sein Handy freiwillig her.

„Pit, du scheinst hier der einzig Vernünftige zu sein. Deshalb wirst du mit uns nach Bihać gehen, um eure Devisen zu überprüfen. Ihr beide aber", wandte der Boss sich jetzt an Frank und Jan, „nehmt hier diesen Stift und Zettel und schreibt eure PIN mit Namen auf diesen Zettel. Und denkt daran, wenn auch nur eine Zahl nicht stimmt, ist derjenige sofort ein toter Mann. Wenn euch euer Leben lieb ist, schreibt die richtige Zahl auf. Dann habt Ihr euer Leben und wir etwas Geld zum Überleben. Verstanden?"

Die drei nickten mit dem Kopf.

„Und schreibt noch dahinter, bis zu welcher Höhe Ihr am Tag abheben könnt. Auch das werden wir überprüfen. Jeder Tausender, der gelogen ist, kostet einen Finger. Und dass das Messer scharf ist, kann Jan euch bezeugen."

Der hatte sich inzwischen ein Taschentuch nach dem anderen um den Finger gewickelt in der Hoffnung, dass die Blutung nachlassen würde. Jedem war klar, dass diese Kerle es ernst meinten.

Der Boss besprach sich mit seiner Bande und gab dann bekannt: „Wir machen jetzt eine kleine Mittagspause. Unsere lieben Gäste haben ja etwas Proviant in ihren Rucksäcken. Und du", er nickte zu Pelzmütze, „passt auf sie auf. Danach gehen wir", eine Kopfbewegung zu Zottel und zu Pit, „nach Bihać. Devisen überprüfen."

Großes Gejohle in der Runde.

„Lasst mich anstelle von Pit mitgehen. Er schafft das nicht hin und zurück. Wegen der vielen Berge", bat Jan.

„Du bleibst hier. Und Pit werden wir schon auf die Sprünge helfen, wenn es nötig ist. Basta."

Der Weg nach Bihać verlief ohne Probleme, zumal es meistens bergab ging. In eineinhalb Stunden standen sie vor dem Geldautomaten, der am nächsten lag und am schlechtesten zu beobachten war. Schon am Ortseingang hatte der Boss befohlen „Masken auf" und sich dann hinter tief sitzendem Bascape und hoch gezogener Corona-Maske fast unsichtbar gemacht. Zottel tat es ihm nach, nur dass seine Haarzottel nicht unter die Mütze passten. Pit aber, der auch seine Maske hoch gezogen hatte, erblickte rechts oben über dem Automaten die kleine Kamera, die den Kundenverkehr aufzeichnete. Kann nicht schaden, wenn sie wenigstens mein Gesicht erkennen, dachte er und zog, um sich die Nase zu putzen, die Maske für einen Augenblick in Richtung Kamera wieder runter. Dann schnäuzte er laut und vernehmlich und tat so, als hätte er sich eine kleine Erkältung zugezogen.

„Pit, eins möchte ich dir noch einschärfen: falls es dir gelingen sollte, irgendwie wegzulaufen oder falls du, wenn wir Polizisten begegnen sollten, uns anzeigen wolltest, so sind deine beiden Kumpels tot. Also sei vernünftig. Und denke daran: Es geht nur um Geld. So, und nun fangen wir mit deiner Kreditkarte an. Wie viel kannst du maximal am Tag abheben?"

„Tausend Euro. Aber es sind nur siebenhundert drauf."

„Werden wir ja sehen. Also wählen wir mal die Leitwährung Euro und geben als Betrag tausend ein."

Der Automat fragte ‚300,-€ als Dispokredit?'

„Aha. Er gibt uns freundlicherweise tausend, aber du musst dreihundert Schulden machen. Na, das verkraftet deine Familie. Also: ‚Ja'."

Tausend Euro wanderten in die Umhängetasche des Chefs. Der war es zufrieden: „Geht doch gut los. Nun probieren wir es mal mit Jan. Dreitausend hat er als Höchstgrenze bei dieser Karte aufgeschrieben. Wir probieren es mal bei viertausend. ‚Nicht genehmigt'. Geht also nicht. Na denn, dreitausend."

Das klappte.

„Großzügig ist er, der Jan. Das muss man ihm lassen. Die meisten erlauben nur tausend am Tag. Wie du und Frank. Ach ja, hier bei seiner zweiten Karte hat er auch nur tausend. Also probieren wir es mal mit zweitausend. Was sagt er? ‚Nicht genehmigt'. Okay. Dann also tausend. Jawohl. Her damit."

Zum Schluss wurden auch noch Franks Devisen überprüft und auch seine tausend Euro wanderten in die Tasche.

„Na, das ist doch mal ein guter Tag. Sechstausend Euro. Damit können wir uns beim nächsten Grenzübertritt drüben zwei Autos mieten. Und dann ab nach Deutschland! Da kommen wir dich besuchen, Pit. Haha."

Auch Zottel war guter Dinge, als er noch einmal all die schönen Scheine nachgezählt hatte. Dann redete er wild auf den Boss ein, der immer mit dem Kopf nickte. Was mochten sie nun wieder aushecken? Pit dämmerte, dass die Kerle nun jeden Tag Geld abheben konnten, bis auch das letzte Konto leer geräumt war. Gut, bei ihm gab es nichts mehr zu holen. Aber Jan und Frank mussten so schnell wie möglich ihre Konten sperren lassen, wenn sie nicht alles Geld verlieren wollten. Wenn wir morgen über die Grenze sind! Und wenn sie uns noch weiter festhalten? Weil die auch wissen, was wir jenseits der Grenze tun würden? Die sind doch nicht so dämlich und lassen uns laufen, bevor die Konten leer sind. Scheiße. Wären wir doch bloß rechts abgebogen! Große Scheiße!

Inzwischen war Zottel auf Geheiß des Chefs zu einem Imbissstand gelaufen und kam mit einer Flasche Wasser und drei Pappteller balancierend zurück.

„Ćevapčići", verkündete er.

„Stärken wir uns für den Rückmarsch", fügte der Boss hinzu.

Pit sagte nichts. Die Ćevapčići erinnerten ihn an die verunglückte Party mit all den schrecklichen Folgen. Und er dachte daran, dass er jetzt noch einmal den Berg zum Lager rauf musste und es graute ihn. Was würden sie machen, wenn er nicht Schritt halten konnte?

Diese Frage wurde ihm, obwohl er sie nicht laut gestellt hatte, unterwegs sehr handgreiflich von Zottel beantwortet. Als er nämlich am halben Berg wieder außer Puste und hinter den beiden zurück gefallen war, hatte Zottel nach ihm geschrien und gewunken und als er trotzdem nicht kam, weil es einfach nicht ging, war er zu ihm zurück gerannt und versuchte, ihn brutal vor sich her zu schubsen.

Dabei stolperte Pit so unglücklich, dass er mit dem Kopf auf einen Stein schlug und blutete. Die Wunde war wohl nicht so schlimm. Schlimmer war, dass seine Brille bei dem Sturz zerbrach. Und er hatte keine Ersatzbrille.

„Du Scheißkerl", wollte er sich auf Zottel stürzen, doch der hielt ihm nur sein Messer entgegen. Pit begriff auf der Stelle seine Situation. Sie war aussichtslos. Willenlos ließ er sich von Zottel schieben und ziehen, bis sie auf dem Berg waren. Nun ging es wieder bergab und bei den letzten Sonnenstrahlen, die noch über die Berge kamen, erreichten sie das Dickicht, das das Lager von zwei Seiten umgab. Pit taumelte mehr als dass er lief. Doch wo waren Jan und Frank?

Ihre Aufpasser hatten sie, weil sie es leid waren, ihre beiden ‚Gäste‘ immer im Auge zu behalten, kurzerhand in den Schuppen gesperrt und die Tür verriegelt. Von innen konnte man den Riegel nicht bedienen und also auch nicht öffnen. Die Rucksäcke mit Schlafsack, Wäsche und Proviant hatte man ihnen gelassen. In dieses Gefängnis musste nun auch Pit. Er ließ sich auf seinen Schlafsack fallen und brauchte eine Weile, um sich von den Strapazen zu erholen. Die Wunde an seinem Kopf war blutverkrustet.

„Meine Brille ist kaputt“, war dann das erste, was er sagte. Das Zweite war: „Ich habe Kopfschmerzen.“

Und als Drittes: „Diese brutalen Schweine, die lassen uns nicht so schnell gehen.“

Und dann erzählte er, wie alles abgelaufen war und dass sie damit rechnen müssten, hier, vielleicht in diesem Schuppen, noch einige Zeit zu verbringen.

„Wir haben uns das auch schon gedacht“, sagte Jan. „Die werden uns ausquetschen wollen. Von wegen morgen zur Grenze bringen. Da wären sie ja seltendämlich. Wir müssen uns was einfallen lassen.“

Zuerst ließen sie sich den restlichen Proviant aus ihren Rucksäcken einfallen und teilten alles brüderlich.

„Schließlich sind wir ja alle in derselben Situation“, meinte Jan.

„Nachdem sie uns hier eingesperrt hatten“, ergreift nun Frank das Wort, „und weil es auch hier drin wegen der vielen Ritzen noch ziemlich hell war, habe ich den Schuppen ausführlich inspiziert und festgestellt, dass hinten hinter dem ganzen Gerümpel ein Brett lose ist. Die Bretter sind mit drei Nägeln festgemacht, rechts, links und in der Mitte. Bei dem einen Brett fehlt, warum auch immer, der rechte Nagel. Man sieht das gar nicht. Nur wenn man dagegen drückt, merkt man es. Hat wahrscheinlich mal jemand geschlampt. Bei passender Gelegenheit muss ich den mittleren Nagel lose kriegen. Dann braucht man das Brett nur noch am linken Nagel aufbiegen. Der Haken: das Brett ist so schmal, dass wahrscheinlich nur ich mich durch die Öffnung zwängen kann. Du, Pit, passt da auf keinen Fall durch und auch für dich, Jan, dürfte es schwierig werden und jedenfalls nicht ohne größere Geräusche machbar sein. Deshalb müssen wir uns nachher schlafend stellen und abwarten, ob sich eine Situation ergibt, wo wir auch das zweite Brett darüber oder darunter raus kriegen. Vielleicht schlafen sie ja auch mal alle. Oder ich kann eine Wache überwältigen. Mal sehen, was sich ergibt. Im Notfall würde ich freilich davon rennen, rein in den dunklen Wald. Heute Mittag hatten sie mir eine Falle gestellt. Ich bin dummerweise rein getappt. Noch einmal passiert mir das nicht. Also, falls ich draußen bin und es geht was schief, verdufte ich. Dann müsst Ihr allein sehen, wie Ihr zurechtkommt. Klar? Dann stellt Ihr euch einfach schlafend und doof. Klar?"

„Klar. Da brauchen wir uns ja nicht groß verstellen", antwortete Jan mit einigem Sarkasmus in der Stimme.

„Und ich würde wahrscheinlich nicht mal hören, wenn der ganze Schuppen hier zusammen bricht, so müde bin ich", gähnte Pit.

„Dann schlaf du man", riet ihm Frank, „ wir haben uns ja hier den ganzen Nachmittag ausgeruht. Leg dich da drüben an die Seite und pack dir den alten Sack da unter den Kopf."

Es dauerte nicht lange, dann hörte man Pits leises Schnarchen. Die Uhren, die man ihnen gelassen hatte, zeigten etwa zwanzig Uhr. Hier drinnen war es fast dunkel, aber draußen noch hell. Frank und Jan postierten sich so, dass sie durch die Ritzen sowohl die Zelte als auch den Platz davor im Auge behalten konnten. Sie rechneten damit, dass die Tschetschenen nun ein deftiges Abendessen veranstalten würden, aber dem war nicht so.

Sie sahen vielmehr, wie sich die meisten an der Seite, wo es zum Bach runter ging, entkleideten und dann splitternackt ins Wasser stürzten, wo sie sich offenbar gegenseitig spritzten und schubsten. Jedenfalls hörte man von dort – sehen konnte man sie nicht – großes Lachen und Gejohle. Wie die kleinen Jungs eben. In dieser Hinsicht waren diese, ja, was: Flüchtlinge? Banditen? Wilde? Oder sagen wir es mit ihrem eigenen Anspruch „Beschützer" ganz normale Menschen. Einer stand oben und drehte sich ab und an zu ihrer Hütte um, ob noch alles in Ordnung sei.

„Das ist die Gelegenheit", flüsterte Frank. „Ich mach das Brett los."

Er schlich nach hinten und benutzte ein passendes Stück Holz aus dem Schuppen als Hebel, um den mittleren Brettnagel zu lockern. Es war ein leises Knarren zu hören, das aber drüben bei der Wache nicht wahrgenommen wurde. Jedenfalls drehte der Mann sich deswegen nicht um. Das Geschrei und Geplansche unten am Bach beanspruchte seine Ohren und seine Aufmerksamkeit vollkommen.

Nach einigen Minuten kam Frank wieder nach vorn: „Alles gut gegangen. Ich habe das Brett schon mal aufgebogen, damit es nachher ganz leicht geht und ausprobiert, ob mein Kopf durch passt. Er passt und damit auch der ganze Körper."

„Klasse, Frank, du bist ein Genie."

Jan war ehrlich beeindruckt.

„Hast du auch das Brett wieder ran gezogen? Es könnte ja sein, dass einer mal zur Kontrolle hinten rum geht."

„Klar, alles wieder dicht. Jedenfalls für den oberflächlichen Blick. Wird ja draußen auch dunkler. Das ist das Gute an den Bergen. Wird hier schneller dunkel. Und dazu der dunkle Wald. Gute Bedingungen für eine Flucht. Die Kehrseite natürlich, dass wir dann auch nicht viel sehen. Jedenfalls ohne Taschenlampe. Die Handys sind ja alle weg."

„Psst", unterbrach ihn Jan, obwohl sie sowieso nur geflüstert hatten, „sie sind alle wieder da."

Sie sahen, wie die Kerle sich abtrockneten, wieder ankleideten und sich die Haare kämmten. Nur Zottel verschmähte den Kamm.

„Die machen sich ja richtig fein."

„Bestimmt nicht für uns."

Dann sahen sie, wie man drüben emsig diskutierte, konnten aber nichts verstehen. Die Diskussion endete damit, dass die ganze Truppe zu ihnen herüber kam.

„Los, an die Wand setzen", zischte Frank und warf sich und Jan seinen Schlafsack über die Beine. Schon schob der Boss draußen den Riegel zur Seite und öffnete die Tür. Als er Pit schlafen und Jan und Frank in Kauerstellung an der Wand sah, legte er den Finger auf den Mund: „Psst. Schlaft alle gut und denkt daran: Ihr seid gut beschützt und bewacht."

Bei diesen Worten zeigten Pelzmütze und Zottel ihre Waffen: Revolver und Messer.

Dann wurde draußen der Riegel wieder vorgeschoben und sie hörten Getrappel, das sich an der Schuppenseite vorbei in den Wald bewegte. Von dem losen Brett bemerkte offenbar niemand etwas. Als von dem Trupp nichts mehr zu hören war, nahmen Jan und Frank wieder ihre Beobachtungsstellen ein und sahen, dass ihre beiden ,Beschützer' sich ihrer Schuppentür gegenüber auf einer rohen Bank niederließen. In die Mitte zwischen sich stellten sie eine Flasche und zwei Becher. Rechts und links lagen Messer und Revolver.

„Wenn in der Flasche Sljivovica ist, dann haben wir eine Chance", sagte Jan. „Das Zeug macht ganz schnell besoffen. Weiß ich aus Erfahrung. Also Geduld."

„Ich schätze, dass die andern alle in einen Puff gegangen sind, so, wie sie sich fein gemacht haben."

„Wahrscheinlich auch solch ein provisorisches Lager, wo sich Weiber niedergelassen haben, um aus der Situation der Flüchtlinge Kapital zu schlagen. Bei jeder größeren Männertruppe hängen sich immer auch ein paar Weiber ran. Früher hießen sie Marketenderin", belehrte Jan die anderen.

„Auf unser Geld!", empörte sich Pit.

„Scheiß drauf. Das ist unsere Chance", Frank war ganz aufgeregt. „Da drüben, genau gegenüber von dem Schleichpfad, auf dem wir hier auf die Lichtung getreten sind, beziehungsweise getreten wurden, genau gegenüber geht es nach Norden. Also, da zwischen den Gestellen müssen wir dann durch. Da geht es in Richtung Grenze. Ich habe das heute Nachmittag, als wir noch draußen auf dem Rasen sitzen durften, genau gemäß der Sonnenbahn kalkuliert. Da ist Norden. Es ist jetzt schon einundzwanzig Uhr durch und draußen wird es gleich dunkel. Wahrscheinlich werden sie eine Lampe anmachen."

Kaum hatte er das gesagt, entflammten sie draußen eine Öllampe, die ihren matten Schein auf die Schuppentür warf. Dann füllten sie ihre Becher, prosteten sich zu und unterhielten sich. Sie brauchten für die Flasche genau eine Stunde und ihre Stimmen wurden immer lauter.

„Pit aufwecken, Schlafsäcke und so weiter in die Rucksäcke. Fertig machen!"

Jan schüttelte Pit wach. Aber als der aus dem Tiefschlaf aufbegehren wollte, hielt er ihm den Mund zu: „Psst. Wir machen uns fertig zur Flucht. Leise!"

Und rieb ihm aus der Flasche Wasser über Gesicht und Augen. Das wirkte.

Im Dunkeln stopften sie ihre Habseligkeiten in die Rucksäcke. Dann blickten sie wieder gespannt nach draußen. Dort erhob sich Pelzmütze, ergriff die leere Flasche und torkelte zum Zelt. „Er holt eine neue Flasche. Jetzt oder nie!"

Frank schlich mit seinem Rucksack nach hinten, drückte das Brett zur Seite und schob sich Zentimeter um Zentimeter nach draußen. Dann warf er sich den Rucksack über und trat so gegen das Brett, dass auch der letze Nagel nachgab. Dieses Geräusch schreckte Zottel auf und Frank sah aus seiner dunklen Ecke, wie er sich wankend erhob, eine Taschenlampe anknipste, das Messer ergriff und sich dem Schuppen näherte. Als er den Riegel verschlossen sah, kam er an der Seite entlang genau auf die Ecke zu, hinter der sich Frank postiert hatte. Als er, laut vor sich her brabbelnd, um die Ecke leuchten wollte, begriff er, leider zu spät, was es heißt, ein Brett vor dem Kopf zu haben. Er sackte sofort, ob tot oder lebendig, zusammen. Frank griff sich Messer und Taschenlampe, eilte nach vorn und riss den Riegel zur Seite.

„Raus!"

Im Nu waren Jan und Pit draußen.

„Da rüber ins Dickicht!"

Im selben Augenblick trat Pelzmütze mit einer neuen Flasche Sljivovica aus dem Zelt und ließ seine Taschenlampe in Richtung Schuppen aufblitzen, als er die Unruhe dort bemerkte. Im Licht dieser Taschenlampe sah Jan den Revolver auf der Bank liegen, nahm ihn und schoss. Mit einem Aufschrei brach Pelzmütze zusammen.

Rettung in höchster Not

Kaum hatten sich die Zweige des Dickichts nach Norden hinter ihnen geschlossen, hörten sie von Weitem laute Stimmen. Offenbar hatten der Boss und seine Truppe auf dem Heimweg den Schuss gehört und beeilten sich, im Lager nach dem Rechten zu schauen. Den drei Flüchtigen musste das egal sein. Für sie galt es laufen, laufen, laufen. Da es leicht bergab ging, hatte auch Pit keine Mühe mit zu halten. Aber die Brille fehlte ihm doch sehr. Er sah die weiteren Dinge nur sehr undeutlich.

„Bleib hinter mir", raunte ihm Jan zu.

Und immer wieder: „Vorsicht Wurzel!" „Vorsicht Steine!"

Auf diese Weise waren sie eine gute halbe Stunde voran gekommen, mal links, mal rechts Hindernissen ausweichend. Der Mond war inzwischen heraus gekommen und sorgte für ein diffuses Licht unter den Bäumen, was Pit das Sehen nicht gerade erleichterte. So kam es, wie es kommen musste. Als er einem Stein ausweichen wollte, sah er nicht, dass dahinter noch andere Steine lagen. Er stolperte und stürzte der Länge nach hin.

„Ooch!"

„Scheiße, Pit. Hast du dir was getan?"

„Meine Nase blutet."

„Wenn weiter nichts ist. Hier ein Taschentuch."

„Ooch!"

„Was denn?"

„Mein Fuß. Ich hab mir den Fuß verstaucht. Scheiße."

„Welchen denn?"

„Den linken. Ooch!"

„Komm, ich helf dir hoch. Stütz dich auf meine Schulter."

Auf diese Weise kamen Jan und Pit nur langsam voran, denn Pit humpelte unter größten Schmerzen. Wer sich den Fuß einmal richtig verstaucht hat, weiß das. Es geht nicht lange. Deshalb entschied Jan: „Frank, du hast uns raus gehauen. Du hast es verdient, dass du jetzt schnurstracks die Grenze erreichst und in Sicherheit bist. Nimm bitte jetzt keine Rücksicht auf uns. Wir suchen uns für die Nacht erst mal eine geschützte Ecke und warten auf die Sonne. Es scheint, dass sie uns nicht gefolgt sind. Sie wissen ja, dass wir den Revolver haben und sind wahrscheinlich mehr darauf bedacht, unser Geld und ihre Haut zu verteidigen. Ich denke, wir werden ruhig den Morgen abwarten können. Danke für deine selbstlose Hilfe. Danke."

„Tut mir ja leid für euch. Aber du hast wohl recht. Ich kann euch jetzt auch nicht weiter helfen. Hier die Taschenlampe. Nehmt Ihr sie."

„Nein, nein. Behalte sie. Ich habe auch noch eine Minilampe hier in der Jacke. Du aber willst jetzt im Dunkeln weiter. Wir warten auf die Sonne. Sie wird uns den Weg weisen."

„Na gut."

„Danke", sagte auch Pit. „Bist ein prima Kerl."

„Und ruf mal bei Greenpeace International in Amsterdam an. Da haben sie meine Adresse und Unterlagen, auch mein Konto zum Sperren und gib dort deine Adresse durch, damit wir mal Kontakt aufnehmen können. Versprichst du?"

„Versprochen."

„Komm gut durch!"

„Tschüss!"

Eine Weile hörten sie noch seine Schritte und das knackende Unterholz, dann war Frank verschwunden.

„Ich sehe da links vor uns wieder solch ein Dickicht und gehe mal davon aus, dass es unbewohnt ist. Aber wir wollen vorsichtig sein. Komm, gehen wir mal ganz behutsam in dieser Richtung. Zur Not habe ich den Revolver."

Am Rand des Dickichts lauschten sie lange. Aber es war kein Laut zu hören. Wie still doch der Wald und die Welt sein konnten. Unheimlich. Es war ihnen, als ob tausende Augen aus dem Dunkel auf sie starrten.

Ganz langsam drangen sie vor. Immer wieder aufmerksam innehaltend. Jan hielt nervös die Waffe in der Hand. Doch als sie eine winzige Lichtung erreichten, konnte er sie beruhigt sichern und einstecken. Außer ihnen war hier niemand. „Hier bleiben wir und warten in aller Ruhe auf den Morgen. Und du kannst deinen Fuß schonen. Vielleicht geht es ja morgen schon besser."

„Das hoffe ich doch sehr." Und ganz leise: „Danke, Jan, dass du bei mir bleibst."

„Ist doch selbstverständlich. Mit gefangen, mit gehangen. Und nun lass uns schlafen. Morgen soll uns die Sonne zeigen, wo es nach Hause geht."

Während Frank tatsächlich wohlbehalten die Grenze nach Kroatien überquerte und Pit da anknüpfte, wo er wegen der Flucht unterbrochen wurde, beim Schlaf des Gerechten, lag Jan noch lange wach. Das Gedankenkarussell ließ ihn nicht zur Ruhe kommen. Da war die Furch vor irgendeiner bösen Überraschung, seien es ihre Verfolger oder ein Bär, wofür er den Revolver griffbereit neben sich liegen hatte. Immer, wenn er nach ihm griff, beruhigte er sich wieder etwas. Andererseits erinnerte ihn diese Berührung jedes Mal daran, dass er, der Lehrer und Vertreter der Ideale von Greenpeace International soeben auf einen Menschen geschossen und ihn mindestens verletzt hatte. Pelzmütze war in jenem Augenblick wahrscheinlich nicht einmal bewaffnet, sein Revolver war ja in seiner, Jans, Hand.

Der Tschetschene hatte ihn in keiner Weise angegriffen. Und trotzdem habe ich auf ihn geschossen, auf einen in diesem Augenblick stark angetrunkenen, wehrlosen Mann, noch dazu einen Flüchtling. Vielleicht habe ich ihn nur angeschossen. Vielleicht kommt er ja durch. Hoffentlich. Warum habe ich eigentlich geschossen? Aus Angst. Aus Angst, er könnte unsere Flucht verhindern wollen. Aus reinem Selbsterhaltungstrieb, gegen alle meine Ideale. Blut ist dicker als Wasser.

Er fasste wieder nach dem Revolver. Der war doch sehr beruhigend in dieser dunklen, fremden Einsamkeit eines bosnischen Waldes, fernab jeglicher Zivilisation.

Er erinnerte aber auch. Nicht nur an seinen eigenen Schuss vorhin, sondern auch an die Schüsse seiner Schwester. Man sagte, dass sie acht Mal geschossen habe. Ach Anna, warum hast du nicht auf mich gewartet? Zusammen neun Schüsse. Mit neun Schüssen haben wir all unsere Ideale und die großen Worte und Ideen der Resolution70/1 der UN von 2015 über den Haufen geschossen. Hätten wir anders handeln können? Anders handeln müssen? Ich weiß es nicht. Vielleicht ist das reale Leben einfach stärker als unsere hehren Ideale. Oder sind es alles nur Wünsche? Träume einer im tiefsten Wesen egoistischen Menschheit, die das Gute will, aber, wenn es um die eigene Haut geht, das Böse tut? Ach, ich weiß es nicht. Er drehte sich von einer Seite zur anderen, seine Gedanken drehten sich und kamen zu keinem Ende. Schließlich schlief er ein, die Hand auf dem Revolver. Der neue Tag dämmerte schon herauf.

Er dämmerte lange. Als Jan sich nämlich gegen neun Uhr die Augen rieb, dämmerte er immer noch. Da knackte es im Gehölz neben ihm und er griff erschrocken zu seiner Waffe. Es war aber nur Pit, der Geschäftliches erledigt hatte und nun heran gehumpelt kam.

„Na, ausgeschlafen? Mann, du hattest ja einen Tiefschlaf. Ich bin schon seit zwei Stunden wach."

„Wie spät ist es denn?"

„Neun Uhr. Zeit zum Frühstück."

Damit hielt er Jan eine Handvoll Blaubeeren hin.

„Das ist alles? Scheiße. Und warum ist es eigentlich so dunkel? Pit zeigte nach oben: „Der Himmel hat sich zu gezogen. Die Wolken hängen sehr tief. Von Sonne nichts zu sehen."

„Mist. Wie sollen wir uns da orientieren? Wo geht es denn nun nach Norden?"

„Keine Ahnung. Ich weiß auch gar nicht, von welcher Seite aus wir in der Nacht hier angekommen sind. Es sieht jetzt alles anders aus. Müssen wir würfeln, ob wir da oder da lang gehen."

Er zeigte achselzuckend in entgegengesetzte Richtungen."

„Wie geht es eigentlich deinem Fuß?", fragte Jan anteilnehmend, während er sein Zeug zusammen packte und die eine und andere Blaubeere in den Mund steckte.

„Ich habe ihn so gut es geht massiert und bewegt, aber die Schmerzen sind leider noch nicht weg. Ich weiß ja aus Erfahrung, dass das ein paar Tage dauert. Einmal habe ich mir mir im Sportunterricht den Fuß verrenkt, Mann, tat das weh. Ich heulend nach Hause. Weißt du, was meine Mutter gemacht hat?..."

„Nein. Will ich auch nicht wissen, nicht jetzt. Jetzt will ich wissen, in welcher Richtung wir laufen wollen. Wo ist es denn am Himmel am dunkelsten. Wo es dunkel ist, muss Norden sein."

„Oder wo es am kältesten ist. Im Norden ist schließlich ewiger Frost. Jedenfalls im Augenblick noch. Ob auch am Ende des Jahrhunderts, weiß man nicht."

Pit versuchte, der Situation, verstauchter Fuß, fehlendes Handy, verhangener Himmel, nichts zu essen, mit Humor zu begegnen.

Jan aber fand das gar nicht ulkig: „Jetzt lass den Quatsch. Rum flaxen kannst du wieder, wenn du in deinem Bette in Berlin liegst. Jetzt aber ist die Lage zu ernst."

„Aber nicht hoffnungslos."

Pit konnte es nicht lassen. Ihn hatte wohl in dieser Nacht der Hafer, äh, irgendwelche Tannennadeln gestochen. Jedenfalls war er gut ausgeschlafen.

„Wir brauchen jetzt eine Richtung. Schlag was vor."

Auch Jan konnte es nicht lassen. Ihm war gar nicht nach Ulk zumute.

„Also gut", machte Pit der Blödelei ein Ende. „ich schlage diese Richtrung vor. Mein Gefühlt sagt mir, dass wir von dort gekommen sind."

Er zeigte hinter sich.

„Könnte stimmen", pflichtete Jan ihm bei, „also los."

Ein ganzes Stück humpelte Pit alleine. Er hatte auch einen Ast gefunden, den er sich unter die Achselhöhle klemmen und gut als Stütze gebrauchen konnte. Trotzdem kamen sie nur langsam vorwärts. Und nach einer Stunde mühsamem Bergauf und Bergab warf Pit am Rande eines Baches Ast und Rucksack hin.

„Ich kann nicht mehr. Und ich mache jetzt, was meine Mutter damals mit mir gemacht hat: kühlen."

Er zog Schuh und Strumpf samt Zwanzigeuroschein aus und streckte seinen Fuß ins Wasser. Nach einer Weile hob er ihn wieder hoch.

„Kannst du eine Besserung erkennen?", fragte er Jan. „Ich sehe nur einen unförmigen Klumpen."

„Na ja, ein Knöchel ist nicht mehr zu sehen. Aber man kann ja nicht reingucken. Und zuerst ist es mal gut, dass du dir nichts gebrochen hast. Sonst kämen wir überhaupt nicht mehr vorwärts. Tut denn die Kühlung wenigstens gut?"

„Auf jeden Fall. Und ich werde bei jedem Bach anhalten und die Prozedur wiederholen. Tut mir leid, dass wir dadurch nicht so schnell vorwärts kommen. Aber bis Abend werden wir es schon schaffen."

„Na klar. Müssen wir auch, denn wir wollen ja heute noch mal was essen. Bis dahin müssen wir ordentlich trinken. Mir hat mal eine geübte Wanderin erzählt, dass sie eine Woche lang auf einer Wanderung fast nur von Wasser gelebt hat."

„Fast, fast nur von Wasser."

„Na ja, Blaubeeren gibt es ja genug. Und sogar umsonst. Schließlich waren unsere Vorfahren auch nur Jäger und Sammler. Und haben damit überlebt. Machen wir es ihnen also nach."

„Als Jäger haben wir ihnen gegenüber sogar einen Vorteil: Wir haben einen Revolver. Haha."

Kaum hatte Pit das gesagt, da tauchte ihnen gegenüber, also jenseits des Baches in vielleicht fünfzig Metern Entfernung ein großer Braunbär auf, vielmehr eine Bärin, denn sie hatte ein Junges dabei. Das gegenseitige Gewahr werden war wohl ziemlich gleichzeitig. Jedenfalls blieb auch die Bärin stehen und schaute herüber.

Jan erhob sich zu voller Größe und zischte Pit zu: „Schnell, Socken und Stiefel anziehen. Los!"

Hastig trocknete Pit die Füße ab, zog Strümpfe und Stiefel wieder an und flüsterte Jan zu: „Knall sie ab, wenn sie auf uns zu rennt."

„Worauf soll ich denn zielen?", fragte Jan, „auf den Kopf oder auf die Brust?"

„Egal. Hauptsache, er kann uns nicht fressen."

„Und das Junge? Was soll aus dem werden?"

„Scheiße."

Währenddessen war Pit fertig geworden, warf sich den Rucksack über und erhob sich auch zu voller Größe. Wenn auch einen Kopf kleiner, so ergaben sie zusammen doch eine ganz schöne Wand. Auch der Bär stellte sich auf seine Hinterbeine und zeigte seine ganze Größe. Dabei schnüffelte er deutlich durch die Nase.

„Langsam rückwärts", sagte Jan. „Ganz langsam."

Als sie sich mühsam und rückwärts laufend ein paar Meter bergauf bewegt hatten, ließ auch der Bär sich wieder auf seine Tatzen nieder und schaute noch eine Weile zu ihnen herüber. Dann trotte er ganz gemächlich weiter und verschwand mit seinem Jungen im Dickicht des Waldes.

„Nochmal gut gegangen", sagte Pit erleichtert, „puh. Erst ein Bär vorm Zelt, jetzt in freier Wildbahn. Mann, hier ist ja was los."

„Ich vermute, dass der sich aufgerichtet hat, um uns seine ganze Größe zu zeigen und uns einzuschüchtern", sinnierte Jan. „Vielleicht wollte er sich aber auch bloß einen genauen Überblick über die Lage verschaffen. Vielleicht auch beides. Jedenfalls war ihm der Schutz seines Nachwuchses wichtiger als ein Angriff auf uns. Und als er sah, dass diese merkwürdige Wand zurück wich und auch Wasser zwischen ihm und uns war, beruhigte er sich. Keine Gefahr. Und zog weiter. Gut, dass ich nicht schießen musste."

Und steckte den Revolver wieder ein.

„Los, wir trinken noch mal ordentlich, füllen Wasser nach und dann nehmen wir die Richtung des Baches nach unten, entgegengesetzt der Bärenrichtung. Wir müssen der Bärin nicht unbedingt noch einmal begegnen. Es reicht."

„Aber dann müssen wir sehen, dass wir wieder mehr nach links rüberkommen, also über den Bach und dann so..."

Pit zeigte in die Richtung, von der er vermutete, dass da Norden sei.

„Gut. Machen wir es so. Und du musst mit deinem Hinkefuß das Tempo bestimmen. Wir haben ja noch viel Zeit. Ist ja noch nicht einmal Mittag."

Sie folgten dem Bach, der sich in vielen Kurven nach unten wand und dessen kristallklares Wasser lustig über die großen Steinbrocken hüpfte. Pit hüpfte nicht, sondern war darauf konzentriert, sich keinen weiteren Fehltritt zu leisten und seinen Fuß möglichst schonend aufzusetzen. Außerdem war seine Aufmerksamkeit beeinträchtigt durch das Fehlen seiner Brille. Jan aber sah nur mit einem Auge auf den Weg und mit dem anderen auf das schöne Gewässer an seiner Seite.

„Schade, dass die Sonne nicht scheint und wir nicht im Urlaub hier sind. Sonst wäre es richtig idyllisch", unterbrach er ihr Schweigen.

„Mag sein", knurrte Pit, „aber mir wäre jetzt ein Quartier, wo ich die Beine hoch legen könnte, lieber. Außerdem hätten wir da ein Dach über dem Kopf. Es wird nämlich gleich anfangen zu regnen."

„Du hast recht. Deshalb sollten wir jetzt hier übersetzen und uns drüben für die Mittagpause eine Pension oder wenigsten eine große Eiche suchen, wo uns die Eichhörnchen bedienen", antwortete Jan. Sarkasmus ist in gewissen Augenblicken der Ersatz für verlorenen Optimismus.

„Bleibt wohl nichts weiter übrig."

Sie ließen sich nieder und zogen Schuhe, Strümpfe und Zwanzigeuroscheine aus, Jan auch seinen Personalausweis, den er auf diese Weise vor den Tschetschenen gerettet hatte. Dann suchten sie sich eine Stelle, wo der Bach kaum bis ans Knie reichte und wateten hindurch. Pit stützte sich auf Jans Arm, der ihn vorsichtig geleitete.

„Geschafft!"

„Und kein Bär in Sicht!"

„Leider auch keine Pension oder Gaststätte. Auch unsere gut versteckten Euros nutzen uns hier gar nichts. Ob Frank schon in Deutschland ist? Wahrscheinlich."

Pit blieb noch eine Weile im Wasser stehen.

„Die Kühlung tut gut. Und wer weiß, wann ich die nächste Gelegenheit dazu habe."

Kaum dass sie sich wieder alles angezogen hatten, setzte der Regen ein. Sie schlossen ihre Regenjacken, zogen die Kapuzen über den Kopf und den Regenschutz über den Rucksack. Dann suchten sie nach einem regendichten Baum für die Mittagspause und wurden bei einer großen Buche fündig, wo sie sich niederließen.

„Hier warten wir auf den Kellner oder auf einen gebratenen Hasen. Mir knurrt nämlich der Magen", grunzte Pit, dessen Stimmung sich merklich verschlechterte.

„Ja, gebraten müsste er schon sein. Sonst sind wir aufgeschmissen", versuchte Jan mit Humor die Stimmung aufzuhellen. „Schießen könnte ich ja einen, aber wie kriegen wir sein Fell über die Ohren? Ohne Messer? Haben uns die Tschetniks doch auch alles weggenommen. Scheiß Kerle. Ohne die wären wir schon längst drüben."

„Und wenn wir vor deren Lager die Abzweigung nach rechts genommen hätten…", jammerte Pit, „dann wären unsere Konten nicht leer geräumt, dann hätte ich mir nicht den Fuß in finsterer Nacht verstaucht, hätte noch meine Brille und mein Handy…"

„Hätte, hätte, Fahrradkette. Das Gejammer bringt uns auch nicht weiter."

Jan hatte das Gejammer und die Blödeleien jetzt satt.

„Wir müssen unsere Lage ganz ruhig analysieren und einen entsprechenden Entschluss fassen, wo und wie es mit uns weitergehen soll. Fest steht, dass wir dem Bach nicht weiter nach unten folgen dürfen, denn der geht bestimmt in Richtung Una und das heißt nach Bosnien rein. Da wollen wir auf keinen Fall wieder hin. Also müssen wir dort den Berg hoch in der Hoffnung, dass wir mal wieder einen Trampelpfad in der richtigen Richtung finden. Vielleicht auch einen Wegweiser oder Hinweisschild wie ‚Achtung Grenze‘ oder ‚Kroatien‘ oder so etwas. Mensch, wir sind doch hier nicht im afrikanischen Dschungel, sondern in Europa. Das muss doch möglich sein. Vielleicht haben wir ja auch von oben mal einen Aussichtspunkt und sehen irgendwo ein Dorf oder eine Straße. Also, wir machen jetzt noch dreißig Minuten Pause und Punkt dreizehn Uhr geht es weiter, da hinauf", Jan zeigte mit der Hand die Richtung. „Einverstanden?"
Pit war mit allem einverstanden, solange er nicht laufen musste.
Doch nach der Pause gab es keine Ausrede mehr. Sie nahmen noch einen kräftigen Schluck aus der Trinkflasche, dann ging es los. Mühsam kraxelten sie nach oben, wobei sie nun nicht nur den Berg, sondern auch den Regen zum Feind hatten. Nicht nur, dass er immer stärker wurde und trotz schützenden Blätterdaches seinen Weg nach unten fand und von ihren Jacken in die Stiefel lief, auch der Untergrund wurde immer rutschiger. So war es nicht verwunderlich, dass Pit bei seinem so schon unsicheren Tritt und trotz Aststütze und Jans Hilfe ein ums andere Mal auf dem Boden lag. Zum Glück passierte kein weiteres Unglück. Einmal riss er auch Jan gleich mit um. Sie rappelten sich aber jedes Mal wieder auf und schafften es schließlich bis nach oben. Und was fanden sie?
„Ein Turm", riefen sie wie aus einem Munde.

Doch gleich kehrte wieder Ernüchterung ein. Sie sahen, dass die Bäume alle höher waren als der Turm, beziehungsweise Turmrest. Ein moderner Aussichts- oder Grenzturm war es jedenfalls nicht.

„Sieht aus, als ob der noch aus der osmanischen Zeit stammt. Wir können ja mal reinschauen", flüsterte Jan, „aber Vorsicht. Man weiß ja nie."

Doch drinnen war keine Menschenseele. Nur ein Vogel flatterte auf.

„Eine Eule. Sonst nichts."

‚Nichts' stimmte nicht. Denn es lag jede Menge moderner Plastikmüll herum, der bestimmt nicht von den Türken stammte, auch nicht von Urlaubern, sondern „von Flüchtlingen, die dorthin wollten, wohin wir auch wollen", waren sich unsere beiden Helden einig. Woraus Pit schloss, „dass es hier bestimmt einen Trampelpfad geben muss. Jan, sieh dich doch mal um. Ich muss erst mal verschnaufen."

Damit setzte er sich auf die Türschwelle. Der Regen hatte etwas nachgelassen. Jan, der auch den Rucksack abgestellt hatte, umkreiste den Turm, lief hierhin und dorthin und entdeckte schließlich so etwas wie einen dünnen Schleichweg – oder Wildwechsel? Er war sich nicht sicher.

Vor allem aber: „Wenn das wirklich ein von Menschen begangener Pfad ist, dann wissen wir immer noch nicht, ob der nach Kroatien führt oder wieder zurück nach Bosnien. Das heißt, es müsste noch einen zweiten Pfad geben, einen der hier rauf führt und einen, der weiterführt zur Grenze. Kann natürlich alles schon wieder zugewachsen sein. Wer weiß, wann die letzten Flüchtlinge oder Schmuggler hier oben waren. Ich schau mich noch mal weiter um."

Er untersuchte die Böschung rechts. Vergeblich. Dann links und entdeckte eine Lücke. Er ging ein paar Schritte hindurch wieder nach unten, dann rief er: „Hier ist wirklich so was wie ein Pfad, drei Meter neben unserem Aufstieg. Haben wir vorhin nicht gesehen. Welchen gehen wir nun weiter?"

„Na bestimmt nicht den Berg wieder da runter, wo wir hergekommen sind", antwortete Pit, der sich schon wieder sichtlich erholt hatte. „Ich bin für den Weg hier hinter dem Turm runter, falls es überhaupt ein Weg ist."

„Gut. Da es keinen Grund gibt, hier oben länger zu verweilen, sollten wir die Regenpause nutzen und so schnell wie möglich weiter. Es geht ja bergab. Bist du okay?"

Pit bejahte und alsbald hatten sie ihre Rucksäcke wieder aufgeschnallt und stiegen vorsichtig bergab. Auch Jan hatte sich einen einigermaßen brauchbaren Stock gesucht und empfahl, die Stöcke immer vor sich her als Sicherung gegen das Runterrutschen zu gebrauchen. Zum Glück war es nicht so steil. Trotzdem landeten sie das eine und andere Mal auf dem Hintern. Als sie eine ebene Strecke erreicht hatten, setzte auch der Regen wieder ein, stärker als zuvor. Missmutig stapften sie vor sich hin. Jan vorneweg, um den Weg zu finden, der sich manchmal in hohem Gras verlor. Ab und zu rief Pit: „Nicht so schnell. Ich kann nicht. Ich könnte schreien vor Schmerzen."

Dann wartete Jan und redete ihm gut zu: „Du schaffst es. Halte durch. Wir schaffen es. Heute Abend liegen wir trocken und satt in einem ordentlichen Bett – oder wenigstens in einer Scheune mit einem Dach oben drüber. Irgendwo muss doch mal ein richtiger Weg oder eine Behausung kommen."

Am Nachmittag stießen sie auch tatsächlich auf einen ‚richtigen' Weg, nur, dass der sie wieder vor die Entscheidung stellte: „Rechts oder links abbiegen?"

„Ich schlage rechts vor", meinte Pit und begründete diesen Vorschlag aus der Erfahrung: „Unterhalb des Lagers der

Tschetschenen hatten wir den linken Abzweig gewählt. Das war falsch. Diesmal wählen wir rechts."

„Gut. Wenn du meinst", willigte Jan zögerlich ein. „Aber beschwere dich nicht, wenn es wieder falsch ist."

„Hast du denn ein Argument, um nach links zu gehen?", fragte Pit zurück.

„Habe ich nicht. Nur mein Gefühl sagt mir, dass wir eigentlich da lang müssten". Und er zeigte nach links.

„Und du meinst, da ist Norden?"

„Keine Ahnung. Kann auch Süden sein oder Westen oder Osten. Ich habe überhaupt keine Vorstellung mehr von der Himmelsrichtung. Nur mein Gefühl..."

„Gefühle sind keine Argumente", entschied Pit, „wir gehen nach rechts, Richtung Norden."

Jedenfalls kamen sie trotz strömenden Regens auf diesem Weg gut voran, wobei das Tempo natürlich von Pits Fuß abhängig war. Meistens liefen sie jetzt schweigsam, ein jeder mit seinen Gedanken beschäftigt, die sich im Wesentlichen um Ankommen, Essen und Schlafen drehten. Pit dachte zwischendurch auch an Silke und sein Kind, Jan an Anna und seinen Sohn. Je länger sie aber liefen spitzten sich alle Gedanken auf die eine Frage zu: Wo führt dieser Weg hin? Sie hatten keinen Hinweis und keine Spur menschlichen Lebens gefunden. Die einzige Spur, die sie fanden, war die eines einzelnen Bären, der vor kurzem den Weg gekreuzt haben musste. Seine großen Tatzen waren in dem feuchten Boden auch für ungeübte Augen gut zu erkennen.

„Bloß weiter", drängte Jan, „ vielleicht lauert er noch im Gebüsch auf ein gutes Abendessen."

„Ooch. Ich kann nicht mehr."

„Beiß die Zähne zusammen. Bei nächster Gelegenheit machen wir eine Pause."

Es regnete ununterbrochen, mal mehr, mal weniger. Unten rum waren sie völlig durchnässt. Die Hosen klebten an den Beinen und in den Stiefeln quietschte das Wasser. Sie hatten ja jeder noch ein Paar Reservesocken, aber die würden sie erst gebrauchen können, wenn sie die nassen Klamotten unter einem freundlichen Dach zum Trocknen aufgereiht hätten. Wo war dieses gastfreundliche Dach? Sie hatten keine Ahnung, wo sie sich befanden. Liefen sie ziellos schon in Kroatien rum? Oder immer noch in Bosnien? Oder drehten sie sich im Kreise? Der Weg hatte ja schon viele Kurven gemacht. Sie hatten keine Ahnung. Da ihre Uhren schon den nahen Abend anzeigten, stieg langsam und ohne dass sie es ihnen bewusst war, Panik in ihnen auf. Noch eine Nacht in diesem Wald? In einem Wald, wo es kein trockenes Plätzchen mehr gab zum Hinlegen?

Sie fanden wenigstens eins zum Hinsetzen, auf einem glatten großen Felsbrocken, weit genug weg von den Bärentatzen. Nach der Bärenfährte hatten sie übrigens auch auf weitere Tierspuren geachtet und ihnen waren besonders Spuren aufgefallen, die von Hunden sein konnten. Jan war im Elternhaus mit Hunden aufgewachsen. Er kannte sich da einigermaßen aus. Aber neben diesen eventuellen Hundespuren gab es keinerlei menschliche Abdrücke. Waren es vielleicht Wolfsspuren?

„Die fehlen uns noch."

„Wie viel Schuss hast du eigentlich noch in der Pistole? Weißt du das?"

„Keine Ahnung. Werden wir ja merken. Wenn es nicht mehr knallt, ist es alle."

„Hoffentlich erst, nachdem wir den letzten Wolf erschossen haben."

Pit musste für einen Augenblick an ihren Song denken, ‚Jan und Anne und Kjell und Pit'. Meine Güte was war aus ihrer fröhlichen Aufbruchsstimmung geworden. Nein, nach Singen und

Lachen war ihnen beiden schon lange nicht mehr zumute. Wenn sie in den nächsten zwei Stunden keine Herberge fanden, dann waren sie in Dunkel und Nässe gefangen. Dann ging es wohl ums nackte Überleben.

„Hörst du?", unterbrach Jan die Stille.

„Was?"

„Von da", Jan deutete unbestimmt nach vorn auf die Waldseite jenseits des Weges.

„Jetzt höre ich es auch. Hört sich an wie ein Hund."

„Genau. Hunde bellen. Wölfe heulen. Also mehr wie ein Hund. Und wo Hunde bellen, sind auch Menschen, friedliche Menschen. Denn die Flüchtlinge haben keine Hunde."

„Muss aber sehr weit weg sein. Ist ja kaum zu hören."

„Ich guck mal, ob drüben irgendwo ein Pfad rein führt."

Jan lief auf dem Weg hin und her und suchte nach einer Lücke, die einen Pfad im Wald bedeuten könnte. Pit sah, wie er dann weiter vorn nach links in den Wald eindrang. Nach einer Weile kam Jan wieder raus und streckte den Daumen in die Höhe.

„Da ist ein Trampelpfad", rief er näher kommend. „Den sollten wir nehmen. Der geht in Richtung Hundegebell."

„Auch in Richtung Norden?", fragte Pit sarkastisch.

„Scheißegal, wir brauchen eine Unterkunft."

„Na, denn los. Wir haben noch eine gute Stunde. Dann wird es dunkel."

Sie nahmen noch einen Schluck aus der Flasche, huckten ihre Rucksäcke wieder auf und drangen an der von Jan gefundenen Stelle in den Wald ein. Die Tücken eines Trampelpfades kannten sie freilich inzwischen zur Genüge. Mal verschwand er im hohen Gras, mal weil zu viel Bruchholz den Weg versperrte, mal, weil eine Moosfläche ihn verschluckte. Dann mussten sie immer eine Weile suchen, um ihn wiederzufinden. Als es dann auch noch bergauf ging, war Pit mit seinen Kräften und seiner Fassung am Ende.

„Ich kann nicht mehr. Der Fuß tut jetzt unheimlich weh. Er ist völlig überanstrengt. Und dann der Hunger und der scheiß Regen. Ich bin völlig am Ende. Unten auf dem Weg ging es ja noch einigermaßen, aber hier, das ist so kräfteraubend. Und noch bergauf. Ich kann nicht mehr."

„Pit, du weißt so gut wie ich, dass wir hier nicht bleiben können. Verpuste einen Augenblick und dann weiter. Beiß die Zähne zusammen und denk an einen gedeckten Tisch."

„Mir würde schon eine Jagdhütte mit einem festen Dach reichen. Wenn wir wenigstens den Hund hören würden. Aber nichts."

„Hier im Wald wird jedes Geräusch verschluckt. Aber die Richtung stimmt noch. Los, weiter."

So quälten sie sich, besonders Pit, von einer Verschnaufpause zur nächsten. Den Trampelpfad hatten sie inzwischen endgültig verloren und bahnten sich, mal stolpernd und humpelnd, mal auf allen Vieren, einen Weg nach oben. Dabei stießen sie wieder auf ein Dickicht, das zu umgehen sie keine Kraft mehr zu haben meinten.

„Wir müssen durch", bestimmte Jan, „bevor es ganz dunkel ist."

Doch bei dem Versuch, die dichte Vegetation vor sich auseinander zu drücken, schrie er plötzlich laut auf und zog vorsichtig seine Hände zurück.

„Ich glaube, ich blute", sagte er. „Nimm doch mal die Taschenlampe aus der Seitentasche meines Rucksacks hier. Man sieht ja fast nichts mehr."

Als Pit die Lampe anknipste, sahen sie, wie Jan aus beiden Händen blutete. Hautfetzen hingen herab.

„Solch eine Scheiße. Wo habe ich denn da rein gefasst?"

Pit leuchtete das Gebüsch ab und da sahen sie es: verrosteter Stacheldraht, durchdrungen von vielerlei grünen Trieben und dadurch wahrscheinlich nicht einmal bei Sonnenschein zu sehen, geschweige bei anbrechender Dunkelheit.

„So ein Mist. Stacheldraht. Und verrostet. Wird wohl noch vom Bosnienkrieg sein", meinte Jan. „Ich muss aufpassen, dass ich keine Blutvergiftung kriege. Kram doch bitte mal ein Verbandspäckchen raus."

Während Pit kramte, hielt Jan beide Hände in den Regen, um Hände und Wunden zu reinigen. So hat doch der Regen auch sein Gutes, dachte er und ließ dünne Fäden von Wasser und Blut aus seinen Händen zur Erde rinnen.

Dann verband ihm Pit erst die eine, danach die andere Hand. Das Ende der Binde riss er jeweils ein und knotete es um die Handgelenke zusammen.

„So, das müsste reichen", meinte er nach vollbrachter Behandlung. „Aber was nun?"

„Hier kommen wir nicht durch", übernahm Jan wieder die Initiative, „aber niederlassen können wir uns hier auch nicht. Also müssen wir in den sauren Apfel beißen, das Ende des Dickichts suchen und dann links hoch. Es ist unsere letzte Chance. Sonst sind wir am Ende."

„Hier", fügte er noch hinzu, „nimm du den Revolver an dich. Mit diesen Händen kann ich nicht mehr schießen. Ich nehme die Taschenlampe. Die kann ich gerade noch halten."

„Ich habe noch nie geschossen", begehrte Pit auf, „ich kann das gar nicht."

„Ich habe auch erst ein einziges Mal geschossen", erinnerte ihn Jan. „Du hast gesehen, wie ich die Waffe entsichert und gesichert habe. Wenn es um unser Überleben geht, wirst du abdrücken müssen. Und du wirst es können. Ich verlasse mich auf dich. Und jetzt langsam, Schritt für Schritt, da lang. Ich gehe mit der Lampe voran."

Im selben Augenblick hörten sie es wieder: das Bellen eines Hundes. Ja, es war eindeutig ein Hund. Und diesmal deutlicher und näher als unten auf dem Weg. Das setzte ihre letzten Kräfte frei. So erreichten sie tatsächlich den Rand des Dickichts und wandten sich nach links oben, von wo sie Rettung erhofften. Doch der Anstieg wurde immer steiler, wilder und rutschiger. Am Ende mühten sie sich auf allen Vieren voran zu kommen, klammerten sich an Steine, zogen sich an Wurzeln und Zweigen nach oben. Jans eben noch schöne weiße Verbände trieften von Wasser, Schmutz und Blut.

„Raus kann es ja", meinte er, „Hauptsache es kommt kein Schmutz rein."

Vor einer felsigen Erhebung, die sie am Tage und bei ausgeruhten Kräften vielleicht gemeistert hätten, kapitulierten sie. Verzweifelt schlug Pit mit den Händen auf den Boden: „Es ist aus. Ich komme keinen Schritt mehr weiter. Mein Fuß ist nur noch wie ein schwerer schmerzender Klumpen. Aus und vorbei. Ich bleibe hier liegen. Keinen Schritt weiter. Da unter der Tanne werde ich mich im Schlafsack zusammenrollen und warten. Auf Hilfe, auf den neuen Tag oder auf den Tod."

In diesem Augenblick hörten sie in der Nähe ein verdächtiges Knacken. Als sie sich etwas aufrichteten und umdrehten, gewahrte Jan zwei grüne Lichter im Dunkel des Waldes. Er leuchtete in die entsprechende Richtung und schrie entgeistert: „Ein Wolf!"

„Ich kann ohne Brille nichts erkennen", flüsterte Pit. „Wo soll er denn sein?"

„Da", wies Jan die Richtung mit der Taschenlampe.

Ängstlich drückten sie sich mit dem Rücken an die Wand. Pit aber nestelte den Revolver aus der Jackentasche und entsicherte.

„Am besten, du zielst genau zwischen die Augen", riet Jan, als der Wolf unvermindert zu ihnen herüber starrte.

„Ich sehe keine Augen. Leuchte doch mal, wo sein Körper ist. Das wäre ein größeres Ziel, was ich vielleicht treffe."

Als Jan den Lichtkegel wandern ließ, sah er zu seinem Schrecken noch andere grüne Augenpaare auf sich gerichtet.

„Scheiße. Ein ganzes Rudel. Schieß da nach links rein, wo ich hin leuchte. Irgendwas triffst du da. Los!"

Als Pit schoss, hallte es wie ein Donnerschlag im Dunkel und in der Stille des Waldes. Das Rudel aber nahm Reißaus. Nur noch wenige Augenblicke hörten sie das Getrappel, dann wurde es wieder still. Kein grünes Augenpaar starrte sie mehr an.

„Ich hab getroffen. Ganz bestimmt", triumphierte Pit. „Ein Tier wird verletzt sein. Aber das kann ich nicht ändern. Wir sind fürs erste gerettet. Gott sei Dank."

„Gerettet?", fragte Jan verzweifelt. „Vielleicht für den Augenblick. Aber völlig durchnässt und hungrig wie ein Wolf werden wir uns den Tod holen oder mindestens eine schwere Erkältung oder gleich eine Lungenentzündung, wenn wir hier im nassen Dreck liegen bleiben. Aber ich kann auch nicht mehr weiter, bin fix und fertig. Wir machen einen letzten Versuch: Schreien. Wenn bei dem Hund auch Menschen sind, haben sie wahrscheinlich den Schuss gehört. Vielleich hören sie auch unseren Hilferuf. Los, so laut wir können."

„Help!"

„Hilfe!"

„Noch einmal!"

„Help!"

„Hilfe!"

„Help!"

Ein Hund bellte als Antwort: Wir kommen! Jedenfalls kam das Bellen näher. Jan ließ den kleinen Lichtkegel seiner Taschenlampe als Leuchtsignal kreisen. Dann hörten sie weiter oben Holz knacken und den Ruf: „Blacko, hier!"

„Hier!" schrien nun auch die beiden Gestrandeten mit letzter Kraft, während Jan sich an der Wand mit dem Rücken hoch schob und wie wild mit der Lampe hin und her fuhr.

„Here!"

„Hier!"

Das Bellen, die Stimme, die Knackgeräusche oben entfernten sich nach rechts. Umso wilder versuchten die beiden auf ihren Standort und ihre Situation aufmerksam zu machen. Da, auf einmal sahen sie von rechts eine starke Taschenlampe aufleuchten und ein Hund bahnte sich in diesem Licht den Weg zu ihnen. Hinter dem Hund trat ein Mann in das Licht von Jans kleiner Lampe, der freundlich grüßte: „Good evening. Guten Abend. Ich bin Vater Ilija."

Verdutzt über so viel Höflichkeit in ihrer absurden Situation, - Pit hielt, mit dem Rücken an der Wand sitzend, immer noch den Revolver in der Hand – stottert Jan: „Ich, äh, ich bin aus Amsterdam. Äh, Jan. Freut mich."

Die Hand konnte er freilich nicht reichen. Der Verband hing in Fetzen herunter.

„Ich, äh, bin Pit, äh, aus Berlin", stammelte Pit und ließ endlich die Waffe fallen, während der Hund interessiert an ihm und Jan schnüffelte und, sich zum Herrchen wendend, mit dem Schwanz wedelte als wollte er sagen: die sind in Ordnung, die tun uns nichts. Das hatte Vater Ilija natürlich auch längst begriffen: „Ihr seht aus, als ob Ihr Hilfe braucht. Auf wen habt Ihr denn geschossen?"

„Auf einen oder mehrere Wölfe. Weiß nicht genau. Einer hat uns da vorne jedenfalls hungrig angestarrt. Ob ich ihn getroffen habe, weiß ich nicht. Ohne Brille kann ich nicht viel sehen. Gewissermaßen ein Blindschuss."

Und nun sprudelte es aus Pit und Jan heraus, wie sie hierhergekommen seien und wo sie hinwollten und die Hauptfrage: „Wo sind wir denn nun, in Bosnien oder Kroatien?"

Einen Augenblick Spannung.

„Leider muss ich euch sagen, dass Ihr noch immer in Bosnien seid."

Den beiden fiel fast der Unterkiefer runter vor Enttäuschung. Doch Vater Ilija beruhigte sie: „Nun werden wir euch erst einmal in Sicherheit bringen und dann alles weitere. Wenn es euch recht ist, nehme ich euch mit in meine Einsiedelei. Es ist zwar kein Hotel, aber ein trockenes Plätzchen für euch habe ich noch. Einverstanden? Blacko", er deutete auf den Hund, „freut sich auch immer, wenn wir Gäste haben. Wollt Ihr also unsere Einladung annehmen?"

Jan und Pit nickten. Der Spatz in der Hand war unter den gegebenen Umständen besser als die Taube auf dem Dach. Der Spatz war eine trockene Liege, Essen, Wundbehandlung. Die Taube war die EU. Die konnte und musste warten.

„Selbstverständlich", beeilte sich deshalb Jan zu versichern. „Wir sind ja völlig am Ende unserer Kräfte und Möglichkeiten."

Pater Ilija sah noch kurz nach, ob drüben ein verwundeter oder toter Wolf lag. Der Hund assistierte ihm und begann, als er die Witterung der Wölfe in der Nase hatte, mächtig zu bellen, so als wollte er ihnen noch von ferne zu verstehen geben, dass nicht sie, sondern er hier der Herr war.

„Ruhig, Blacko, ruhig", rief ihn Pater Ilija zurück. „Die Wölfe tun uns jetzt nichts, aber einer ist mindestens verwundet. Da ist eine deutliche Blutspur. Doch darum muss sich die Natur jetzt selber kümmern. Wir kümmern uns jetzt erst mal um euch, nicht wahr, Blacko?"

Der wedelte einverstanden mit dem Schwanz, bevor er noch eine Salve in Richtung Wölfe bellte.

Der Pater steckte die Waffe in seine Umhängetasche und bat dann Pit, dicht hinter ihm zu folgen, während Jan und Blacko die Nachhut bildeten. Sie arbeiteten sich langsam, Schritt für Schritt nach rechts an der Wand entlang, im Schein zweier Taschenlampen immer darauf bedacht, nicht noch einmal auszurutschen. Dann kamen sie zu einer Stelle, wo sich nach links ein Spalt öffnete, in den ein Trampelpfad hinein führte. Sogar ein paar improvisierte Stufen gab es.

„Das ist wahrscheinlich der Pfad, auf dem wir hochgekommen sind, den wir dann aber verloren haben", analysierte Jan.

„Wahrscheinlich", antwortete der Pater. „Der Pfad führt runter zum Talweg. Aber jetzt gehen wir nicht runter, sondern noch ein Stück weiter rauf. Es ist nicht weit. Hier, Pit, halte dich fest an meinem Arm und Jan hilft etwas von hinten."

So schafften sie langsam und mühsam, aber sicher, den kurzen Anstieg über etwa zwanzig Meter, bis der Pfad in einen ebenen Weg überging.

„Wir sind gleich da", lockte der Pater immer wieder. Sein Verständnis von ‚gleich' war wohl etwas anders, als es Pit und Jan sich wünschten, aber immerhin, seine Gewissheit und seine ruhige Stimme bewirkten, dass die beiden mit letzter Kraft auch diese letzte Herausforderung meisterten. Es war nicht auszudenken, was aus ihnen geworden, wäre, wenn sie, wenige Meter von den rettenden Stufen entfernt, die Nacht da unten im Regen hätten verbringen müssen. Jetzt war es ihnen egal, dass die Schuhe voll Wasser waren. Sie würden ja ‚gleich' im Trocknen sein.

Und dann sahen sie es, das Licht, das von einem Haus her in den Wald herein leuchtete und ihnen sagte ‚Willkommen. Fühlt euch hier wie zu Hause'. Durch eine kleine Gattertür betraten sie das Grundstück, wo ihr Führer offensichtlich heimisch war.

Drinnen wiederholte Pater Ilija die Begrüßung und setzte sofort einen großen Topf neuer Kartoffeln auf, ohne sie zu schälen. „Ich habe nämlich nicht so viel Brot im Haus. Da machen wir eben Bratkartoffeln. Dauert etwas länger, sättigt aber mehr als fehlendes Brot. Haha." Sein Lachen war herzlich und irgendwie fühlten sie sich tatsächlich sofort zu Hause.

Als erstes widmete er sich, nachdem sie ihre nassen Sachen abgelegt und sie samt Euroscheinen und Jans Ausweis auf eine Leine gehängt hatten, als erstes ihren Wunden. Pits Kopfwunde war schon verkrustet. Kein Problem. Ringsum gesäubert und ein Pflaster drauf. Fertig. Pits Fuß in kaltes Wasser. „Mehr fällt mir da auch nicht ein", sagte ihr Gastgeber, „es braucht Geduld. Zwei Tage Schonung."

Jans Hände bedurften seiner ganzen Aufmerksamkeit. Nachdem er die Fetzen der Verbände und der geschädigten Haut geschickt entfernt hatte, besah er sich die Schäden, auch den Zeigefinger, den Zottel so feinfühlig angeschnitten hatte wegen des Handys. Er war wieder aufgeplatzt und verschmutzt. „Als erstes muss ich desinfizieren", sagte Pater Ilija, „das wird ein bisschen weh tun, muss aber sein. Zum Glück habe ich immer ein Fläschchen da. Brauche es auch selber manchmal, wenn ich an meiner Hütte etwas reparieren muss und ein Werkzeug mal abrutscht. Halt mal still."

Jan biss die Zähne zusammen und ließ die Prozedur über sich ergehen. Dann wurden die Wunden noch fachgerecht mit

Wundsalbe behandelt und jeweils ein Verband angelegt, der ihn fragen ließ: „Woher kannst du das alles?"

„Ich habe drei Jahre lang in Deutschland Rettungssanitäter gelernt und gearbeitet, bevor ich mich hier niederließ", und dann zu Pit gewandt, „in Berlin! Deutsche Sprache, schwere Sprache. Ein wenig. Aber lange, ich nicht mehr viel weiß. Zu lange. Ich noch weiß: ‚pünktlich' und ‚Ordnung'. Haha."

„Weiß du noch, wann das war?", fragte Pit, dessen Lebensgeister durch den Dampf vom Kochherd her wieder erwacht waren.

„War das vor dreißig Jahren, nach Bosnienkrieg. Ich die Geschichte erzähle. Vielleicht. Morgen. Heute essen und schlafen."

Damit ging er hinüber zum Herd, der von einer daneben stehenden Gasflasche versorgt wurde. Er goss die Kartoffeln ab, wartete ein paar Minuten, während derer er Speck und Zwiebeln bereit legte, um dann alles zusammen mit den Kartoffeln in eine große Bratpfanne zu schneiden, in der das Öl fröhlich aufspritzte. Der Pater war von großer Statur, etwa wie Jan, und strahlte in jeder Hinsicht Kraft aus. Seine langen dunklen, nur mit wenigen grauen Strähnen durchsetzten Haare fielen bis auf die Schultern, der Bart reichte bis auf die Brust. Er mochte um die fünfzig Jahre alt sein. Auf der Stirn waren erste Falten, um die Augen aber ganze Heerscharen kleiner Fältchen, Zeugen seines fröhlichen Lachens. Seine sehnigen Arme und Hände ließen erkennen, dass er zupacken konnte. Das musste er wohl auch, schien es doch so, dass er hier ganz allein in der Wildnis lebte. Außer natürlich mit Blacko, der um die beiden Fremden herum wuselte und sich von Pit kraulen ließ.

„Jetzt ist es gleich fertig", wandte er sich nun wieder in Englisch an seine Gäste. „Ihr seid gewiss auch durstig. Hier haben wir Wasser."

Dabei schöpfte er aus einem großen Trog mit einer großen Kelle Wasser in eine Blechkanne und stellte sie zusammen mit drei Bechern auf den Tisch, an dem Pit und Jan schon Platz genommen hatten. Bald hatte dann auch jeder einen großen Teller voller köstlich duftender Bratkartoffeln vor sich. Doch als sich Pit und Jan darauf stürzen wollten, hob der Hausherr noch einmal die Hand.

„Ich pflege vor dem Essen zu beten und das Kreuzzeichen zu schlagen. Ihr habt doch nichts dagegen? Schließlich ist es nicht selbstverständlich, dass wir zu essen haben."

Die beiden schüttelten den Kopf und Pater Ilija sprach ein Gebet.

Wenn sie auch von Glauben und Beten nichts verstanden und nicht wussten, von woher nach wohin man ein Kreuz schlug, das verstanden sie heute existentiell: Nichts war selbstverständlich! Weder dass sie jetzt einen vollen Teller Essen vor sich hatten, noch dass sie solche Gastfreundlichkeit erfahren durften, noch dass sie die letzten zwei Tage und Nächte heil, na ja, fast heil, überstanden hatten. Was waren schon die paar Wunden und Schmerzen gegen die Gefahren, die sie hinter sich hatten.

Ihr Gastgeber, der nur einen kleineren Teller vor sich hatte, sah schmunzelnd zu, wie sich seine Gäste mit Heißhunger über das Essen hermachten.

„Ich habe noch nie Bratkartoffeln gleich mit Schale gegessen. Aber es schmeckt hervorragend", lobte Pit. Es war so ziemlich das einzige, was während des Essens gesprochen wurde.

Nachher zeigte der Hausvater ihnen ihr „Gästezimmer". Es war ausgestattet mit zwei Liegen, deren Matratzen mit sauberen grauen Bezügen versehen waren. Dazu kamen zwei Stühle, ein kleiner Tisch und an der Wand ein Brett mit Nägeln, an die man seine Sachen hängen konnte. An einer Seite hing eine kleine

Ikone. Pater Ilija gab ihnen noch jedem eine Decke mit der Begründung, dass sie ihre Schlafsäcke morgen erst mal draußen säubern sollten, bevor sie damit das Luxusappartement verschmutzten. Und lachte wieder sein unwiderstehlich ansteckendes Lachen.

„Morgen früh könnt Ihr ausschlafen. Gute Nacht."

„Gute Nacht."

Als sich Jans Gedankenkarussell wieder drehen wollte, kam es nicht weit. Der Schuss auf Pelzmütze hallte noch einmal nach und Anna…. Dann aber mussten sich seine Gedanken geschlagen geben. Das Bedürfnis nach Schlaf war übermächtig. Und als er mit der Hand nach dem Revolver greifen wollte und ihn nicht fand, schlief er lächelnd ein. Pit schnarchte schon.

Beim Einsiedler

Die knarrende Haustür weckte sie am nächsten Morgen. Der Regen draußen hatte aufgehört und die Sonne bahnte sich schon zaghaft einen Weg durch die Wolken in ihr Zimmer. Es war wie eine Botschaft vom Himmel: das Dunkel ist vorbei. Die Vögel draußen auf dem Apfelbaum vor dem offenen Fenster zwitscherten ihnen ein Morgenlied.

„Wie schön und friedlich doch die Welt sein kann", freute sich Pit, als er sich die Augen rieb. „Gestern noch die unmenschliche Quälerei, im Regen, in einem Wald ohne Ende, auf Bergen ohne Ende, Bären und Wölfe und ein dunkler und drohender Himmel. Und heute? Die Welt wie verwandelt."

„Aber immer noch die selbe Welt", stoppte Jan Pits Euphorie, „immer noch in Bosnien, immer noch verwundet, immer noch ohne Kontakt und Handy. Das ist das erste, was wir gleich mit Pater Ilija besprechen müssen: Kann man hier irgendwo telefonieren. Erstens Amsterdam anrufen, zweitens Konto sperren lassen, drittens die Eltern."

Unter diesen Überlegungen war Jan aus dem Bett und in die erreichbaren trockenen Sachen geschlüpft. In der Wohnküche, wo ihn der Hausvater fröhlich begrüßte, zog er auch die inzwischen trockene Hose an. Pater Ilija nahm ihm die Verbände ab und stellte fest: „Sieht schon ganz gut aus. Aber zum Schutz verbinde ich sie dir heute noch einmal."

Auch Pit war nun hinzugekommen und fragte nach Toilettengelegenheit. Der Pater öffnete die knarrende Haustür und zeigte mit der Hand auf ein Häuschen mit Herz.

„Da könnt Ihr eure Geschäfte verrichten. Und daneben aus dem Ziehbrunnen könnt Ihr Wasser schöpfen zum Waschen. Es ist alles noch nicht ganz so vornehm, wie Ihr es wahrscheinlich gewöhnt seid, aber besser als nichts. Das wird sich jedoch bald ändern. Wie Ihr seht, habe ich schon einen Graben von dort zum Haus ausgehoben. Da will ich eine Wasserleitung legen. Ich habe nämlich vor drei Monaten eine Stromleitung erhalten. Nun will ich eine elektrische Pumpe anschließen und dann haben wir immer fließend Wasser im Haus und dann kann ich auch eine Toilette einbauen. Das werden goldene Zeiten. Haha, Und mein Handy kann ich auch nachts über aufladen, ohne dass die ganze Nacht der Generator laufen muss. Haha. Aber das ist Zukunftsmusik. Ihr müsst noch nach der alten Melodie tanzen: Im Freien waschen mit dem Hund ist gesund. Haha."

Blacko wedelte zu diesen Worten mit dem Schwanz, als wollte er sagen: „Kommt Ihr endlich!" Am Brunnen bellte er dann jedes Mal vor Freude, wenn er auch einen Spritzer abbekam, während die Hühner, die frei auf dem Hof herum liefen, gackernd davon stoben. Als sie mit der Morgentoilette fertig waren, machten Jan und Pit draußen eine kleine Runde um den Hof, der von einem niedrigen Holzzaun in einem Rechteck umgeben war. Eine kleine Tür zum Wald hin versperrte den Hühnern die Flucht und ungebetenen Gästen den Eingang. Da waren sie gestern herein gekommen. Der Wald dahinter, der ihnen in der Dunkelheit der Nacht wie eine finstere, gar tödliche Bedrohung vorkam, könnte jetzt im Sonnenlicht das Motiv für ein hübsches Foto oder für ein romantisches Liedchen abgeben. So gegensätzlich zeigt sich, je nach Licht und Situation, ein und dieselbe Sache, dachte Pit und gruselte sich noch immer in Gedanken an gestern. Das glaubt ihm ja niemand, wenn er in Berlin davon erzählt.

Etwas weiter rechts von der Tür stand ein kleines Häuschen mit einem Kreuz darauf. War es eine Kapelle? Ihre Tür war geschlossen und sie wagten nicht, sie aus reiner Neugierde zu öffnen. Noch weiter rechts, wo der Zaun im Winkel auf das Haus zu lief, war ein großer Schuppen aus ungehobelten, rohen Brettern gebaut, dessen eine Tür offen stand und den Blick auf eine Werkstatt frei gab, während der andere Teil offenbar als Hühnerstall genutzt wurde. Jedenfalls sah man das eine oder andere Federvieh durch Löcher über dem Erdboden hinein- oder herausschlüpfen. An der Schuppenwand hingen eine Sense, eine große Harke aus Holz, eine kleine und eine größere Leiter und anderes Gerät. In der Mitte des Zaunes war ein geschlossenes Gatter, das einen kleinen Garten mit sauber abgesteckten Beeten vor den Hühnern schützte. Umzäunt war der Garten von Beerensträuchern und Obstbäumen. Dahinter und daneben sahen sie eine Wiese, die mit wildem Gestrüpp und Gehölzen bewachsen war, an denen etliche Ziegen knabberten. Die Stämme der Obstbäume auf der Wiese aber waren mit Draht umwickelt, wie auch diese ganze Wiese mit Maschendraht umzäunt war, wohl, damit die Ziegen nicht ausbüxen. An der Frontseite des Hauses in die Wiese hinein stand noch ein größerer Schuppen, wahrscheinlich der Ziegenstall. Im Hintergrund sah man zwei oder drei kleine Felder.

Auf der anderen Seite des Hofes stand in der Ecke des Zaunes, zum Wald hin, ein grob geschnitztes Kruzifix mit einer natürlichen Felsplatte davor, die wenige Zentimeter aus dem Boden herausragte. Rechts und links neben dem Kruzifix standen zwei kleine Bänke ohne Lehne.

In der Mitte des wiederum zum Haus laufenden Zaunes war eine breite Ein- und Ausfahrt, dessen Gatter offen stand. Draußen an der unbefestigten Straße, die offenbar hier am Haus endete, stand ein alter Renault. Andere Häuser eines Dorfes waren nicht zu sehen. Anscheinend wohnte Pater Ilija hier recht einsam. An seinem Häuschen schien das Dach in Ordnung, aber an den Wänden bröckelte der Putz. Ein kleiner Anbau zur Straße hin hatte eine eigene Eingangstür, sah aber, bis auf das Dach, recht ungepflegt und baufällig aus. An der Wand lehnte ein Fahrrad. Direkt neben der Haupteingangstür stand eine Bank an der Wand, davor ein Tisch und um ihn herum ein paar Holzklötze zum Sitzen. Alles Marke Eigenbau.

„Ich bitte die Herrschaften herein zu kommen", tönte es von der Haustür. „Der Tisch ist gedeckt."

Das Frühstück bestand aus Brot in einem offenbar von Hand geflochtenen Korb, Butter, einem Glas selbstgemachter Marmelade und einem großen Stück Käse. Während Pater Ilija noch mit dem Kaffee beschäftigt war, schauten sich Jan und Pit in der Wohnküche um. Außer dem Gasherd gab es ein schmales uraltes Küchenbüfett, ein Wandbord mit allerlei Krügen und Tassen, darunter hängend viele Küchenutensilien. Darunter stehend ein paar kleine Kisten mit Kartoffeln, Möhren, Äpfeln und Kraut. In der Wohnecke gab es den Tisch mit drei Stühlen und an der Wandseite eine Truhe mit zwei Kissen zum Sitzen. Da hatte gestern Abend − oder war es schon Nacht? − der

Hausvater gesessen. An der Wand gegenüber stand eine alte Kommode, in deren oberen Teil einige Gläser blitzten, durchmischt mit Tongefäßen. Von der Kommode zum Fenster war die Leine gespannt, an der über Nacht ihre Hosen, Strümpfe und vier Zwanzigeuroscheine getrocknet waren, samt Personalausweis Jan Verhoeven. Quer über die Ecke zwischen Fenster und Tischseite hing eine große Ikone, darunter ein kleines Tischchen mit einem aufgeschlagenen Buch und einer Kerze, sowie einem Kniepult davor.

„Das ist die heilige Ecke", flüsterte Jan, als Pit fragend die Achseln zuckte. „Die ist typisch für die Christen in Osteuropa."

Dass gerade erst der elektrische Strom in diesem Häuschen Einzug gehalten hatte, sah man an der neuen, aber einfachen Deckenbeleuchtung samt einem neu verlegten Kabel. In der Mitte des Raumes gab es in der großen Holzdielung eine Klapptür nach unten. Wahrscheinlich so eine Art Keller.

Als Pater Ilija den Kaffee auf den Tisch gestellt und Platz genommen hatte, fragte Pit: „Wohnst du hier eigentlich ganz alleine? Wir haben jedenfalls draußen weit und breit kein weiteres Haus gesehen."

„So ist es. Prlovici, also das Dorf, zu dem mein Grundstück hier gehört, ist drei Kilometer entfernt. Da gibt es zum Glück einen Bäcker, wo ich heute früh Brot geholt habe. Für einen alleine backen, lohnt sich nicht. Da müsste ich auch gleich noch eine Bäckerei aufmachen. Haha."

„Bist du mit dem Fahrrad rüber gefahren?"

„Ja. In einer halben Stunde bin ich wieder hier. Schneller als mit dem Auto, weil ich die Schlaglöcher besser umfahren kann. Haha."

Er schien immer etwas zu lachen zu haben, was ja auch die Augenfalten bestätigten. Nur, was war denn an diesem spartanischen Leben so lustig? Hier fehlt es doch fast an allem, dachte Jan.

„Ich müsste dringend mal telefonieren", sagte er dann laut. „Ist das hier möglich?"

„Wir haben nämlich keine Handys mehr, weil uns tschetschenische Banditen auf dem Weg zur Grenze Handys, Pässe und Kreditkarten weggenommen haben."

„Was?"

Und nun erzählten sie von ihrer Begegnung mit den Migranten aus dem Kaukasus und den sich daraus ergebenden Komplikationen, die schließlich erst durch ihn, ihren freundlichen Gastgeber, ein glückliches Ende gefunden haben. Aber nun seien sie eben ohne Handy und ohne Geld wie nackt und bloß.

„Außer euren Zwanzigeuroscheinen, haha", lachte Pater Ilija. „In den Strümpfen gerettet, haha, darauf muss man erst mal kommen, haha."

„Das war Franks Idee, der uns nachher auch aus unserem tschetschenischen Gefängnis befreit hat."

Und nun erzählten sie auch dieses Detail noch in aller Ausführlichkeit. Jan verheimlichte auch nicht den Gebrauch des Revolvers.

„Es war ein Reflex der Angst. Als ich Pelzmütze kommen sah, griff ich den Revolver, den er auf der Bank hatte liegen lassen und schoss. Einerseits war es Notwehr, denn er hätte keinen Augenblick gezögert, auch auf mich zu schießen. Andererseits war er eben unbewaffnet und stark angetrunken. Also in gewisser Weise wehrlos. So schwanke ich hin und her, ob ich richtig gehandelt habe oder nicht. Was meinst du, Pater Ilija, du bist doch religiös: War es richtig oder nicht?"

„Natürlich war es richtig", redete Pit dazwischen, „genauso richtig wie mein Schuss auf die Wölfe. Notwehr! Eindeutig Notwehr."

„Na ja", schaltete sich der Pater ein. „Ganz so eindeutig scheint das für dich, Jan, nicht zu sein. Sonst würde dich ja diese Frage nicht so bewegen, ob es richtig war. Du solltest dich vielleicht einmal fragen, woher deine Zweifel kommen, ich meine die Zweifel, ob es richtig war. Da ist doch irgendeine Stimme in dir, die die Richtigkeit und Notwendigkeit deines Schusses bezweifelt. Stimmt`s?"

„Das Gewissen?"

„Ach, das ist doch alles Einbildung", konterte Pit, „er redet sich da was ein. Es war Notwehr und Punkt."

„Bevor wir weiter darüber diskutieren, schlage ich vor, dass wir uns zunächst mal den praktischen Fragen widmen, die euch bewegen, zum Beispiel telefonieren. Ich habe ein einfaches Handy, keins so mit Internet und allem Schnickschnack. Aber hier ist so gut wie kein Netz. Manchmal klappt es, aber meistens nicht. Deshalb schlage ich vor, dass wir zum nächsten größeren Ort fahren, nach Bosanska Krupa. Denn wenn ich es richtig verstanden habe, ist der Kontakt seit Sonntag abgerissen und niemand weiß, wo Ihr seid. Eure Familien machen sich Sorgen. Eigentlich könnten wir auch schon in unserm Dorf telefonieren, aber wenn wir meinen treuen Renault schon in Bewegung bringen, dann fahren wir gleich noch ein Stück weiter. In Bosanska Krupa gibt es ein paar Geschäfte, wo ich das eine oder andere besorgen würde. Da findet Ihr bestimmt auch ein Telefon. Ihr telefoniert dann und ich mach Besorgungen. Einverstanden?"

„Selbstverständlich."

„Und vielen Dank, dass du dir so viel Zeit nimmst für uns. Hoffentlich bringen wir nicht deine ganze Tagesplanung durcheinander."

„Schon gut. Dafür müsst Ihr mir heute noch helfen! Haha."

Im Auto wurde er dann etwas deutlicher: „Also Ihr habt doch gesehen, dass ich eine kleine Landwirtschaft betreibe, da wollte ich heute Unkraut hacken. Durch den Regen ist der Boden aufgeweicht und es hackt sich gut. Du, Pit, musst deinen Fuß natürlich noch weiter schonen und wirst dich draußen an den Tisch setzen und Gemüse putzen, haha."

„Das habe ich aber noch nie gemacht. Hat immer Mutter gemacht."

„Haha, dann wird es ja Zeit, dass du das lernst. Haha. Was hast du eigentlich sonst gelernt?"

„Ich studiere Umwelttechnik mit besonderer Berücksichtigung der Wasserwirtschaft. Deshalb bin ich ja mit Greenpeace hierher nach Bosnien gekommen, um eure schönen Flusslandschaften zu retten."

„Und, habt Ihr sie gerettet? Haha."

„Leider nicht. Es ist alles schief gelaufen. Aber das ist eine lange Geschichte. Jedenfalls muss ich nun unbedingt zurück, um meinen Master zu machen."

„Vorher musst du aber noch lernen, Gemüse zu putzen. Haha. Ist immer nützlich im Leben. Haha. Und du, Jan aus Amsterdam, womit verdienst du deine Brötchen?"

Jan, der hinten im Auto saß, erzählte von seinem Beruf und von seiner ehrenamtlichen Tätigkeit bei G.I., die er auch dringend über die Situation hier benachrichtigen müsse. Und dann natürlich seine Eltern. Die würden aus verschiedenen Gründen dringend auf ihn warten. Deshalb müsse er unbedingt über die Grenze. Aber wie solle das nun gehen?

„Pater Ilija, hast du da eine Idee?"

„Eine Idee habe ich schon. Aber da muss ich auch erst telefonieren, um heraus zu finden, ob sich die Idee umsetzen lässt. Haha."

„Kannst du uns die Idee vielleicht schon verraten?"

„Na, es ist so. Ich bin hier diesseits und jenseits der Grenze ziemlich bekannt, weil ich inzwischen seit fünfundzwanzig Jahren hier als Einsiedler lebe. Man könnte auch sagen als Eremit. falls Ihr wisst, was das ist, ein Eremit."

„Das ist jemand, der aus religiösen Gründen, jedenfalls meistens, alleine in der Einsamkeit lebt", warf Jan ein.

„Na, ganz alleine nicht. Blacko ist ja da und Hühner und Ziegen. Haha. Aber ansonsten stimmt deine Beschreibung schon. Und weil Eremiten oder Einsiedler nicht so häufig sind und meine Geschichte noch einen ganz besonderen Hintergrund hat, stand da schon öfter was in der Presse und einer hat sogar ein kleines Buch über mich veröffentlicht. Haha."

„Darf man fragen, was deine besondere Geschichte ist?", fragte Pit dazwischen.

„Das darfst du, aber das werde ich nicht jetzt im Auto erzählen. Vielleicht heute Abend. Jetzt geht es um meine Idee, euch über die Grenze zu bringen. Nämlich über die Una...."

„Mensch, an der Una haben wir letzten Montag gesessen oder war es schon Sonntag? Ich bringe schon alles durcheinander", fuhr Pit dazwischen, „es war in einem wunderschönen Gartenrestaurant in Bihac. Da haben wir uns an dem herrlichen Fluss gefreut und am Fisch auf dem Tisch, haha – ich kann dichten! – und da haben wir auch den Frank getroffen. Feiner Kerl..."

„Nun lass doch mal Pater Ilija ausreden", unterbrach Jan Pits Memoiren, „das ist doch jetzt wichtiger."

Pit hob entschuldigend die Hände: „Schuldigung."

„Ich kenne einen netten kroatischen Polizisten, der fährt manchmal Streife auf der Una, da, weiter flussabwärts, Richtung Bosanski Novi, wo der Fluss aus dem Gebirge austritt und ruhiger wird. Und wo er dann ein richtig breiter Grenzfluss ist. Klar, dass die Kroaten da auch auf dem Wasser Wache schieben wegen der Migranten. Da kann man nämlich schwimmen.

Also, den rufe ich an, ob sich was machen lässt. Da vorne ist schon die Stadt. Das werde ich gleich als erstes probieren. Wie heißt er doch gleich? Mit Vornamen Nikolai. Das genügt ja auch. Ich glaube, ich habe ihn unter Nikolai gespeichert. Mal sehen, was er sagt."

Kaum hatten sie einen Parkplatz gefunden, griff Pater Ilija schon zum Telefon und bekam sofort Verbindung. „Hallo Nikolai!" verstanden die beiden Greenpeacler noch, dann ging das Gespräch offenbar auf ‚balkanisch' weiter, wie der Pater später lachend erklärte. Nach etwa zwanzig Minuten hatte die ‚Idee' praktikable Konturen angenommen.

„Wir müssen am Samstag gegen zehn Uhr an Ort und Stelle sein. Da kenne ich einen Fischer – den ich jetzt auch gleich noch anrufen muss – der wird uns mit seinem Boot auf den Fluss rausfahren wie zu einer Spazierfahrt. Ganz zufällig geraten wir dabei einen Meter über die Grenze in der Mitte des Flusses, wodurch die kroatische Wasserpolizei auf uns aufmerksam wird und uns längsseits nimmt, so dass das Geschehen von serbischer Seite aus nicht einsehbar ist. Was geschieht, ist aber nichts anderes, als das Ihr beide vom kroatischen Polizeiboot übernommen werdet. Im Protokoll und vielleicht auch in der Presse wird dann stehen ‚Zwei EU-Bürger beim Versuch, über die Una in die EU zu kommen, von kroatischer Polizei aus dem Wasser gerettet'. Haha."

Diesmal stimmten Jan und Pit laut und anhaltend in sein Lachen mit ein.

„Klasse!", rief Pit, „und ich brauche nicht noch mal hundert Kilometer über die Berge und durch die Wildnis zu krabbeln."

„Und die Meldung wäre nicht einmal gelogen", freute sich Jan. „Alles korrekt: EU-Bürger, Wasser, gerettet. Klasse. So machen wir das! Richtiger: So machst du das, Pater Ilija! Und irgendwie und irgendwann werden wir dir die Unkosten erstatten."

„So? Was wollt Ihr denn mit euren vier Zwanzigeuroscheinen noch alles bezahlen? Auch wenn sie getrocknet und gebügelt sind, bleiben es nur achtzig Euro. Seht mal zu, dass Ihr dafür ein Handy kriegt und gut. Haha"

Als sie ausgestiegen waren, rief der Pater auch noch jenen Fischer an, der beim Grenzdurchbruch mitspielen müsste. Mit fröhlichen Augen verkündete er nach wiederum längerem Telefonat, dass alles geregelt sei.

„Und was kostet diese Regelung?", fragte Jan, dem es immer peinlicher wurde, dass er auch finanziell völlig auf die Hilfe dieses Einsiedlers angewiesen war.

„Na was schon. Mit einem Zwanzigeuroschein kann man hier viel bewegen. Hatte euch das der Frank nicht in Bihać schon erklärt? Haha."

„Ich würde ja gerne ein paar Zwanzigeuroscheine abheben", entgegnete Pit, „aber mein Konto ist leider völlig leer, beziehungsweise im Miesen. Da haben die Tschetniks alles abgeräumt. Auf jeden Fall schreib uns nachher unbedingt deine Kontonummer auf, damit wir dir alle deine Unkosten wieder erstatten können. Wir legen auch noch was drauf, nicht wahr, Jan? Versprochen!"

„Ich kann ja einen von euch als Geisel hierbehalten. Haha. Nein, nein, ich glaube euch. Aber nun los, da drüben seht Ihr schon die Geschäfte. Seht zu, dass Ihr irgendwo ein Handy kaufen könnt. Ihr werdet es auch drüben in Kroatien brauchen, aber hier ist es billiger. Ich gehe in ein Lebensmittelgeschäft. Und in dreißig, nein, sagen wir lieber, in vierzig Minuten treffen wir uns wieder hier beim Auto. Einverstanden?"

Die beiden nickten, setzten ihre Masken auf und suchten und fanden einen Telefon-Shop, wo sie für fünfzehn Euro ein einfaches Handy samt Aufladung für weitere fünfundzwanzig Euro erwerben konnten.

„Mensch, wir sind wieder mit der Welt verbunden", triumphierte Pit. „Ohne Handy kommt man sich total blöd und abgehängt vor. Zwei Zwanziger sollten wir als Notgroschen aufheben, um drüben in Kroatien nach Zagreb zu kommen. Vielleicht lässt sich da für einen Zwanziger auch etwas bewegen. Obwohl, in der EU gelten andere Preise. Na, mal sehen."

„Jawohl. So machen wir das. Aber jetzt rufen wir erst mal zu Hause an."

Jan meldete sich zuerst bei Greenpeace International in Amsterdam, informierte die Sekretärin kurz über ihre Corona-bedingte Situation und bat sie, ihm sofort per SMS eine Nummer zur Kontosperrung zu senden. Er müsse sein Konto sperren lassen. Die Sekretärin erzählte ihm, dass gestern schon ein gewisser Frank aus Frankfurt an der Oder angerufen und die selbe Bitte in seinem, Franks Namen, ausgesprochen habe. Weil sie von diesem Frank aber noch nie gehört hätte, war sie verunsichert, ob sie das wirklich tun solle. Aber nun wäre ja alle klar und sie würde selbstverständlich gleich seinem Wunsch nachkommen.

Dann rief er die Eltern an, die sofort wieder in Tränen ausbrachen, erstens wegen Anna und zweitens, weil sie sich seinetwegen Sorgen gemacht hätten. Er versicherte ihnen, dass er jetzt auf Nummer Sicher sei und hoffentlich am Wochenende in die EU käme. Wahrscheinlich müsse er aber erst in Quarantäne. Er versprach jedoch, jeden zweiten Tag anzurufen, da er nun wieder ein eigenes Telefon habe. Sie sollten sich um ihn keine Sorgen machen und Tschüss.

Auch Pit rief zu Hause an und teilte den besorgten Eltern mit, dass er hoffe, am Samstag in Kroatien zu sein. Von dort würde er sich wieder melden. Und da man ihnen alles Geld und alle Kreditkarten gestohlen habe, sollten sie einmal bei der Bank nachfragen, ob sie vielleicht tausend Euro bei einer Bank in

Zagreb für ihn hinterlegen könnten. Sie müssten ja Flugtickets oder Bahnfahrkarten kaufen, um irgendwie nach Berlin zu kommen. Und ja, es gehe ihm so weit gut, nur dass er sich einen Fuß verstaucht habe. Aber der bessere sich schon und sie sollten sich keine Sorgen machen. Und tschüss.

„So sieht man sich wieder"

Wieder draußen, beschließen sie, noch eine Runde um den Markt zu drehen, denn es ist noch zwanzig Minuten Zeit bis zum Treff. Auf einmal bleibt Jan vor einem Zeitungskiosk stehen und ruft Pit ganz aufgeregt zurück: „Pit, komm mal. Hier ist dein Konterfei in der Zeitung. Das ist ja ein Ding."

„Quatsch, kann doch nicht sein."

„Doch, sieh mal hier. Das bist du! Etwas schief von unten und mit Maske unterm Kinn und Taschentuch in der Hand."

Pit kam heran gehumpelt.

„Tatsächlich. Dat bin icke. Das gibt's doch nich. Und etwas verschwommen hinter mir der Boss und Zottel. Das war beim Geldabheben in Bihać. Na klar. Ich hatte die Kamera gesehen und damit die mich erkennt, tat ich so, als müsste ich mir die Nase putzen und musste mal die Maske runterziehen. Mensch, das is ja'n Ding. Verfolgen uns die Tschetniks bis hierher. Los, wir suchen Pater Ilija. Der muss uns die Zeitung kaufen und sofort übersetzen. Ich bin doch da nicht zufällig abgebildet. Mensch, das is'n Ding. Vielleicht kriegen wir unsere Kreditkarten wieder! Los, wo ist Vater Ilija."

Sie brauchten nicht lange zu suchen, da kam er aus einem Supermarkt mit zwei vollen Einkaufstüten heraus.

„Pater Ilija, du musst noch einmal Geld für uns ausgeben und uns bitte eine Zeitung kaufen. Ich bin da abgebildet, als mich die Tschetniks gezwungen haben, unser Geld abzuheben. Du musst bitte unbedingt übersetzen, was da steht. Vielleicht ist es wichtig."

Als der Pater die Zeitung bezahlt und aufgeklappt hatte, las er vor: „Zwei kriminelle Migranten aus Tschetschenien wurden am Mittwoch bei dem Versuch, zum wiederholten Male größere Geldsummen von einem Bankautomaten in Bihać abzuheben, fest genommen. Bei ihnen wurden mehrere Kreditkarten gefunden, die sie vermutlich verschiedenen EU-Bürgern, zwei Deutschen und einem Niederländer abgenommen hatten. Sollte sich der abgebildete Pit Markert aus Berlin noch in Bosnien befinden, so wird er gebeten, sich beim Polizeipräsidium in Bihać zu melden. Telefon-Nr. usw."

Dasselbe stand in Kurzfassung auch in Englisch darunter.

„Hurra, wir kommen wieder an unser Geld", rief Pit begeistert und wollte einen kleinen Freudensprung machen, was aber nicht ganz gelang.

„Ooch, mein Fuß."

„Nun lass man deine Freudentänze. Aber lass dich umarmen. Deine Geistesgegenwart vor der Kamera hat uns die Kreditkarten gerettet. Vielleicht sogar die Handys! Und die Pässe! Pass auf!"

Jan drückte seinen Kumpel, ganz gegen seine Gewohnheit: „Hast du Klasse gemacht! Danke."

Pater Ilija, der dem Freudenausbruch seiner beiden Schützlinge schmunzelnd zugeschaut hatte, ahnte ihre nächste Frage: „Nun wollt Ihr sicherlich wissen, wie und wann Ihr nach Bihać kommt. Haha."

„So ist es. Und wenn alles so läuft, wie wir uns das vorstellen, dann können wir dir heute noch alle Unkosten erstatten."

„Ich nicht. Mein Konto haben die Banditen leer geräumt, beziehungsweise noch mit Schulden belastet."

Pit erzählte dem Pater, wie die Sache am Automaten gelaufen war und dass Zottel dann in der Fluchtnacht durch Frank mit einem Brett zu Boden geschlagen wurde.

„Der wird ein ordentliches Horn an der Stirn haben. Geschieht ihm recht."

Jan aber dachte im Stillen an Pelzmütze und ob und wie er den Schuss überstanden hatte.

Laut aber fragte er ihren Beschützer: „Und? Siehst du vielleicht eine Möglichkeit, uns nach Bihać zu bringen? Vielleicht sogar gleich von hier aus? Aber bitte nur, wenn du nicht andere wichtige Termine hast."

„Ich habe heute noch einen Termin, aber keine Uhrzeit festgelegt. Ich muss einer alten Frau noch eine Spritze verabreichen. Aber das können wir mit Bihać verbinden. Da machen wir eben eine kleine Rundfahrt über Bihać und von da in unser Dorf, wo wir bei der Frau anhalten. Das dauert nicht lange. Am Abend müsst Ihr mir beim Gemüseputzen und beim Vieh helfen. Natürlich nur so weit, wie Ihr mit euren Handycaps fähig seid."

„Danke, Pater, du sollst keinen Nachteil dabei haben."

„Na, dann los nach Bihać. Da wart Ihr ja noch nie, haha. Eure verlorenen Kreditkarten einsammeln. Haha. So Gott will, sind wir in vierzig Minuten da."

Pater Ilija kannte das Polizeipräsidium und man kannte ihn.

„Hallo, Pater Ilija, was führt euch hierher. Habt Ihr zwei Verbrecher dingfest gemacht? Oder wer sind die Herren in eurem Gefolge?"

Der Pater legte die Zeitung auf den Tisch und zeigte auf Pits Foto: „Hier steht der junge Mann, Pit Markert aus Berlin, Germany. Haha."

„Tatsächlich. Die Ähnlichkeit ist jedenfalls nicht zu übersehen. Können Sie sich ausweisen?"

„Leider nein. Die Banditen haben uns nicht nur unser Geld und die Kreditkarten weggenommen, sondern auch unsere Pässe. Nur Jan Verhoeven hier hat seinen Personalausweis im Schuh gerettet."

„Jan Verhoeven aus Amsterdam, jawohl, Ihre Kreditkarte oder sogar zwei haben wir auch bei den beiden Migranten gefunden. Außerdem von einem gewissen, wo steht es doch, ach hier, ein Herr Frank Uebel. Kennen Sie den auch?"

„Aber gewiss doch."

Und nun erzählten sie der Polizei die ganze Geschichte von der Gefangennahme bis zur Flucht. Dann fügten sie noch die Vermutung hinzu, dass es Frank wahrscheinlich über die Grenze geschafft und sofort seine Kreditkarte gesperrt habe.

„Um den brauchen Sie sich keine Sorgen zu machen, der ist pfiffig."

„Na gut. Dann machen wir jetzt noch eine Gegenüberstellung. Das muss sein."

Gespannt warteten Jan und Pit, wer nun durch die Tür kommen würde.

„Der Boss und Zottel!", riefen sie fast wie aus einem Munde.

„So sieht man sich wieder."

„Der einzige Unterschied: diesmal alle mit Maske. Ach ja, und ein zweiter Unterschied: die vorher freie Herren waren, jetzt als Gefangene und die vorher gefangen waren, jetzt als freie Männer! Wie doch das Leben so spielt!"

Pit konnte eine gewisse Schadenfreude nicht verbergen.

Doch der Boss hatte sich blitzschnell eine Strategie überlegt: „Wir kennen die beiden nicht. Wer sind die Herren?"

Doch der Beamte ließ sich nicht bluffen.

„Wir haben bei Ihnen vier Kreditkarten gefunden. Zwei davon gehen auf den Namen Jan Verhoeven aus Amsterdam."

„Na und? Die haben wir gefunden. Die Besitzer dieser Karten kennen wir nicht."

„Der Eigentümer dieser Karten sitzt hier vor Ihnen."

„Wir kennen den Mann nicht. Kann er sich denn ausweisen?"

„Ja, das kann er", griff Jan ein. „Ihr habt uns die Pässe weggenommen, aber meinen Personalausweis konnte ich retten. Hier."

Triumphierend hielt er den Ausweis hoch.

Pit aber knallte ihnen die Zeitung vor die Nase: „Und hier bin ich. Und dahinter Ihr zwei Banditen, schön das Gesicht verdeckt. Nur deine zottligen Haare schauen unter der Mütze hervor", wandte er sich an Zottel, „und das Horn da ist ein Andenken an das Brett, das Frank dir an den Schädel geknallt hat bei unserer Flucht."

Pit wurde immer lauter und drohender. Der Beamte musste ihn zurück pfeifen.

„Bitte sachlich bleiben, Herr Markert. Also, Sie erkennen die beiden als diejenigen, die Sie gezwungen haben, das Geld am Automaten abzuheben?"

„Ja, ohne Zweifel. Und er da", er zeigte auf Zottel, „stieß mir sein Messer in den Rücken, damit ich auch schön artig bin. Das ist leider auf dem Foto nicht zu sehen. Und nachher auf dem Rückweg hat er mich so gestoßen, dass ich mir hier den Kopf aufgeschlagen habe", er zeigte die verpflasterte Stelle, „und meine Brille ging dabei auch zu Bruch. Aber das war denen völlig egal. Die Ersatzbrille hier hat mir Pater Ilija gegeben. Stimmt`s?"

Pater Ilija nickt mit dem Kopf.

„Das Messer kann ich auch bezeugen", fügte Jan hinzu und hielt seinen Zeigefinger hoch. „Hier hat er mit seinem Messer rein geschnitten, damit ich mein Handy loslasse. Die Wunde war wieder aufgeplatzt und fing schon an zu eitern wegen Verschmutzung. Pater Ilija hat gestern alles gesäubert und schön verbunden, wie man sieht. Hat er das Messer diesmal nicht bei sich gehabt?"

„Doch, hat er."

Der Beamte hielt eine Tüte hoch, in der das Messer steckte.

Angesichts der erdrückenden Beweislast waren die beiden Migranten doch ziemlich kleinlaut geworden und zusammen gesunken. Doch dann zog der Boss noch einen letzten Trumpf aus dem Ärmel: „Dieses Messer war unsere einzige Waffe zur Verteidigung. Schließlich leben wir in einem Lager im Wald und müssen mancherlei Gefahren abwehren, wie Bären, Wölfe und Banditen. Die aber", er zeigte mit dem Finger auf seine Ankläger, „die feinen unschuldigen Herren aus dem Westen, die hatten einen Revolver, mit dem sie auf einen unserer armen und unbewaffneten Mitflüchtlinge geschossen haben. Unser Messer ist nichts dagegen."

Triumphierend sah er um sich.

„Eine dreiste Lüge", eiferte sich Pit. „Wo hätten wir denn die Waffe versteckt haben sollen, was? Mit vorgehaltenem Revolver habt Ihr uns gefangen genommen. Mit vorgehaltenem Revolver habt Ihr uns und unsere Rucksäcke visitiert, habt Ihr uns gezwungen, unsere Handys und Kreditkarten abzugeben. Oder meint Ihr, wir hätten mit einem Revolver in der Hand vor einem Messer kapituliert?"

„Ihr hattet die Waffe im Rucksack versteckt."

Der Beamte schaltete sich wieder ein: „Die beiden Zeugen haben mir die Geschichte vorhin schon ausführlich erzählt. Und Ihre Version leuchtet mir sehr viel mehr ein als eure. Zumal Herr Verhoeven ganz von sich aus berichtet hat, wie er aus Angst mit eurer Waffe auf einen wehrlosen, angetrunkenen Mann geschossen hat und dass ihm das leid tut."

„Es war Notwehr!", warf Pit dazwischen.

„Auch mir hat Jan das alles erzählt", ergriff zum ersten Mal Pater Ilija das Wort. „Er hätte mir nichts davon erzählen müssen. Es bestand keine Notwendigkeit. Er erzählte es mir, weil ihm unwohl war bei dem Gedanken, auf einen wehrlosen Menschen geschossen zu haben. Er fragte mich nämlich, ob das recht war. Das war ehrlich. Bei euch aber merke ich nichts von solcher Ehrlichkeit oder dass euch irgendetwas leid tut, wie Ihr mit diesen Männern umgegangen seid. Oder hat euch Pit etwa freiwillig zu diesem Bankautomaten geführt? Haben sie euch freiwillig die Kreditkarten und die PIN-Nummern gegeben?"

„Ach, das ist doch nur Geld", brummte der Boss, „aber bei uns ist einer schwer verwundet", brauste er dann auf und schlug mit der Faust auf den Tisch.

„Dann gehört er ins Krankenhaus!", donnerte nun Jan und schlug auch mit der Faust auf den Tisch.

„Und wer soll das bezahlen? Wir sind nicht versichert", konterte der Boss.

„Aber Geld habt Ihr genug. Ihr seid nur geizig, es für einen kranken Kameraden auszugeben."

Dann wandte er sich an den Beamten: „Haben Sie eine Aufstellung, wie viel diese Herrschaften von meinem Konto abgebucht haben?"

„Moment, das haben wir gleich. Hier: am Dienstag, 22.07., 15.18 Uhr einmal 3000,-Euro und einmal 1000,- Euro auf den Namen Jan Verhoeven. Am Mittwoch, 23.07., vormittags 10.41 Uhr einmal 1500,-Euro und einmal 500,-Euro auf denselben Namen. Dazu am Mittwoch, 23.07., 15.08 Uhr einmal 1500,-Euro und noch einmal 500,- Euro. Macht zusammen 8000,-Euro. Diese großen Geldabhebungen waren auffällig. Bei der Abhebung Mittwochnachmittag konnte die Polizei dann die Herrschaften hier stellen. Die hatten sich nämlich gedacht, dass es nicht so auffällt, wenn sie erst mal nur die Hälfte abheben. Aber genau das hat uns auf die Spur gebracht. Wir konnten nämlich eure fast verhüllten Gesichter mit den beiden hier hinter Pit Markert identifizieren. Und wir ahnten, dass die Geldabhebung am Mittwochvormittag nicht eure letzte sein würde. So war es ja dann auch. Dumm gelaufen, nicht wahr?"

Jan zog Pater Ilija ein Stück zur Seite und besprach flüsternd etwas mit ihm.

„Und ich habe extra vor der Kamera die Maske runter gezogen, um fotografiert zu werden", triumphierte Pit. „Dann müsste ja auch noch was von den 1000,- Euro da sein, die ich am Dienstag von meinem Konto abheben musste und die Ihr mitgenommen habt. Hallo, wo ist denn nun mein Geld?"

„Mal langsam", übernahm der Beamte wieder die Leitung des Gesprächs. „Ich stelle fest, dass vom Konto Jan Verhoeven im ganzen achttausend Euro unrechtmäßig abgehoben und entwendet wurden. Von Pit Markert wurden tausend Euro unrechtmäßig abgehoben und entwendet und auch von Frank Uebel wurden tausend Euro unrechtmäßig abgehoben und entwendet. Das macht zusammen zehntausend Euro."

Und zu den beiden Migranten gewandt: „Sie rufen jetzt Ihre Kumpels im Lager an, dass einer mit dem vollzähligen Geld und den Pässen heute bis 18 Uhr hier erscheint. Sollte das unter vielen Lügen und Ausreden nicht geschehen, wird die Polizei euer Lager dem Erdboden gleich machen und euch alle in das Lager Lipa verfrachten, wo an achttausend Migranten auf engstem Raum zusammen auskommen müssen. Dort infizieren sich zur Zeit jeden Tag mehr als hundert mit dem neuen Coronavirus und viele von ihnen sterben. Ihr könnt wählen: das Geld verstecken und dafür nach Lipa oder das Geld rausrücken und gesund bleiben, im eigenen Lager. Verstanden?"

Jetzt geriet Zottel in Wut und regte sich auf Russisch fürchterlich auf.

„Was will er?", fragte der Beamte den Boss.

„Er weist mit Recht darauf hin, dass wir Migranten sind und auch unsere Rechte haben. Wir lassen uns nicht in ein verpestetes Lager verfrachten wie das Vieh. Recht hat er!"

„Nun sei mal stille, mein Freundchen. Niemand hat euch hierher nach Bosnien eingeladen. Niemand hat euch gebeten zu kommen, die EU schon gar nicht. Und so wenig Ihr in Russland das Recht hattet, einfach in Nachbars Haus einzudringen, so wenig habt Ihr das Recht, einfach in andere Länder einzudringen, nur um euren Vorteil zu suchen. Geht doch zurück, wenn euch das hier alles nicht gefällt. Haut doch ab nach Hause. Unser Volk würde euch gerne noch ein paar Brote schmieren für die Rückfahrt. Ist das klar? Hier habt Ihr nur die Alternative: Lipa oder Geld und Pässe abliefern, was Ihr euch alles mit Gewalt genommen habt."

Die beiden Beklagten wurden blass. Doch der Boss wagte noch einen letzten Einwand: „Und unser verwundeter Kamerad? Was wird mit dem?"

Jetzt kam Jan wieder dazu: „Ob es Notwehr war und Unrecht, dass ich auf ihn geschossen habe, weiß ich bis jetzt nicht genau. Aber das weiß ich, dass er jetzt in ein Krankenhaus muss, wo er behandelt werden kann. Dafür stehen sieben von meinen achttausend Euro zur Verfügung. Tausend brauchen wir beide, um wieder nach Hause zu kommen. Und was von den siebentausend übrig bleibt, soll halbe, halbe dem Krankenhaus und einer Organisation zugutekommen die sich um Migranten kümmert. Die Krankenhäuser hier haben es in dieser Zeit bitter nötig. Und die Hilfsorganisationen auch. Pater Ilija wird das Geld verwalten. Er kennt ein Krankenhaus, das darauf eingehen wird. Er wird die Einweisung veranlassen und die Rechnung bezahlen. Und weiß auch eine Hilfsorganisation, der er vertraut. Ihr habt also die Wahl, etwas Gutes für euren verwunden Kameraden, für ein Krankenhaus und für Migrantenhilfe zu tun oder das Geld für wichtiger zu halten und zu verstecken. Aber hattet Ihr nicht eben selber gesagt: Es ist nur Geld?"

Einen Augenblick war Stille. Dann sprachen die beiden auf Russisch miteinander und nickten schließlich missmutig mit dem Kopf. Der Boss aber zog sein Handy, um mit dem Lager zu telefonieren.

„Stopp", sagte Pater Ilija, „wenn du mit deinen Leuten telefonierst, dann sage auch gleich, dass sie den Verwundeten runter zum Waldrand bringen. Da wird ihn ein Rettungswagen in Empfang nehmen und zum Krankenhaus bringen. Dann können die Männer herkommen und Pässe und Geld abliefern. Und Ihr könnt danach mit ihnen wieder in euer Lager, vermute ich jedenfalls."

Dabei sah er fragend den Beamten an.

„Das ist richtig. Wenn der Kranke, Geld und Pässe abgeliefert sind, gibt es keinen weiteren Grund euch hier zu behalten. Und dann kann ich nur hoffen, dass wir uns hier nicht noch einmal wiedersehen. Wenn doch, dann geht es ab nach Lipa."

Der Boss seufzte und übersetzte alles für Zottel. Dann telefonierte er und gab bekannt: „Der Verwundete wird gegen 17.30 Uhr am Waldrand bei der Straße sein und Geld und Pässe werden bis 18 Uhr hier sein. Aber vielleicht werden zweihundert Euro fehlen. Wir mussten ja schließlich schon einkaufen."

„Gut. Zweihundert Euro Rabatt."

Jan nickte Zustimmung.

Inzwischen hatte der Pater mit dem Krankenhaus telefoniert und konnte mitteilen: „Der Rettungswagen weiß Bescheid."

„Danke", sagte der Beamte, „dann ist das ja alles in jeder Hinsicht großzügig geklärt. Bleiben noch Ihre tausend Euro", wandte er sich fragend an Pit. „Was soll damit werden?"

„Die brauche ich dringend. Ich bin ja noch Student und verdiene nichts. Deshalb bitte ich darum, das Geld auf mein Konto zu überweisen, das Ihnen ja vorliegt. Von da ist das Geld. Da soll es auch wieder drauf."

„Tut mir leid", fügte er noch für die ganze Runde hinzu.

„Gut", ergriff der Beamte noch einmal das Wort. „Dann bleiben nur noch die tausend Euro von Frank. Die werden wir auf sein Konto zurück überweisen. Teilen Sie ihm das bitte mit, wenn sie Kontakt mit ihm haben sollten."

„Wird gemacht", sagte Jan. „Aber um Kontakt aufnehmen zu können, braucht man wenigstens ein Handy. Bitte mein Handy!"

Er hielt dem Boss die verbundene Hand hin.

„Du hast eben mit meinem Handy telefoniert. Ich habe es sofort erkannt. Da sind hoffentlich noch alle meine Kontakte drauf und manches andere. Her damit. Oder sollen wir mit dem Messer da nachhelfen?"

Jan deutete auf Zottel und das Messer in der Tüte.

„Und wie sollen wir uns ohne Handy verständigen und im Wald orientieren?", begehrte der Boss auf.

„Die Frage kommt mir bekannt vor. Die haben wir euch auch gestellt, als Ihr mir den Revolver vor die Nase gehalten und mit dem Messer nachgeholfen habt, um dieses Handy in Besitz zu nehmen. Also das Handy her."

Stille.

„Das Handy her!"

Jan wurde lauter.

Widerwillig und auf Russisch fluchend rückte der Boss das Handy raus, das Jan sofort kontrollierte.

„Du hast Glück, mein Freund, dass noch alles drin ist."

„Dann bitte auch mein Handy", sagte Pit und winkte Zottel unmissverständlich zu.

Der hob beide Hände: „Njet. Nitschewo."

„Du kannst das Handy nehmen, das wir heute gekauft haben", sagte Jan zu Pit. „Ihr aber müsst eben zu zweit mit einem Gerät vorlieb nehmen. Das geht auch. Wir mussten in der Wildnis sogar ohne Handy auskommen und sind deshalb statt in Kroatien hier bei Pater Ilija gelandet oder richtiger: Wir sind von ihm und Blacko in Nässe und Dunkelheit aus dem Wald gerettet worden."

„Wer ist Blacko?", fragte interessiert der Beamte. „Jemand, den ich nicht kenne?"

„Mein Hund", antwortete der Einsiedler, „haha."

„Dann zahle ich jetzt gegen Quittung also die Zweitausend Euro aus, die wir Mittwochnachmittag den beiden Betrügern auf frischer Tat abgenommen haben. Was Sie", er wandte sich zu Jan, „damit machen, ist Ihre Sache. Sechstausend behalten wir dann für Pater Ilija, tausend zur Überweisung auf Konto Pit Markert und tausend zur Überweisung auf Konto Frank Uebel. Stimmt es so?"

Alle Beteiligten nickten mit dem Kopf.

„Bleibt nur die Frage, wie wir an unsere Pässe kommen."

Für Pit war das besonders wichtig, weil er sich ja sonst nicht ausweisen konnte.

„Dann müssen wir wohl morgen nochmal herfahren…", überlegte Pater Ilija mit Stirnrunzeln.

„Kommt nicht infrage", erwiderte der Beamte. „Vielleicht noch heute, spätestens morgen früh schicken wir einen Kurier mit den Pässen rüber zu euch. Den Pass von Frank Uebel würde ich euch bitten auch mitzunehmen und ihm auf dem kürzesten Wege auszuhändigen. Ist das möglich?"

Wieder fröhliches Kopfnicken.

Dann fiel dem Beamten noch ein, dass man sich auf der Polizei den Gang zur Bank und die Überweisungen sparen könne. Mit dem Kurier könne auch gleich das Bargeld überbracht werden. Doch Pater Ilija lehnte das dankend ab. Nein, er wolle nicht so viel Bargeld im Hause haben. Lieber Überweisung auf das Konto. Von dort müsse er ja auch die Überweisung für das Krankenhaus tätigen. Er schrieb dem Beamten die Kontonummer auf. Pit aber freute sich auf das Bargeld.

„Dann bin ich doch wieder unabhängig und brauche mir nicht von Jan das Geld pumpen."

Zum Schluss fiel dem Pater noch der Revolver ein, der in seiner Hütte lag und den er gern los werden wollte.

„Kann ich die Waffe auch dem Kurier mitgeben? Ich möchte sie nicht im Haus behalten. Der Schutz des Himmels ist mir lieber."

„Gut. Dann mache ich noch ein Übergabeprotokoll fertig, das du bitte ausfüllst und samt Waffe zurück schickst. In Ordnung?"

„In Ordnung."

Als so alle Formalitäten geklärt und unterschrieben waren – auch der Boss und Zottel mussten ihre Selbstverpflichtung unterschreiben – gingen der Pater, Jan und Pit in bester Stimmung zum Auto.

„Wenn man das alles jemand erzählt, das glaubt ja niemand. Vorgestern in der Nacht noch blutig, durchnässt, ohne Papiere und ohne Geld, den Wölfen ausgeliefert, verzweifelt und irgendwie den Tod vor Augen – und jetzt?"

Pit wollte wieder einen Freudensprung machen, aber besann sich im letzten Augenblick auf seinen Fuß.

„Das sind die kleinen Wunder des Himmels", schmunzelte Pater Ilija, „Gott meint es gut mit euch. Warum auch immer, haha."

„Hoffentlich bleibt es auch so. Auf jeden Fall müssen wir die neuesten Entwicklungen sofort nach Hause melden."

Jan und Pit telefonierten und baten darum, die Konten nicht zu sperren und kein Geld nach Zagreb zu überweisen oder, falls schon geschehen die Sperrung wieder aufzuheben. Und ja, es gehe ihnen gut und die Dinge hätten sich wie ein Wunder für alle zum Besten gekehrt. Und ja, es bleibe dabei, dass sie sich am Samstag oder Sonntag auf dem Heimweg oder in Quarantäne befinden würden. Das wisse man noch nicht genau.

Es war inzwischen gegen 15.30 Uhr geworden.

„Wisst Ihr was", fragte Jan, als sie sich solcherweise fröhlich schwatzend im Auto niedergelassen hatten, „ich lade euch zu einem kleinen Imbiss ein. Wir haben ja seit früh nichts gegessen. Und dann die glückliche Wendung unserer Situation. Pater, du nennst es ein Wunder. Vielleicht hast du auch recht. Auf jeden Fall ist es ein Grund zum Feiern. Ich weiß auch eine passende Lokalität. Na?"

„Gartenlokal an der Una!"

Pit klatschte in die Hände: „Kennst du das Pater Ilija?"

„Ich kenne es. Aber ich bin noch nie drin gewesen. Habe mich immer nicht getraut wegen meiner dreckigen Schuhe, haha."

„Aber heute dürfen wir dich doch einladen?"

„Ihr dürft. Aber denkt daran, dass wir so gegen 17 Uhr in Prlovici sind, wo eine Patientin mich erwartet. Bis dahin sind noch etwa dreißig Minuten Fahrt."

„Gut. Dann haben wir jetzt noch fast eine Stunde."

Der Zufall wollte es, dass draußen im Gartenteil des Lokals unter anderen auch der Tisch frei war, wo sie am Anfang der Woche schon einmal gesessen hatten. Der Kellner brachte auch gleich die Speisekarte, so dass sich jeder etwas aussuchen konnte.

„Und bitte drei Wasser und drei Schoppen vom hiesigen Wein", fügte Jan hinzu.

„Ich bin aber Autofahrer", erinnerte Pater Ilija. „Ich will doch nicht mit einem Schrottauto im Himmel ankommen. Haha."

„Na, einen Schluck wirst du doch vertragen. Wo ist denn hier die Promille-Grenze?"

„Bei 0,3 Prozent. Ich vermute, damit ist genau ein Schluck erlaubt, falls er nicht zu groß ist. Haha."

Einen Schluck musste er mittrinken, als Jan das Glas „auf unseren Retter, Helfer und Freund, unseren Pater Ilija" erhob.

Nachdem dann der erste Hunger gestillt war, erzählte Pit, wie sie hier am Nachbartisch Frank kennengelernt hatten. Wie er ihnen den Tipp mit dem Sockenversteck gegeben habe und wie sie dadurch die Zwanzigeuroscheine und Jan seinen Ausweis gerettet hatten.

„Was wäre denn vorhin auf der Polizei geworden, wenn du dich nicht hättest ausweisen können?"

Jan zuckte die Achseln.

„Keine Ahnung. Mit Sicherheit hätte es alles sehr viel länger gedauert, vielleicht Tage oder Wochen, bis man über uns Erkundigungen eingezogen hätte. Nicht auszudenken."

Pit erzählte weiter, wie sie Frank dann in der Gefangenschaft der Tschetniks wiedergetroffen hatten und wie er ihrer aller Rettung bewerkstelligt hatte.

„Ein feiner Kerl. Auf Frank!"

Pit hob sein Glas und Jan machte es ihm nach, während der Pater ablehnte: „Trinkt Ihr man. Ich kenne ja Frank nicht. Ich freue mich auch so mit euch über diese gute Bekanntschaft, die wohl vom Himmel gefügt war. Ich sag ja, der Himmel meint es gut mit euch. Sonst säßen wir ja jetzt auch nicht hier zusammen. Haha."

Und nun schauten sie wieder wie am Montag auf die Una und erzählten ihrem Retter von dem Projekt, das sie eigentlich hierher nach Bosnien geführt hatte und wie sie am Friedensmarsch teilgenommen und die Bekanntschaft der Bosniaken gemacht hätten und wie dann am Sonntagabend alles schief gelaufen sei, einerseits wegen zu viel Sljivovica, andererseits weil unter dem Einfluss von zu viel Alkohol die tief sitzenden Verletzungen und Rachegedanken bei ihren Gastgebern zu Tage traten.

Auch gegen die Niederländer, die damals vor dreißig Jahren nichts gegen den Völkermord unternahmen.

„Und nun hatten sie zwei Niederländer in ihrer Gewalt und wir mussten ausbaden, was unsere Blauhelme damals versaut haben. Mich haben sie zusammen geschlagen und gefesselt und so sollte ich mit ansehen, wie sie meine Schwester vergewaltigt haben als Rache für die damals von den serbischen Milizen vergewaltigten Frauen. Ich habe zum Glück nichts mitbekommen, erst später begriff ich die ganze Schweinerei."

Schweigen.

„Tut mir leid", sagte Pater Ilija leise.

Ebenso leise fuhr Jan fort: „Zwei Tage später hat meine Schwester Rache geübt und ihre Vergewaltiger und anschließend sich selbst erschossen."

Schweigen, als Jan sich mit dem Handrücken über die Augen fuhr.

„Das tut mir auch sehr, sehr leid", sagte Pater Ilija.

„Seitdem grüble ich, warum ein so gutes Vorhaben, für das wir Geld und Zeit aufgebracht haben, schließlich in Mord und Totschlag geendet ist. Dazu würde ich gern von dir, lieber Pater Ilija mal deine Meinung hören. Nicht jetzt", wehrte er ab, als der Pater etwas erwidern wollte. „Wir müssen gleich los. Aber lass mich noch dies sagen: Wenn ich Gott wäre, Entschuldigung, wenn ich das mal so ausdrücke, dann würde ich die Guten mit ihren Vorhaben fördern und die Bösen stoppen. Dann wäre die Welt ein ganzes Stück besser."

„Vielleicht können wir uns heute Abend noch ein wenig nach getaner Arbeit zusammen setzen und weiter reden, aber du hast recht: Jetzt müssen wir los."

„Entschuldigt, wenn ich jetzt die traurigen Erinnerungen geweckt und damit unsere Freude getrübt habe. Deswegen erhebe ich das Glas auf die gütige Vorsehung oder das Schicksal oder den Himmel in der Freude, dass wir heil durchgekommen und in Sicherheit sind. Prost."

Diesmal stieß auch der Pater mit an, bevor er den Rest seines Schoppens in die beiden anderen Gläser verteilte.

Jan zahlte die Rechnung, sie tranken noch die Gläser aus und dann ging es ab zur Pflichterfüllung im Dorf und in der Klause des Eremiten. Pit musste sich an den Tisch vorm Haus setzen und der Pater zeigte ihm, wie Gemüse geputzt wird, Weißkraut, Porree und Möhren.

„Morgen soll es Gemüsesuppe geben, aber bitte ohne Schmutz, faule Blätter und Würmer. Haha."

Jan aber bat er, soweit es seine immer noch verbundenen Hände zuließen, im Hühnerstall zu helfen. Er solle das verunreinigte Stroh heraus harken und „mit der Karre da auf den Misthaufen rechts hinter dem Ziegenstall bringen." Dann solle er „von da oben", der Pater zeigte auf den etwa zwei Meter hohen Dachboden über ihnen „neue Streu mit der Harke herunter ziehen."

„Ziegen sind saubere Tiere und mögen keinen Schmutz, haha."

Er selber müsse inzwischen die Ziegen melken, „natürlich nur die drei, die ein Euter haben. Haha."

Jan musste auch lächeln. In allem fand Pater Ilija etwas zu lachen. Immer positiv. Immer auf Hoffnung hin. Nie verkniffen und sorgenvoll. Scheinbar nie darauf bedacht, die Welt zu retten, sondern in den kleinen Dingen des Alltags den Moment zu finden, der zum Lächeln, zur Freude Anlass gab. Es war nie das laute Lachen über andere, nie die leise Schadenfreude, sondern immer das Lächeln der Zufriedenheit. Beneidenswert. Ob es nur gespielt war, wie bei so vielen Zeitgenossen? Ob er in unbeobachteten Augenblicken vielleicht ganz anders drein blickte? Nein, es gab ein unbestechliches Zeugnis seiner lächelnden Zufriedenheit. Es war sein Gesicht, das nicht von Sorgenfalten, sondern von den kleinen Augenfältchen des Lächelns geprägt war. Es war auch jetzt präsent, da er halb unter der Ziege saß, die vor ihm auf ein breites Brett hinaufgestiegen war und sich durch seine geschickten Hände vom Druck ihres Euters befreien ließ.

Als alle Arbeit getan war, der große Korb mit geputztem Gemüse auf dem Tisch vor Pit voll und die Ziegen mit sich und dem Stall zufrieden waren, sagte Pater Ilija: „Ich halte zwei Mal am Tag mein Gebet. Morgens um sechs Uhr und abends, je nachdem wie es die Situation erlaubt, vor oder nach achtzehn Uhr. Heute ist es durch die Umstände schon ganz schön später, aber nicht zu spät. Wie ich Gott kenne, nimmt er das nicht übel. Besser später als gar nicht. Haha. Wenn Ihr wollt, könnt Ihr gern dazu kommen. Drei Leute passen gerade so rein in mein Kapellchen.“

„Gerne“, sagte Jan.

„Na ja, warum nicht?“, meinte Pit.

„Ich halte das Gebet in meiner religiösen Muttersprache auf serbisch-orthodox. Ich habe aber auch für Gäste ein paar Blätter in englischer Übersetzung.“

Als der Pater die Tür des ‚Kapellchens‘ aufgesperrt hatte, sahen sie als erstes die große Ikone an der Rückwand, wo Maria das Kind vor sich hielt, so, als wollte sie es allen weitergeben, die die Kapelle betreten. Um sie herum waren andere Ikonen, wahrscheinlich mit Heiligen. Links vor der Ikonenwand stand ein Leuchter mit einer großen Kerze in der Mitte und der Möglichkeit, kleinere Kerzen drum herum anzuzünden. Diese kleineren Kerzen lagen gleich links auf einem kleinen Eckbrett neben der Tür bereit. Rechts vor der Ikonenwand stand ein kleines Pult mit einem Buch darauf. Die Bibel? Ein Gebetbuch? Die beiden religiösen Neulinge konnten nur raten. Auf einem ganz niedrigen Holzklotz vor der Ikonenwand lag noch eine Ikone und vor ihr ein kleiner Teppich. Von oben aus dem kleinen Satteldach hing vor der Ikonenwand ein größeres Kruzifix herab, das an seinem unteren Ende noch einen schräg stehenden Balken aufwies. Durch die kleinen farbigen Seitenfenster fiel ein mystisches Licht in den Innenraum und ließ alle neugierigen oder dummen Bemerkungen verstummen.

Während Jan und Pit gleich rechts und links der Eingangstür stehen blieben, kniete sich Pater Ilija direkt vor ihnen auf dem Teppich hin, bückte sich und küsste die auf dem Holzklotz liegende Ikone. Dann erhob er sich und las in seiner Sprache die Gebete, wie die beiden sie auf Englisch in der Hand hielten. Immer wieder verneigte er sich und wiederholte oftmals ,gospodi pomiluj', was wohl auf ihrem Zettel mit ,Lord, have mercy on us' übersetzt war.

Bei Pit blieb vom Gebet außerdem hängen die Bitte um Vergebung der eigenen Schuld und der Schuld der Völker, sowie der ,Dank für die Begleitung durch diesen Tag'. Ja, was für ein Tag! Da war wirklich aller Grund, dankbar zu sein. Und nun waren seine Gedanken so gefangen von den Ereignissen des Tages und dass er mit seiner klugen Reaktion vor der Kamera des Geldautomaten praktisch die Wende zum Guten eingeleitet hatte, dass er gar nicht merkte, dass das Gebet zu Ende war. Erst als der Pater dann noch einmal auf die Erde niederkniete und sich bekreuzigend erhob und verneigte wurde er durch die eingetretene Stille aus seinen Gedanken gerissen. Das Gebet war zu Ende.

Bei Jan aber, der dem ganzen Ablauf aufmerksam gefolgt war, blieb der eine Satz im Gedächtnis ‚wir sind nicht würdig, denn wir wollen das Gute tun und tun doch das Böse‘. Das war schwer zu verstehen, hatte aber doch irgendwie mit der Realität dieser zwei Wahnsinnswochen zu tun.

Das anschließende Abendessen war wieder einfach aber kräftig. Vom Brot schnitt sich jeder ab, so viel er wollte, dazu Ziegenkäse, ein Ende harte Wurst und ein großer Topf mit Schmalz. Als Getränk gab es Wasser oder Pfefferminztee, je nachdem einer wollte.

Gerade als der Hausherr das Tischgebet gesprochen und sich bekreuzigt hatte, fuhr draußen ein Polizeiauto vor. Der Pater ging zur Tür und hieß den Kurier eintreten. Der übergab wie vereinbart die drei Pässe und die tausend Euro für Pit, der auch den Pass von Frank an sich nahm. Pater Ilija aber übergab gegen Quittung den Revolver. Sie unterschrieben alle den Empfang und Jan erkundigte sich noch nach Pelzmütze, also ob der Verwundete im Krankenhaus angekommen sei.

„Ja, soweit ich weiß, hat auch das alles geklappt und der Notarzt hatte gleich festgestellt, dass keine lebensbedrohliche Situation vorlag, aber die Kugel unbedingt aus der oberen Brusthälfte heraus operiert werden müsse. Das soll morgen geschehen."

„Da bin ich doch sehr erleichtert", sagte Jan, als der Kurier sich wieder verabschiedet hatte, „das lag mir doch schwer auf der Seele. Nun wird mir das Abendessen noch besser schmecken." Und schnitt sich einen großen Kanten Brot ab.

„Nun können wir nur hoffen", rundete Pit das Thema ab, „dass wir Pässe und Geld sicher auf die andere Seite der Grenze kriegen und uns nicht als Schmuggler oder Grenzverletzer in einem bosnischen Gefängnis wiederfinden. Nach den Ereignissen der letzten Wochen ist ja alles möglich. Dann schieben wir aber alles auf dich, lieber Pater Ilija."

„Tut das, ich habe breite Schultern. Haha. Übrigens macht unsere Seite kaum Grenzkontrollen. Wir wären ja froh, wenn wir die Migranten los sind. Es ist einfach zu viel für unser geschundenes Land."

Nach dem Abendessen brachten sie gemeinsam die Küche in Ordnung. Dann kümmerte sich Pater Ilija als Rettungssanitäter noch einmal um die Blessuren seiner Gäste und stellte fest, dass Jans Hände schon gut am Heilen waren.

„Wir lassen für heute Nacht die Verbände weg. Frische Luft ist für den Wundheilungsprozess immer am besten. Aber beim Unkrauthacken wirst du morgen noch nicht helfen können. Die Haut ist noch zu dünn. Da muss ich mir überlegen, wie du dich ohne Hände trotzdem nützlich machen kannst. Vielleich mit den Füßen graben, wie die Maulwürfe? Haha."

„Mit den Füßen kann ich auf jeden Fall laufen oder auch Radfahren, jawohl, ich fahre morgen früh ins Dorf zum Bäcker und hole die Brötchen. Na klar, das mache ich!"

„Brötchen gibt es bei mir aber normalerweise nicht. Einerseits ist mir das Holen zu aufwendig und andererseits würde das meine Kasse überfordern", wandte der Einsiedler ein.

„Dann ist morgen und natürlich auch übermorgen eben mal eine Ausnahme. Und sagen wir es mal so: Niemand kann mir verbieten morgen früh mit meinem Geld Brötchen zu kaufen. Und dich laden wir ein, an unseren Brötchen teilzuhaben. Okay? Dann brauchst du kein schlechtes Gewissen zu haben. Haha."

„Haha. Du hast gewonnen. Haha."

Sein Lachen war herzlich und ehrlich, wie immer.

Pit bestätigte dann, dass sich sein Fuß durch die Ruhe der letzten zwanzig Stunden schon merklich gebessert habe und er sich vorstellen könne, morgen Vormittag die Hacke zu schwingen.

„Aber ich habe das auch noch nie gemacht."

„Keine Angst. Wer Gemüse putzen lernt, der lernt auch Unkraut hacken. Es geht nur darum, die richtigen Pflanzen stehen zu lassen und die weg zu hacken, die ihnen das Licht und die Nahrung nehmen wollen. Wenn nach deinem Hacken keine Pflanze mehr steht oder nur noch das Unkraut steht, dann hast du was falsch gemacht. Haha. Aber keine Angst, ich pass schon auf."

Die andere Wange auch hinhalten

Nachdem alles erledigt war und weil draußen noch solch ein schöner warmer Sommerabend lockte, ließen sie sich vor der Tür an dem Tisch nieder, wo vorhin noch der große Gemüseberg Pits Säuberungsaktion über sich ergehen lassen musste. Pater Ilija stellte ein Windlicht auf den Tisch „denn es wird ja bald dunkel" und „zur Feier des Tages" eine Flasche „Schwarze Johanna, von meinen eigenen Beeren" samt drei Gläschen. Man merkte ihm die Freude an, seinen Gästen etwas Gutes vorsetzen zu können.

Er schenkte allen ein und erhob sein Gläschen: „Im Neuen Testament der Bibel heißt es einmal, jedenfalls so ungefähr, dass es Engel sein könnten, die uns der Himmel schickt (Hebr 13,2). So erhebe ich mein Gläschen auf euch als liebe Gäste, die mir der Himmel gesandt hat, vielleicht als Engel, haha, als seine Boten. Prost!"

„Also Engel würde ich mir anders vorstellen, so mit Flügeln und nicht so alltäglich wie Jan und ich, so mit Hinkefuß und ver-

bundenen Händen, nee, mit Engeln haben wir nichts gemeinsam."

„Vorsicht! Gottes Engel haben nicht immer Flügel, jedenfalls
nicht auf dieser Erde. Engel heißt ja nichts weiter als Bote Gottes. Und ob Ihr oder jemand anders für mich Engel wart oder
seid, ob Ihr also Boten Gottes wart oder eine Botschaft an mich
wart, das weiß man sowieso meistens erst hinterher. Also abwarten und Tee trinken. Oder Schwarze Johanna. Haha. Prost."

„ Prost."

„Hast du schon solche Engel oder Boten in Menschengestalt
erlebt?"

„Ja, habe ich. Aber dazu müsste ich meine Geschichte erzählen.
Wollt Ihr sie hören?"

„Aber gewiss doch. Schließlich sind wir, und da spreche ich
sicher auch für Pit, noch nie einem Engel, aber auch noch nie
einem Eremiten oder Einsiedler begegnet. Auch noch nie solch
einem religiösen Menschen wie dir. Stimmt`s Pit?"

Der nickte und fügte hinzu: „Jedenfalls nicht in Berlin. Aber hier
in Bosnien schon. Denk doch mal an Ratko."

„Wer ist Ratko?"

„Der ist unser Verbindungsmann für den hiesigen Naturschutz,
wohnt oben in Tuzla", antwortete Jan. „ Ja, der ist auch sehr
religiös. Das haben wir gleich gemerkt. Der hat uns durch die
schwere Woche mit Krankenhaus, Suizid und Beerdigung meiner Schwester hilfreich zur Seite gestanden und dann nach
Sarajewo gebracht, damit wir dort eine Zugverbindung in Richtung kroatische Grenze finden. Übrigens hat er sich am Sonntagabend dann noch mal telefonisch gemeldet, dass er plötzlich ins Krankenhaus müsse. Wegen Covid-25, ja. Wie mag es
ihm wohl gehen?"

„Ruft doch gleich mal an. Es ist ja noch nicht Schlafenszeit."

„Du hast recht. Ich habe ja zum Glück mein Handy wieder und da muss auch Ratkos Nummer drin sein. Warte mal... Ja. Hier. Ich stelle mal laut."

Er telefonierte und musste eine Weile warten. Dann meldete sich eine Stimme: „Hallo? Wer ist da?"

„Hallo Ratko. Wir sind es, Jan und Pit. Wir wollten mal hören..."

„Ich bin nicht Ratko. Ich bin der Sohn. Mein Vater ist..., ist vor zwei Tagen verstorben. An Corona. Ganz plötzlich."

Man merkte der Stimme an, dass sie mit den Tränen kämpfte.

„Nein!"

„Doch. Leider. Es ging ganz schnell."

„Das tut uns aufrichtig leid. Wir sind aus Amsterdam und Berlin und waren durch Greenpeace mit ihm bekannt geworden. Wir wollten uns für seine Hilfe in schwierigen Tagen bedanken. Er ist, äh, er war ein feiner Kerl. Unsere herzliche Anteilnahme an die ganze Familie."

„Danke."

„Aufgelegt."

„Das ist doch schrecklich. Was ist denn hier los?", ereiferte sich Jan. „Das kann doch nicht sein, so plötzlich. Und dass immer die Guten sterben und..."

„Halt mal inne", bremste ihn der Eremit. „Ich weiß, dass du alles besser machen würdest an Gottes Stelle, aber du bist nicht an Gottes Stelle."

Er hatte diesmal ein ganz sanftes, väterliches Lächeln.

„Kommt. Unsere Stelle ist woanders."

Er erhob sich und sie folgten ihm zu dem Kreuz, das frei am Rande des Hofes stand. Dort kniete er auf dem Stein nieder und betete: „Heiliger, dreieiniger Gott, erbarme dich über deinen Diener Ratko. Vergib ihm um des heiligen Blutes deines Sohnes Jesus Christus willen alle seine Sünden und nimm ihn auf in dein ewiges Reich. Dort möge er mit allen Heiligen und

Erlösten auch für uns beten, dass wir Gnade finden am Tag unseres Abscheidens aus dieser Welt und schauen dürfen, was wir geglaubt haben. Lehre uns durch den Heiligen Geist bedenken, dass wir sterben müssen, auf dass wir klug werden. Amen."

Er stand auf, verneigte und bekreuzigte sich.

Dann gingen sie still wieder zu ihrem Platz.

„Wenn Ratko fromm und gottesfürchtig gelebt hat, wie Ihr es vorhin bezeugt habt, dann ist er jetzt bei Gott und ‚schaut mit Augen voll Licht in unsere Augen voll Trauer‘, wie einer der Kirchenväter gesagt hat. Es gibt deshalb keinen Grund, in Trauer zu versinken. Er wird vielmehr für euch beten, dass auch Ihr an das ewige Ziel kommt. Auf Ratko!"

Damit hob er wieder sein Gläschen.

„Auf Ratko."

„Auf Ratko."

Merkwürdig. Durch dieses Gebetsritual und die weiteren Worte des Paters war alle innere oder äußere Opposition gegen das vermeintlich falsche Handeln Gottes zum Schweigen gekommen. Frieden hatte sich ausgebreitet über diesen weltvergessenen Hof. Im Schein der untergehenden Sonne zogen oben noch die Schwalben ihre letzten Kreise und hier unten suchten die Hühner ihren Stall auf. Das letzte Meckern einer Ziege war noch zu hören, während Blacko sich dicht neben ihnen an der warmen Hausmauer ausstreckte.

Der Hausherr goss noch einmal die drei Gläschen voll. Dann begann er zu erzählen.

„Meine persönliche Geschichte hängt eng mit der Geschichte der hiesigen Balkanvölker zusammen. Also bevor ich meine eigentliche Geschichte erzähle, muss ich auch etwas zur Vorgeschichte sagen. Keiner von uns kann sich ja aussuchen, in welcher Zeit wir geboren werden, sondern wir müssen die Zeit nehmen, wie sie nun einmal ist. Alle werden wir geprägt von der Geschichte, die ohne unser Zutun einfach da ist samt unsern Eltern und anderen Vorfahren. Also erst mal ein paar Worte zu meiner Vorgeschichte. Ich bin Jahrgang 1975 und aufgewachsen in einem kleinen Dorf in der Nähe von Bosanski Novi, wo heute noch meine alte Mutter und mein Bruder mit seiner Familie leben. Deshalb kenne ich mich da auch an der Una ganz gut aus. Haha. Aber das lassen wir mal für übermorgen. Also meine Familie war durch und durch serbisch geprägt. Der christliche orthodoxe Glaube spielte dabei nur eine Nebenrolle zur Legitimation des serbischen Nationalbewusstseins. Meine Eltern hingen an der alten Zeit des Königreichs Jugoslawien. Von daher waren sie königs- und kirchentreu eingestellt. Dazu muss man wissen, dass die politische und mentale Landschaft hier auf dem Balkan bis heute durch vier große weltpolitische Umwälzungen geprägt ist, in die unsere kleinen Völker hineingezogen wurden. Die erste große Umwälzung war der Zerfall des osmanischen Reiches, der in den Balkankriegen am Anfang des zwanzigsten Jahrhunderts seinen sichtbaren Ausdruck fand. Unsere Völker, die Bulgaren, Serben, Kroaten, Slowenen, Bosnier und so weiter schafften es, die Türken für immer vom Balkan zu vertreiben. Aber dann gingen die Kriege und das Gemetzel untereinander los. Jeder wollte vom großen Kuchen türkischer Hinterlassenschaft ein möglichst großes Stück abhaben. Eine besondere und oft genug unrühmliche Rolle spielten dabei die sogenannten Tschetniks."

„Was? Damals schon? Waren das auch tschetschenische Flüchtlinge?"

„Nein, nein, dass Ihr eure Tschetschenen da im Wald abgekürzt als Tschetniks bezeichnet, das hat mit den damaligen Tschetniks auf dem Balkan nichts zu tun. Na ja, vielleicht doch ein wenig, vom Wesen her. So wie eure Tschetschenen ohne jegliche staatliche Kontrolle gewissermaßen als Freischärler agieren, so war das mit den Tschetniks damals auch. Nur dass diese jeweils für ihre nationalen Interessen kämpften, eure Tschetniks aber nur für die eigenen Interessen. Ihr habt es ja gemerkt. Haha."

„Also bleiben wir dabei, dass wir es mit Tschetniks zu tun hatten."

„Meinetwegen. Aber zurück zu den Tschetniks oder Milizen vom Balkan. Die galten in ihren Völkern oft als wahre Patrioten und Helden, auch wenn sie in Wirklichkeit beim Gegner gemordet und gebrandschatzt haben. So rühren schon aus jener Zeit viele gegenseitige Verletzungen und Misstrauen her, was durch spätere Ereignisse noch verstärkt wurde.

Die zweite große Umwälzung war der erste Weltkrieg beziehungsweise der Zusammenbruch der großen Monarchien, die vorher auf dem Balkan mitgemischt hatten: der russische Zar, der Sultan von Istanbul, die Habsburger, der deutsche Kaiser. Nach dem Krieg gab es die alle nicht mehr. Ein Hauch von Freiheit lag über dem Balkan. Und gewarnt von den gegenseitigen Verletzungen vor dem Krieg fanden die Völker des Westbalkan diesmal im Königreich Jugoslawien zusammen.

Da dieses Königreich aber durch den König von Serbien dominiert wurde, brachen bald die alten Rivalitäten wieder auf, die sich beim Einmarsch der Deutschen im zweiten Weltkrieg mit Wucht wieder Bahn brachen. Diesmal waren es besonders die kroatischen Ustascha-Brigaden, die mit den Nazis gemeinsame Sache machten und Hunderttausende Serben ermordeten und ihre Kirchen verbrannten. Zehntausende Juden und Roma wurden in einem eigenen KZ umgebracht. In meiner Familie gehörten beide Großväter zu den Opfern des Ustascha-Terrors. Mit dem Sieg über Hitlerdeutschland kam die dritte große Umwälzung auch auf den Balkan. Diesmal war es nur eine

Großmacht, die hier hinter den Kulissen diktierte, wo es lang geht, die kommunistische Sowjetunion. Die kommunistischen Partisanen hatten zwar unter ihrem General Tito für Serbien und das neu entstehende Jugoslawien durch ihren Widerstand gegen die deutschen Besatzer eine gewisse Eigenständigkeit bewahrt, aber im Ganzen war die Zeit nach dieser dritten großen Umwälzung eben durch die kommunistische Diktatur geprägt. Kein Wunder also, dass ich aufwuchs mit der wehmütigen Erinnerung an ‚die gute alte Zeit des serbischen Königshauses' zwischen den Kriegen und mit den Erinnerungen an die Gräueltaten der Kroaten, mit denen man jetzt notgedrungen friedlich zusammen leben musste. Meine Vorbilder waren die königstreuen Tschetniks, die es auch unter meinen Vorfahren gegeben hatte.

Dann kam die vierte große Umwälzung: der Zusammenbruch des Kommunismus oder wie Ihr im Westen sagt: die Wende. Und mit der Wende die große Freiheit, auf die hier kein Volk vorbereitet war. Vielleicht noch die Slowenen durch ihre starke österreichische Prägung. Bei uns anderen aber brach im sogenannten Bosnienkrieg alles wieder auf, was durch die kommunistische Herrschaft lange mit Gewalt unterdrückt war: der Ustascha-Geist bei den Kroaten, der Geist der Dominanz bei uns Serben und der muslimische Geist als Vorposten Allahs in Europa bei den Bosniaken. Letztere wurden freilich von außen angestachelt, vom Geist des Dschihadismus, der ja inzwischen überall auf der Welt sein Unwesen treibt. Und jetzt beginnt meine persönliche Geschichte.

Im März 1992 kam ein Dorfbewohner aufgeregt von einer Hochzeitsfeier aus Sarajewo zurück und erzählte, wie ein anwesender Kommandeur der bosnischen Armee, ein Bosniake, also ein Muslim, während der Feier einen serbischen Hochzeitsgast erschossen und den serbisch-orthodoxen Priester angeschossen habe. Begründung: sie hätten serbische Fahnen geschwenkt. Diese Nachricht verbreitete sich natürlich schnell durch alle Regionen mit serbischer Bevölkerungsmehrheit und schien alle Befürchtungen, dass sie unter muslimischer Dominanz ihres Lebens nicht sicher waren, zu bestätigen. Es war der Funke, der das so schon durch Gerüchte und lang gehegte Vorurteile aufgeheizte Stimmungsfass zum Überlaufen brachte. Mein älterer Bruder meldete sich sofort zur Fahne und ich, der ich ja erst siebzehn Jahre alt war, flehte meine Eltern an, es ihm gleich tun und in die Tradition der Tschetniks eintreten zu dürfen. Denn in der Tat waren wir ja Freischärler, die sich für ein freies Serbien und gegen die offizielle bosnische Armee erhoben. Die noch bestehende und widerrechtlich in Bosnien agierende jugoslawische Volksarmee versorgte uns mit schweren Waffen, Lebensmitteln und Material. Ich wurde zwar an Handfeuerwaffen ausgebildet, wegen meiner Jugend aber zunächst zu einer Versorgungseinheit gesteckt. Ich musste die Gulaschkanone am Kochen halten und dafür sorgen, dass die kämpfende Truppe etwas zu essen hatte. Schon im April konnten wir die Belagerung Sarajewos beginnen, nicht ahnend, dass sie vier Jahre andauern sollte und dass am Ende NATO-Bomben auf unseren Belagerungsring fallen würden. Wir hatten überhaupt keine Vorstellung, worauf das Ganze hinaus laufen sollte, sondern waren einfach nur begeistert, einer guten Sache, sprich dem Schutz unserer Familien und unserer orthodoxen Kirche, sowie der Ehre unserer serbischen Nation dienen zu dürfen. Die Erfolge der ersten Monate – wir hatten fast drei Viertel von Bosnien unter unsere Kontrolle gebracht – steigerte noch unsere Begeisterung und die Anstrengungen meiner Gulaschkanone.

Dann aber geschah das, was bei den Freiheitskriegen auf dem Balkan immer geschah: zuerst ist man sich einig im Kampf gegen einen Hauptfeind – in userm Fall gemeinsam mit den Kroaten gegen die Bosniaken – dann kommt die Phase ‚jeder gegen jeden'. So war es nun wieder. Jede im Land ansässige Bevölkerungsgruppe fing an, die von ihnen mehrheitlich bewohnten Regionen von den anderen Ethnien zu säubern. Die Folge: endlose Flüchtlingstrecks zogen durch das Land, wehrlos ausgeliefert den serbischen Tschetniks oder den kroatischen Ustaschas oder den muslimischen Dschihadisten und Al-Qaida Leuten, die inzwischen zu Tausenden aus vielen islamischen Ländern ins Land geströmt waren, um Bosnien als Bollwerk und Sprungbrett des Islam in Europa zu festigen. Diese Dschihadisten waren auf ihre Weise auch Tschetniks – übrigens waren da damals auch schon Tschetschenen dabei – und agierten zunächst völlig unabhängig vom bosnischen Militär und Staat, ganz auf eigene Faust. Ihr Ziel war: Christen töten und Europa dem Islam unterwerfen."

Pater Ilija machte eine kleine Pause. Dann fuhr er fort: „Eines ihrer Opfer war unser Vater. Er hatte in Banja Luka zu tun, der heutigen Hauptstadt der serbischen Teilrepublik, der Republika Srpska, als er auf dem Rückweg von einem Trupp Mudschaheddin überfallen und enthauptet wurde. Bis heute findet man Skelette ohne Köpfe, alles Opfer dieser ausländischen Dschihadisten, nicht der Bosniaken."

Wieder Schweigen.

Für meinen Bruder und mich bedeutete das „Rache. Rache für unsern Vater an den Muslimen. Und Rache für unsere Großväter an den Kroaten.!"

„Dass auch wir Serben Massaker anrichteten, das blendeten wir aus. Das waren immer nur ‚Reaktionen'. So war es natürlich auf allen Seiten der Fronten. Jeder lärmte an seinem Lagerfeuer über das Böse, das ‚die anderen' getan hatten. Und ich immer mit. Ich war dann auch bei den Milizen dabei, die unter dem Kommando von Ratko Mladic in die Schutzzone Srebrenica einmarschierten. Gott hat mich bewahrt, dass ich nicht zu den Erschießungskommandos eingeteilt wurde, sondern ‚nur' – in Anführungsstrichen – mit dafür zu sorgen hatte, dass alle, aber auch ‚wirklich alle Gefangenen' abtransportiert wurden. Wir ahnten, dass dieser Abtransport nicht gut ausging, aber dass am Ende an achttausend Jungen und Männer erschossen wurden, das mussten wir, zumindest ich, dann doch erst mal verdauen. Die Kriegsbegeisterung war ja längst verflogen, jetzt im vierten Kriegsjahr. Und da abzusehen war, dass es keinen Sieger gab, wurde die Frage, wann denn endlich Schluss sei mit dem ganzen Mord und Totschlag, immer lauter. Auch diese ewigen gegenseitigen Vertreibungen waren ja ein Irrsinn. Ich selbst war im Sommer 95 noch dabei, als wir Tausende Bosniaken und Kroaten aus Bosanski Novi vertrieben und dafür ebenso viele vertriebene Serben aufnahmen. Ich sage mal so: Viele von uns wachten langsam aus ihrer Rachetrunkenheit auf und waren dann in gewisser Weise dankbar, als der Vertrag von Dayton dem ganzen Wahnsinn ein Ende machte. Hinzu kam, dass wir alle nun auch Tote und Verwundete aus dem eigenen Umkreis zu betrauern hatten. Auch mein Bruder war schwer verwundet, kam aber durch."

Pater Ilija machte wieder eine Pause.

„Dann hast du das alles miterlebt, was wir neulich beim Friedensmarsch nur als Erinnerung wahrnahmen", resümierte Jan.

„Na ja, nur Erinnerung war es auch wieder nicht, wenn du mal an unsere missglückte Party denkst. Da wurde die auf jene Ereignisse folgende Rache wieder sehr konkret, gerade auch gegen euch Niederländer, nach dreißig Jahren!", korrigierte Pit.

„So ist es", nahm der Eremit und ehemalige serbische Tschetnik den Faden wieder auf. „Rache hört nie auf. Manchmal schläft sie, aber durch irgendeinen Umstand wacht sie wieder auf und alles geht von vorne los. Das steckt ja auch in dem bösen Sprichwort ‚vergeben kann ich, vergessen nie'. Das ist doch kein wirkliches Vergeben, sondern die versteckte Drohung: wehe, du benimmst dich nicht gut, dann ist meine Rache fürchterlich. Siehe unsere ganze Geschichte auf dem Balkan, im Großen wie im Kleinen."

„Und was machst du dagegen?" fragte Jan. „Man muss doch was dagegen tun. Man muss doch diesen Kreislauf der Rache durchbrechen können und sagen ‚Schluss damit'. Ich hätte das Anna auch gesagt. – Wenn sie auf meinen Rat gewartet und gehört hätte."

„Na ich weiß nicht, ob dir das gelungen wäre. Bei mir ist es ganz anders gelaufen."

„Erzähle. Das wollen wir nun endlich hören. Das hängt doch bestimmt mit deinem Einsiedlerdasein hier zusammen."

„So ist es. Noch ein Gläschen?

„Gerne."

„Als der Krieg zu Ende war, war das Land zerstört, voller neuer Gräber und Gräben zwischen den verschiedenen Ethnien. Die Wirtschaft lag am Boden. Die Jugend ging weg. Auch meine beiden Schwestern. Die eine ging nach England, meine jüngere Schwester nach Berlin. Von dort erhielt ich Nachricht, dass sie eine Arbeit und eine Wohnung gefunden habe und es wäre da noch eine Liege übrig für mich – wenn ich wolle. Ich wollte. Mein Bruder war von seiner Verwundung genesen, gründete eine Familie und blieb bei Mutter auf dem Hof. Da sind sie bis heute und manchmal besuche ich sie.

Ich ging nach Berlin, wo ich nach einigen Gelegenheitsarbeiten eine Ausbildung zum Rettungssanitäter absolvierte und ‚deutsche Sprache, schwere Sprache' lernte. Haha. Mittelpunkt des gesellschaftlichen Lebens der Serben war die vor ein paar Jahren neu erworbene ehemals evangelische Friedenskirche, jetzt dem Hl. Sava geweiht. Dazu gehörte auch ein Gemeindesaal. Hier traf man sich, sei es zur Hl. Messe oder anderen Veranstaltungen, um Kontakt mit Landsleuten zu haben, heimatliche und nationale Gefühle auszutauschen, sich die Wunden zu lecken über die Verluste und Demütigungen zum Ende des Bosnienkrieges. Und natürlich beklagte man sich auch über den schlechten Leumund, den wir in deutschen Medien hatten, so als wären wir ein ganz böses Volk, bloß weil wir den Kosovo nicht freiwillig und mit Freuden abgegeben haben, wo wir doch vor Jahrhunderten in der Schlacht auf dem Amselfeld die Invasion der Türken gestoppt hatten. Ja, da fühlte auch ich mich verstanden und in meiner serbischen Identität bestätigt."

„Darf ich mal was fragen?"

Mit Jan meldete sich der Geschichtslehrer.

„Ja. Bitte."

„Dann war also der Kosovo damals schon serbisch?"

„Ja, natürlich. Beim Amselfeld lag auch die damals größte serbische Stadt: Novo Brdo, eine Bergarbeiterstadt. Das serbische Fürstengeschlecht der Brancovici regierte dort. Das war serbisch. Und jene Schlacht gegen die Türken wurde zu einem nationalen Mythos für die serbische Identität. Wir Serben als die, die immer tapfer für unsere Heimat und unseren orthodoxen Glauben kämpften. Damals gegen die Türken, dann hundert Jahre lang gegen die Osmanen, im ersten Weltkrieg gegen die Achsenmächte, im zweiten Weltkrieg gegen die deutsche Besatzung. Meistens waren wir das einzige Balkanvolk, das sich trotz großer Verluste den Invasoren widersetzte und sich nicht bei ihnen anbiederte."

„Verstehe. Von daher die Bitterkeit über den Verlust des Kosovo."

„Ja, so ist es. Doch zurück von der großen Historie zu meiner kleinen persönlichen Geschichte in Berlin. Es war bei einer

Zusammenkunft in der Sonntagsschule im Jahr 1997 nach der Heiligen Messe. Ein Priester sprach zu uns über die Worte Jesu: ‚Du sollst deine Feinde lieben'. Er führte zunächst aus, dass dieses Gebot in gewisser Weise von allen Menschen, unabhängig vom Glauben, beherzigt werden könne. Zum Beispiel, wenn der Mensch, der mir übel mitgespielt hat, durch einen Verkehrsunfall schwer verletzt am Boden liegt, dass ich dann nicht sage ‚geschieht ihm recht' oder vielleicht sogar noch auf ihn drauf trete. Sondern dass ich den Krankenwagen rufe und ihm aufhelfe. Das tut so nicht jeder, aber es kann vom Prinzip her jeder tun. Es liegt in unseren menschlichen Möglichkeiten, meinen inneren Schweinehund zu überwinden und großmütig zu sein, egal ob du ein Christ, ein Muslim oder ein Nichtgläubiger bist. Das leuchtete mir ein. Und ja, ich würde auch einem Kroaten oder Muslim gegenüber großmütig sein, beschloss ich. Doch dann kam der Hammer. Denn diese Rede von Jesus geht ja noch weiter, wo er sagt ‚wenn dich einer auf die eine Wange schlägt, dann halte ihm die andere auch hin' (Lk 6,29). Der Priester führte dazu aus, dass mit diesem Wort nun eine Grenze überschritten wird, wo der normale Mensch nicht mehr mitmacht, egal ob Christ oder Muslim oder Nichtgläubiger. Denn das wäre ja gegen jede Vernunft und würde die uns zugefügte Bosheit geradezu gut heißen. Man wäre ja ein Depp, wenn man so etwas macht. Deshalb ist es unter den Menschen, egal welcher Couleur, so, dass ich, wenn mich einer mit Worten oder Händen schlägt, mit Worten oder Händen zurück schlage oder ihn beschimpfe oder wenigsten davon laufe. Die andere Wange auch noch hinhalten? Niemals! Bis dahin war ich mit den Ausführungen des Priesters voll einverstanden. Wir Serben haben ja gerade an diesem Punkt unseren besonderen Stolz.

Doch der Priester war noch nicht am Ende. Er sagte, dass, was bei uns Menschen unmöglich sei, nämlich die Selbstauslieferung an das Böse, bei Gott eine Realität sei. In Jesus Christus habe sich Gott selbst an die Menschen ausgeliefert, die ihn mit Worten oder Taten, verleumdet, gehasst und geschlagen haben, aber auch an die ausgeliefert, die ihn verleugnet, verraten und verlassen haben. Niemand hatte ihn nach Jerusalem ausgeliefert, nein, er selbst hatte sich denen ausgeliefert, die darauf lauerten, ihn anzuklagen und zu töten. Denn er wusste, nur durch solches Opfer war die Spirale des Bösen zu durchbrechen. So ging er freiwillig, hielt die andere Wange auch hin und empfing Schlag um Schlag. Und die Schläge des Hammers vom Kreuz, führte der Priester aus, hallen nun durch die Jahrtausende und sagen uns: Wenn Ihr den Teufelskreis von Wort und Widerwort, von Mord und Totschlag, von Auge um Auge, von Rache um Rache beenden wollt, dann geht das nicht mit großen Appellen, nicht mit gutem Willen allein, nicht nur mit Gesetzen und Sanktionen. Mit all dem könne man Rache und Gewalt zwar eindämmen, aber den Teufelskreis durchbrechen und beenden, das ginge nur, wenn Menschen den Ruf Christi ,folget mir nach' ernst nehmen. Das hieße bis in die letzte Konsequenz, bereit sein, sich auszuliefern und mein persönliches Opfer zu bringen, das Opfer meiner Rechthaberei, das Opfer, scheinbar ein Schwächling und Verlierer zu sein, das Opfer, mich zu demütigen und als erster um Vergebung zu bitten, das Opfer von Hab und Gut und vielleicht sogar das Opfer des eigenen Lebens.

Und dann sprach der Priester uns Serben ins Gewissen. Wir seien tapfere Patrioten, sagte er, aber es wäre an der Zeit, dass wir auch tapfere Christen werden und Jesus auf dem Weg der Feindesliebe folgten. Er kämpfte nicht mit Waffen aus Eisen, sondern mit den Waffen der Liebe, die sich hingibt bis in den Tod. Er sei kein Pazifist, sagte der Priester weiter. Jeder Staat brauche Waffen, um die Bösen im eigenen Volk in Schach zu

halten und Angreifer von außen abzuwehren. Aber in jedem Staat, auch in Serbien und auf dem ganzen Balkan brauche es Christen, die die größere Tapferkeit erwählen und Christus folgen auf dem Weg der Hingabe und des Gebets für Freund und Feind. Fangt an, rief er, für eure Feinde zu beten, dass es ihnen gut gehe, dass sie Glück haben und Frieden. Fangt an, um Vergebung zu bitten für das, was Ihr euren wirklichen oder vermeintlichen Feinden angetan habt. Denn auch wir haben uns in den mancherlei Kriegen schuldig gemacht, haben auch im Bosnienkrieg vergewaltigt und getötet. Fangt an, um Vergebung zu bitten für all die bösen Worte und Taten, die Ihr in euren ganz persönlichen Kriegen verschuldet habt, in euren Familien, in euren Ehen, Euren Nachbarschaften und da, wo Ihr als Soldaten hingestellt wart oder wo Ihr vielleicht heute arbeitet. Bittet um Vergebung ohne den Vorbehalt ‚wenn die anderen das auch tun'. Einfach so, aus Liebe zu denen, für die Ihr bittet. Vielleicht würden wir dann das werden, wozu wir bestimmt sind: ein Sauerteig der Versöhnung unter den Menschen. Doch ohne persönliche Opfer gebe es keine wahre Liebe, keine echte und vorbehaltlose Versöhnung. Zum Schluss rief er: „Werdet mutig, Christus zu folgen und die andere Wange auch hinzuhalten. Ohne Christus könnt Ihr das nicht! Aber mit Christus könnt Ihr alles!"
Stille.
„Für mich", fuhr der Pater fort, „waren diese Worte wie ein Donnerschlag, wie das Nachhallen jener Hammerschläge vom Kreuz Christi. Ich kannte die Jesusgeschichten von klein auf, aber zum ersten Mal vernahm ich seine Stimme ‚folge mir'. Ich kannte natürlich auch seinen Ruf zur Feindesliebe, aber zum ersten Mal begriff ich, dass das nicht nur gut gemeinte Träumerei war, sondern allerhöchste Notwendigkeit, wenn man etwas gegen den Kreislauf von Rache und Vergeltung tun will.

Ihr habt mich vorhin gefragt, ob man nicht etwas dagegen tun müsse. Damals habe ich für mich persönlich verstanden, was ich tun musste: mich persönlich ausliefern an meine Feinde. Die andere Wange auch hinhalten. Und jener Priester war der Engel, der Bote Gottes für mich ganz persönlich."

„Und wie hast du das praktisch gemacht? Ich meine, du lebst doch hier gewissermaßen als Bauer, ein bisschen einsam, das ist wahr. Aber was hat das damit zu tun, die andere Wange auch hinzuhalten? Mir sind alle diese Worte und Gedanken sehr fremd. Aber ich kann auch nicht erkennen, was das mit deinem Leben hier zu tun hat. Dass du betest, sehen wir. Aber das tun die Gläubigen vermutlich alle. Aber sonst? Wo und wofür hältst du die andere Wange wem hin?"

„Ich denke, Pater Ilija ist noch nicht ganz fertig mit seiner Geschichte", stoppte Jan die von Pit geäußerte Skepsis des typischen Ossi, der ohne jede Religion groß geworden war.

„Du hast recht. Der Schluss meiner Geschichte ist schnell erzählt. Während der Ruf ‚folge mir' in mir bohrte und ich mit neuem Eifer die Sonntagsschule besuchte, machte ich natürlich auch meinen Abschluss als Rettungssanitäter fertig. Ich arbeitete dann noch eine Weile in diesem Beruf, bevor ich für ein Jahr zu meiner Schwester nach England ging –damals war noch kein Brexit – um mich dort beruflich und sprachlich weiter zu bilden. Außerdem war es mir eine Freude, Onkel zu sein für Neffe und Nichte, denn meine Schwester hatte dort geheiratet. Aber im Jahr 2000 war der Entschluss in mir gereift, dem göttlichen Ruf zu folgen. In jenem Jahr gedachte die Christenheit daran, dass Gott vor zweitausend Jahren die Zeit für gekommen hielt, sich auf den Weg zu den Menschen zu machen, um sie mit seiner selbstlosen Hingabe von ihrer Friedlosigkeit zu erlösen. Ich wollte ihm nun gehorchen und seinem Weg folgen. In Bosnien suchte ich ein einsames, verlassenes Grundstück bei den Bosniaken, also nicht im heimatlichen, serbischen Gebiet! Nein, hier, mitten unter den ehemaligen Feinden. Solch ein Anwesen war nicht schwer zu finden, wie Ihr hier seht, haha. Es gab damals viele verlassene Grundstücke. Dann gab ich einen Artikel zur Presse, den viele große Zeitungen auf serbischer, muslimischer und kroatischer Seite zu meiner Überraschung abdruckten. Ich bat darin um Vergebung für alles Böse, das ich als serbischer Soldat im Bosnienkrieg mit verschuldet hatte, auch bei dem schrecklichen Genozid von Srebrenica. Und ich bat darum, unter ihnen, den ehemaligen Feinden wohnen zu dürfen, um durch mein Dasein und mein Gebet meine Schuld etwas abzutragen.

Dass die Reaktion auf serbischer Seite teilweise heftig sein und ich als Verräter hingestellt werden würde, überraschte mich nicht, ebenso wenig, dass auf kroatischer und muslimischer Seite ein gewisses Misstrauen zu vernehmen war. Dieser Schritt war einfach für alle Seiten zu ungewöhnlich. Ich musste auch damit rechnen, dass ich dabei einem Racheakt zum Opfer fallen könnte. Für diesen Fall liegt auch von Anfang an ein Testament bereit, in dem ich versichere, dass ich um Verzeihung bitte und selbst alles verzeihe und im Himmel um Verzeihung und für Versöhnung unter den Balkanvölkern weiter beten werde. Doch wie Ihr seht, lebe ich noch nach fünfundzwanzig Jahren hier in meiner Klause. Haha."

„Und wovon lebst du? Nur von Kraut und Kartoffeln, Ziegenkäse und Hühnereiern? Ein bisschen wenig. Und Strom musst du nun auch bezahlen und das Dach ist mal zu reparieren und so weiter. Woher nimmst du das Geld?"

„Ach, der mich berufen hat, gibt mir, was ich brauche. Natürlich lässt er es nicht vom Himmel fallen, sondern gibt es mir durch Menschen, manchmal durch Menschen, die ich gar nicht kenne. Vor ein paar Jahren bekam ich zum Beispiel eine größere Summe von einem unbekannten Spender mit der Bemerkung ‚für Reparaturen am Haus'. Es war fast genau die Summe, die ich für die dringend nötige Dachreparatur brauchte. Haha. Der Himmel kennt sich aus. Haha."

„Hast du denn sonst irgendwelche regelmäßige Einnahmen? Verkaufst du zum Beispiel irgendwelche deiner landwirtschaftlichen Produkte auf dem Markt?"

„Nein, nichts. Das verbrauche ich alles selbst oder gebe es Menschen, die in Not sind. Es gibt hier viel Not. Die Sozialsysteme sind so schwach wie der ganze Staat."

„Und für deine medizinische Arbeit? Bekommst du da auch nichts?"

„Da nehme ich dankbar, was man mir gibt. Und wenn die Leute nichts geben können, mache ich es umsonst."

„Du lebst also von der Hand in den Mund, wie man so sagt."

„So kann man es sagen. Richtiger ist für mich: Ich lebe wie der Knecht aus der Hand meines Herren, denn seinen Freunden gibt`s der Herr im Schlaf' (Ps 127,2). Haha."

„Dann ist wohl der Glaube eine Anleitung zum faul sein? Solch einen Glauben könnte ich auch gebrauchen. Haha. Über Nacht ist alle Arbeit gemacht. Von Heinzelmännchen. Haha."

Pits Lachen klang spöttisch.

„Also Faulheit wirst du mir nicht vorwerfen können."

„Entschuldigung. Wollte ich auch nicht. Ich meinte nur…, also rein theoretisch…"

„Ich versteh schon. Aber in der Bibel ist gemeint, dass ich mir keine Sorgen machen soll, ob das Geld reicht, ob immer genug zum Essen und für Reparaturen da sein wird. Der Herr ist ein guter Herr. Er kümmert sich liebevoll um die, die ihm vertrauen und besonders um die, die er in Dienst nimmt. Auch dann, wenn es mal so aussieht, als wäre er gar nicht da. Jesus fragt seine Jünger nach drei Jahren des Umherwanderns, ohne festes Einkommen, ohne festes Zuhause: Habt Ihr jemals Mangel gehabt? Und was antworten sie? ‚Nein, Herr, niemals'. Haha. So kann ich es auch sagen. Mangel in den fünfundzwanzig Jahren, seit ich ihm diene? ‚Nein, Herr, niemals!' Es war zur rechten Zeit immer alles da, was nötig war. Und wie Ihr seht, geht es mir gut. Haha."

Beneidenswert, wenn man das Leben, auch solch ein bescheidenes Leben, mit Freude annehmen kann. Jan war von den Ausführungen ihres Hausherrn an diesem Abend sehr beeindruckt. Er meinte heute etwas verstanden zu haben von dem, was wahrer, was echter und authentischer Glaube ist. In ihm war das Verlangen geweckt, noch mehr davon zu hören, um auch zu verstehen, was die Erlebnisse dieser letzten zwei Wochen für ihn bedeuteten. Aber zu solchen Fragen kam er heute nicht mehr.

Pater Ilija hatte auf die Uhr geschaut.

„Für mich beginnt der Tag immer morgens um fünf Uhr. Da es gleich zweiundzwanzig Uhr ist, würde ich für heute gern Schluss machen. Ihr beide werdet morgen wieder ausschlafen wollen und könnt deshalb gern noch sitzen bleiben. Ein Gläschen ist noch für jeden. Aber betrinkt euch nicht! Haha."

„Darf ich morgen früh um sechs am Gebet in der Kapelle teilnehmen?", fragte Jan. „Danach würde ich dann ins Dorf radeln und wie versprochen Brötchen holen. Ist das okay?"

„Selbstverständlich. Ich freue mich über jeden Mitbeter. Und auf die Brötchen freue ich mich auch. Ein Festessen! Haha."

Wer freut sich bei uns im Westen noch auf Brötchen, fragte sich Jan. Wir nehmen alles als selbstverständlich und sorgen und meckern auf höchstem Wohlstandsniveau über die Dinge, die unserer Meinung nach noch fehlen oder schlecht sind. Verrückte Welt. Hier in der Armut und Arbeit dieser Einsiedelei herrscht Freude, in unserem Wohlstand zu Hause herrscht die

Sorge. Sorge, ob ich all meine Verpflichtungen erfüllen kann, ob die nächste Urlaubsreise klappt, wie überhaupt alles weitergehen soll in Corona-Zeiten, wann man denn wieder mal Spaß haben wird und das ewige ‚wir müssen noch, wir müssen noch.‘ Wir müssen noch die Flüsse in Bosnien und das Klima für die ganze Welt retten. – Aber die Flüsse und das Klima müssen den Pater doch auch bewegen! Darüber will ich mit ihm noch sprechen. Morgen.

„Gute Nacht", winkte er ihnen zu und verschwand durch die knarrende Haustür.

„Gute Nacht!", riefen sie ihm hinterher.

Leise unterhielten sie sich noch eine Weile.

„Schon beneidenswert", meinte Pit, „er macht den Eindruck eines Menschen, der mit beiden Beinen auf der Erde steht, aber völlig unabhängig ist. Voller Zufriedenheit, wie du es bei uns zu Hause mit der Lupe suchen müsstest. Nur seine Glaubensdinge, die kapier ich nicht. Ich halte das als moderner Mensch für reine Einbildung oder Selbsttäuschung. Aber zugegeben: Selbst wenn es so wäre, also Einbildung, das Ergebnis ist gut, diese beneidenswerte Zufriedenheit, die sich in seinem ansteckenden Lachen ausdrückt. Das ist nicht gemacht, das ist echt und kommt aus einer tiefen Freude. Beneidenswert!"

„Mich erinnert er an meinen Großvater", fuhr Jan fort. „Der war auch religiös und hat mir zwei Sätze aus der Bibel beigebracht. Die habe ich mir behalten. Der eine Satz ‚an Gottes Segen ist alles gelegen‘. Das stand auch an einem Haus in der Nachbarschaft oben am Giebel. Der andere Satz ‚die Furcht Gottes ist der Anfang aller Weisheit‘ (Ps 111,10). Großvater starb dann und damit auch der letzte und einzige religiöse Einfluss in meinem Leben, obwohl ich als Baby auch getauft war. Aber fortan verlief mein Leben wie überall in meinem Bekanntenkreis ohne Gott und Glauben. Vielleicht lag es einfach daran, dass ich keinem Menschen begegnet bin, wo ich merkte, dass der Glaube sein Leben geprägt oder gar verändert hat. Auch Großvater lebte wie alle anderen, sorgte und schuftete, schimpfte auf die Politiker und gewisse Nachbarn. Und auch bei denen, von denen ich wusste, dass sie noch gläubig waren und zur Kirche gingen, sah ich nichts, was mich vom Hocker gerissen hätte. Auch da waren problematische Familienverhältnisse und die Jagd nach den neuesten Angeboten von Mode, Technik und Urlaub zu beobachten. Ihr Gebet war Privatsache, falls sie überhaupt gebetet haben. Aber hier, du hast recht, ist alles authentisch. Da ist Kraft drin und eine beneidenswerte Freude."

„Und Freiheit. Diese absolute Unabhängigkeit. Beneidenswert."

„Wissen möchte ich noch, wie denn die Bosniaken hier, abgesehen von den Zeitungen, seine Gegenwart aufgenommen haben. Bei den Institutionen wie Polizei und Krankenhaus scheint er ja einen guten Namen zu haben, wie wir heute miterleben konnten. Vielleicht hören wir da morgen noch mehr."
Unter solchen Gesprächen ging auch für die beiden der Tag zu Ende. Jan prüfte noch, ob genug Luft auf dem Fahrrad war, während Pit sich im Innern des Herz-Häuschens amüsierte: „Gut, dass wir nicht im Winter hier sind!"

Am nächsten Morgen war Jan pünktlich auf den Beinen, um beim Morgengebet dabei zu sein. Der Pater reichte ihm den Gebetstext und sagte: „Heute werde ich auf Englisch beten, damit du, wenn du willst, mitbeten kannst. Du musst nicht, aber du kannst."
Die Rituale des Niederkniens, des Küssens der Ikone, des Verneigens und Bekreuzigens waren genau wie gestern beim Abendgebet. Bei der Gebetsliturgie ging es dann vom Dank für die Ruhe der Nacht in eine lange Anbetung des dreieinigen

Gottes über, bevor die Bitten mit vielfachem ‚Lord, have mercy on us' kamen, was Jan laut mitbetete. Zum Ende kam das Vaterunser. Jan betete mit, zum ersten Mal in seinem Leben:
„Our Father in heaven,
hallowed be your name,
your kingdom come,
your will be done,
on earth as in heaven..."

Noch während der Segensbitte am Schluss dachte er: Ich muss es lernen! Ich will es auch können! Nicht immer nur vorbeten lassen, bei der Beerdigung, von Ratko, hier. Und ganz am Schluss verneigte er sich mit dem Pater. Nur beim Kreuzschlagen verhaspelte er sich noch. Das muss er mir auch noch zeigen, dachte er. Frohgemut fuhr er dann ins Dorf, um Brötchen zu holen. Da wunderte man sich über den Fremden. Aber als er großzügig in Euro bezahlte, freute man sich. Den Euro kannte und schätzte man.

„At father Ilija?", fragte jemand und deutete in Richtung der Klause. Und als Jan nickte, „Father Ilija dobre, very good, odlično, one dobar čovek."

Also ist der Pater hier beliebt, dachte Jan, als er mit seinen Brötchen wieder ab radelte. Ob bei allen, weiß ich natürlich nicht. Aber hier im Dorf scheint er einen guten Ruf zu haben. Kann ich verstehen.

Als Jan dann beim Frühstück von diesem Gesprächskauderwelsch im Dorf erzählte, fragte er den Pater, ob es auch andere Stimmen gäbe oder was er sonst schon Negatives erlebt habe.

„Schon lange nicht mehr. Aber in den Anfangsjahren gab es diese und jene böse Bemerkung. Zum Beispiel war ich einmal in der Gaststätte, nur um der Wirtin eine Mitteilung zu machen. Da schrie einer quer durch den Raum ‚Raus, du dreckiger Serbe!' Andere versuchten, den Mann zu beruhigen, aber ich ging dann doch lieber. Wenn jemand angetrunken ist, hast du mit

Worten und Argumenten kaum eine Chance. Und mit den Worten ‚du Christ' hat einer mal vor mir ausgespuckt."

„Hast du ihn wenigstens angezeigt?", wollte Pit wissen. „Bei uns wird solcher Rassismus verfolgt."

„Ach, ich lebe doch hier nicht, um jemand vor Gericht zu bringen oder zu verfolgen. Ich lebe doch hier, um die andere Wange auch hin zu halten. Nein, nein, Anzeige käme für mich nicht infrage, auch kein böses Gegenwort. Gott bewahre mich. Höchstens Schweigen. Wenn sie an meinem Leben nichts sehen und merken, was einen Christen ausmacht, dann helfen Worte auch nicht. Damit ich nicht falsch verstanden werde: Liebe und Versöhnung *predigen*, ist gut. Aber Liebe und Versöhnung *leben* ist besser. Das ist jedenfalls meine Erfahrung. Und das ist es, was Jesus, der Sohn Gottes getan hat, für uns alle."

Nachdenkliches Schweigen und Kauen.

„Noch eine Frage", meldete sich Jan noch einmal. „Vorhin im Dorf habe ich die nagelneue Moschee gesehen. Solche Moscheen waren uns auch beim Friedensmarsch schon in manchen kleinen Orten aufgefallen. Woher haben sie das Geld dafür? Von der Regierung? Oder spenden die Leute so viel? Die sehen doch aber alle ziemlich arm aus."

„Nein, nein. Das Geld kommt weder von der Regierung noch von der Bevölkerung. Es kommt von den reichen muslimischen Ölstaaten. Bosnien gilt als muslimische Vorhut in Europa und wird deshalb mit allem Nötigen von dort versorgt: vor allem mit Geld für Moscheen und Imame. Ist jedenfalls besser als mit Dschihadisten. Meinen Kopf würde ich jedenfalls noch gerne eine Weile behalten. Haha. Das Köpfen hätte dann aber auch nichts mit unserer Geschichte hier auf dem Balkan zu tun, sondern nur mit Hass auf Christen. Wie es in Deutschland zum Beispiel den Hass auf die Juden gab."

Dann schlug der Pater mit der flachen Hand auf den Tisch: „Aber jetzt Schluss mit den hohen Gedanken. Kommen wir mal herunter auf den Boden der täglichen Arbeit. Heute sind nun endlich die drei Felder dran. Sie sind ja nicht groß. Mehr wie ein großer Garten. Aber sie machen doch Arbeit. Am Vormittag zunächst die Kartoffeln. Da muss das Unkraut weg und noch einmal etwas angehäufelt werden. Dann noch Unkraut beim Weizen und beim Kraut, je nachdem wie viel wir schaffen. Wer hilft mir?"

„Ich habe es ja schon versprochen", antwortete Pit. „Du musst mir nur zeigen, wie und was ich weghacken soll."

„Danke. Mache ich. Und wie wäre es, wenn du, Jan, hinter uns her das Unkraut zusammen harkst und weg bringst? Das kannst du doch mit deinen Händen?"

„Na klar. Mache ich. Du sollst mal sehen, wie sauber heute Mittag deine Felder sind. Betrachte uns heute als deine Hilfsarbeiter."

„Haha. Das ist gut. Und Ihr helft mir wirklich sehr, wenn Ihr wenigstens die Kartoffeln bis Mittag schafft. Was übrig ist, muss dann am Nachmittag noch gemacht werden. Ich muss mich aber gegen elf Uhr in die Küche zurück ziehen, um die Suppe zu kochen. Das Gemüse ist ja schon geputzt. Haha. Da habe ich`s doch gut. Haha."

So wurde es gemacht. Jan und Pit, die Hilfsarbeiter, gaben sich große Mühe und zum Mittag war das Kartoffelfeld sauber und der Weizen angefangen. Der Pater war zufrieden, die Kartoffeln auch.

„Am besten, Ihr bleibt hier. Haha. Manchmal ist mir die ganze Landwirtschaft doch zu viel und ich könnte Unterstützung gebrauchen. Man wird ja auch älter, die Haare werden grauer und der Bart wird länger. Haha. Also überlegt es euch, haha."

Beim Mittagstisch erzählte er dann etwas über seinen Tagesablauf. Dass er die beiden Gebetszeiten einhalte, wüssten sie ja schon. Zwischen Aufstehen um fünf Uhr und erstem Gebet habe er Zeit für die tägliche Bibellese und das private Gebet. Ihm würden nämlich vielerlei Anliegen anvertraut mit der Bitte, dafür zu beten. Nach dem Morgengebet seien die Tiere dran und am Vormittag, was zum Leben nötig sei: Einkaufen, Garten, Felder, Reparaturen, Käse herstellen, Einwecken, Holz für den Winter und so weiter. Den Nachmittag halte er sich in der Regel frei für Termine mit Menschen, die ihn brauchen, nicht nur als Sanitäter, sondern auch bei Reparaturarbeiten im Haus oder an der Seele. Haha. Ja, die Seelen vieler Menschen leiden, nicht nur ihre Körper. Aber bei den Seelen sehen es die Außenstehenden nicht so. Und oft kämen auch Menschen direkt hierher zu ihm mit der Bitte um Hilfe irgendwelcher Art. Dann muss er auch die Hacke oder die Axt fallen lassen. „Die Menschen gehen vor!" Er tue, was möglich sei und was Christus ihm zeigt. Manchmal sage er aber auch nein.

„Alle alten Autos kann ich eben nicht reparieren. Haha. Ich bin doch keine Auto-Werkstatt. Haha."

Nach der Mittagspause waren sie alle drei wieder auf den Feldern beschäftigt, aber es dauerte nicht lange, dann bekam Pater Ilija Besuch. Eine junge Frau mit Kopftuch – eine Muslima? – grüßte ihn vom Gartenzaun her und sofort ließ er die Hacke fallen, wusch sich am Brunnen die Hände und ging mit ihr zu der Ecke mit dem Kreuz, wo sie sich jeweils auf den Bänkchen niederließen und sich unterhielten. Nach einer Weile erhob sich der Pater, streckte wie segnend die Hände nach der Frau aus und schien über ihr und für sie zu beten. Jedenfalls deuteten so seine beiden Hilfsarbeiter die Situation beim Kreuz, die sie aus den Augenwinkeln beobachteten.

Als die Frau gegangen war und Eremit Ilija wieder zur Hacke griff, fragten sie ihn, ob die Frau eine Muslima war, von wegen des Kopftuches.

„Ja", sagte er, „manchmal kommen auch Muslime zu mir."

„Am Schluss hast du so auf Entfernung die Hände über sie gehalten. Was war das für ein Ritual?"

„Ich habe für sie gebetet und sie gesegnet."

„Bist du denn ein Priester?"

Der Pater lachte wieder: „Bewahre, nein, ich habe keinerlei Weihen. Ich bin nur ein einfacher Gläubiger. Aber für andere beten und sie segnen, das darf ich. Das darf jeder Gläubige, Dazu muss man kein Priester sein."

„Und warum nennen sie dich dann Pater, also Vater, wenn du doch nicht geweiht bist?"

„Nun, das ist hier Tradition. Wenn einer für Gott lebt, als Einsiedler oder Eremit und wenn er das Vertrauen der Menschen gewonnen hat, dann nennen sie ihn Pater. Bei uns geht der Glaube mehr über Vatergestalten, weniger über Lehrer, wie es in Westeuropa mehr der Fall ist."

„Und warum kommen sie zu dir und gehen nicht zu ihrem Imam?"

„Ich bin einfach näher. Haha. Der Imam wohnt, genau wie unser serbisch-orthodoxer Priester, in Bosanska Krupa. Da gehe ich nebenbei bemerkt, sonntags auch zur Hl. Liturgie. Also der Imam hat wenig Zeit. Er hat ja auch eine große Familie. Und manche, die zu mir kommen, behaupten auch, mein Gebet sei wirksamer. Haha. Ich weiß nicht, ob sie recht haben. Ich bilde mir jedenfalls nichts darauf ein. Wer mein Gebet wünscht, mit dem oder für den bete ich, ohne zu unterscheiden, welchen Glauben jemand hat oder welcher Nationalität er oder sie ist. So einfach ist das."

„Und kriegen die Muslime nicht Ärger, wenn sie zu dir kommen? Du bist doch ein Christ."

„Nun, sie hängen das ja nicht an die große Glocke. Und sie wissen auch, dass sie hier niemand beobachtet. Im Übrigen zählt immer, was hinten rauskommt. Haha. Und wenn das Gebet geholfen hat, wenn das Kind gesund geworden ist oder die Geldsorgen behoben sind, dann ist doch alles gut. Dschihadisten würden das natürlich ganz anders sehen, aber die gibt es zur Zeit hier nicht. Außerdem gibt es im Dorf drüben einen Mann, auch ein Muslim, den Ali, mit dem ich gut befreundet bin. Bei unserer ersten Begegnung haben wir herausgefunden, dass wir uns im Mai 1995 im Bosnienkrieg gegenübergestanden haben. Wir waren damit beschäftigt, die Bosniaken zu vertreiben, er vertrieb mit seiner Einheit die Serben.

Er hatte in der Zeitung davon gelesen, warum ich hier wohnen wolle und war davon sehr berührt. Als wir uns nun begegneten, baten wir uns spontan gegenseitig um Verzeihung und konnten gar nicht mehr begreifen, wie verblendet wir damals waren. Er hat dann übrigens auch seinerseits einen ähnlichen Artikel veröffentlicht und von unserer neuerlichen Begegnung erzählt. Seitdem sind wir Freunde. Haha."

„Hauptsache, die Dschihadisten kommen nicht wieder!"

„In der Tat, dann wären wir beiden, also Ali und ich, wohl die ersten, die dran glauben müssten. Deshalb hält sich auch der Großteil der muslimischen Bevölkerung hier bedeckt, was meine Anwesenheit betrifft. Sie fürchten die Gotteskrieger ja mindestens genauso wie wir Christen. – Doch macht mal weiter, da kommt noch jemand."

Es war ein Mann mittleren Alters, der sein Fahrrad an den Zaun lehnte und von Pater Ilija begrüßt wurde. Dann sahen seine beiden Hilfsarbeiter dasselbe Ritual: Gespräch, Gebet, Segnung. Danach ging der Pater aber ins Haus und kam mit einem Beutel zurück, den er dem Mann gab.

Als der Pater wieder die Hacke schwang, fragte Pit neugierig: „Darfst du sagen, worum es ging?"

„Na ja, es ist ja keine Beichte, ich bin ja kein Priester. Es war etwas ganz Alltägliches, worunter Hunderttausende hier zur Zeit leiden. Ein armer Kerl, der nicht mehr weiß, wie er die Familie ernähren soll, weil er die Arbeit, die schon wenig genug bezahlt war, jetzt auch noch verloren hat."

„Und dann hast du ihm was zu essen mitgegeben, nicht wahr?"

„Na ja, ein wenig. Nur ein kleines Zeichen meiner Anteilnahme. Es reicht nicht hin und nicht her. Traurig."

Während sie eifrig weiter dem Unkraut zu Leibe rückten, drehte sich das Gespräch um die wirtschaftliche und politische Situation im Land, um die Massenarbeitslosigkeit, um die Abwanderung der Jugend, um die durch die ethnischen Spannungen gelähmte Zentralregierung, um die Migranten und warum

Gott, wenn es ihn denn gäbe, zu allem Unglück auch noch die neuerliche Pandemie schicke, jedenfalls nicht verhindere.

„Das ist ein weites Feld", meinte der Pater, „da wächst auch viel Unkraut. Aber das heben wir uns für Abend auf. Haha."
Dann bat er, seine „Hilfsarbeiter, haha" noch die Felder fertig zu machen, während er sich dem Vieh widmen wolle, damit sie dann Zeit zum Gebet und zum Abendessen hätten. So geschah es. Und als sie sich nach getaner Arbeit alle am Brunnen trafen, um sich zu säubern, sahen sie alle zufrieden aus, ein jeder mit seiner Arbeit.

„Mein Fuß hat gut mitgemacht", sagte Pit, „nur der Rücken tut mir weh."

„Mir auch", bestätigte Jan, „wir sind solche Arbeit eben nicht gewöhnt."

„Umso besser werdet Ihr heute schlafen", sagte lachend der Hausvater.

Nach Gebet und Abendessen und als alles aufgeräumt ist, sitzen sie noch einmal draußen zusammen. Es ist wieder ein schöner Sommerabend, wenn auch nicht mehr ganz so warm wie gestern. Oben ziehen wie gewohnt die Schwalben ihre Kreise, unten noch das eine oder andere Huhn, während Blacko seinen Platz an der warmen Mauer einnimmt. Pater Ilija stellt wieder drei Gläschen auf den Tisch samt der Flasche von gestern. Sie ist noch halb voll.

„Die können wir alle machen", sagt er. „Ich habe schon neuen Likör angesetzt. Die schwarzen Johannisbeeren haben diesmal reichlich getragen. Noch ist es eine rote Johanna, aber in einigen Monaten wird es wieder eine schwarze Johanna sein. So gibt es nicht nur eine schwarze Madonna, sondern auch eine schwarze Johanna. Haha. Das Alter macht`s. Haha. Auf unsern letzten Abend! Haha."
Und hebt das Gläschen.

„Hoffentlich", sagt Pit. „Hoffentlich klappt es diesmal. Ich meine mit der Grenze."

„Na, wird schon, auf Nikolai ist Verlass. Um zehn Uhr müssen wir auf dem Wasser sein, also um neun Uhr dreißig beim Fischer. Das heißt spätestens um acht Uhr dreißig hier abfahren. Frühstück um sieben Uhr dreißig. Gehört? Sieben Uhr dreißig!"

„Ich hole nach dem Gebet wieder die Brötchen", verpflichtete sich Jan.

„Und ich kümmere mich um den Frühstückstisch", ergänzte Pit. „Dann kannst du dich, Vater Ilija, um das Vieh kümmern. Ist das gut so?"

„Donnerwetter. Da könnt Ihr gleich auch noch die Ziegen melken. Und ich gucke zu, haha."

„Bloß nicht. Die arme Ziege."

„Oder umgekehrt: der arme Pit. Denn die Ziege würde bei unsachgemäßem Melken wohl wild werden und versuchen, abzuhauen. Haha. Und die Milch umreißen. Haha. Und Pit hinterher. Haha. Aber Scherz beiseite. Ich danke euch, dass Ihr so helfen wollt. Dann wird auch alles klappen."

„Auf den Grenzdurchbruch!"

„Auf die Una und alle wunderbaren Flüsse Bosniens!"

Nachdem so für den nächsten Tag alles geklärt war, kam Jan noch einmal auf das Thema zu sprechen, das sie vor dem Abendessen abgebrochen hatten, die Pandemie.

„Ich habe vorhin gegoogelt und gesehen, dass für alle EU-Heimkehrer jetzt an der jeweiligen EU-Außengrenze ein bis zwei Wochen Quarantäne vorgeschrieben sind. Das heißt, wir müssen uns darauf einrichten, dass wir auch nach geglückter Grenzüberquerung noch lange nicht zu Hause sein werden. Auch China und die USA haben ihre Grenzen wieder dicht gemacht. Der internationale Handel ist weithin zum Erliegen gekommen. Und das, obwohl die Folgen der ersten Pandemie noch nicht verdaut sind. Kredite sind nur noch zu völlig überhöhten Konditionen zu erhalten, so dass die meisten Staaten nicht mehr ein und aus wissen. Die Sterbezahlen steigen sprunghaft an. Viele Infizierte schaffen es nicht einmal mehr bis ins Krankenhaus. Es sieht schlimm aus, sehr schlimm. Es ist noch nicht klar, ob das neue Virus eine Mutation von Covid-19 ist oder ein bisher völlig unbekanntes neues Virus. Jedenfalls ist es viel aggressiver als Covid 19.Und nun würde mich interessieren, was du, Pater Ilija dazu sagst."

„Einen Augenblick, bitte", fuhr er fort, als der Pater schon reagieren wollte. „Ich bin noch nicht fertig. Damals beim Bosnienkrieg, war ja klar, dass da viel Böses geschah, wie bei jedem Krieg. Da war Gott bestimmt dagegen, wie jeder vernünftige Mensch auch. Aber diese Pandemie ist doch ein Naturereignis, da kann doch kein Mensch dafür. Ist das nun ein Zufall, wo Gott nichts damit zu tun hat? Oder ist es eine Strafe? Aber wofür? Es trifft ja alle Völker und Menschen ohne Unterschied."

„Und das in einer Zeit", fügte Pit hinzu, „wo wir alle Ressourcen brauchten, um die Klimakatastrophe zu verhindern. Ich fürchte, nach dieser zweiten Pandemie ist für die Klimakasse nichts mehr übrig, nicht einmal mehr im reichen Deutschland. Und erst recht nichts zur Rettung eurer schönen Flusslandschaften hier in Bosnien. Weiß das der liebe Gott nicht? Und wenn er es weiß, wie unsere Welt auf der Kippe steht, müsste er dann nicht die Beschlüsse der Völker unterstützen, bis zum Jahr 2030 das Klima zu retten und alle Kriege und die Armut zu beenden? Statt eine Pandemie zu schicken oder zu erlauben oder was auch immer?"

„Was haben die Völker beschlossen?", fragte der Pater belustigt. „Sie wollen alles Böse abschaffen? Haha. Wann haben sie denn das beschlossen? Haha. Na, denn man zu. Haha."

Diesmal war sein Lachen ein klein wenig spöttisch, wobei er heftig den Kopf schüttelte, so, als könne er nicht fassen, was er soeben gehört hatte.

„Das ist ja Größenwahn: das Klima retten, Kriege abschaffen, Armut abschaffen. Aber an die Rache haben sie nicht gedacht, was? Die muss auch abgeschafft werden! Und die Pandemien, die würde ich als erstes abschaffen, damit noch etwas Geld übrig bleibt für die Klimarettung. Haha. Wann haben denn die

Völker diesen Wahnsinns-Beschluss gefasst? Habe ich ja noch gar nichts von gehört. Und 2030 sagtest du? Also in fünf Jahren haben wir das Paradies auf Erden! Haha. Da müssen sie sich aber ranhalten. Haha."

Pit war über die Reaktion des Paters verunsichert und empört zugleich.

„Vielleicht solltest du dich nicht nur mit Landwirtschaft, sondern auch ein wenig mit Politik und Klima beschäftigen, lieber Pater. Dein Einsatz hier in allen Ehren, aber ich glaube, du musst mal etwas über den Tellerrand hinaus schauen. Die Völker der Welt haben das jedenfalls 2015 mit der UN-Resolution 70/1 über die ‚Transformation der Welt' beschlossen mit der Absicht, die Dinge mit vereinten Kräften zum Guten zu wenden. Es war eine gute Absicht und sie verdient unser aller Respekt und Mitwirkung."

„Entschuldige, Pit, wenn ich dich mit meiner Reaktion persönlich verletzt und gekränkt habe. Das wollte ich nicht. Das tut mir leid. Kannst du mir verzeihen?"

Pit nickte mit etwas grimmigem Gesicht.

„Ich gebe gern zu", fuhr der Pater fort, „dass dieser Beschluss gut gemeint war. Und dass ein Menschheitstraum in Erfüllung gehen würde, wenn er umgesetzt werden könnte: aus dieser Welt ein Paradies machen. Es ist ja in der Neuzeit nicht das erste Mal, dass die Menschheit sich auf den Weg zu diesem Ziel begibt. Du, Jan, als Geschichtslehrer musst das doch am besten wissen. Wo würdest du den Beginn dieser Bewegung ansetzen? Bei der Französischen Revolution?"

„Würde ich denken", antwortete der Gefragte, „bei der Revolution und ihren Vordenkern. Jedenfalls war die Aufklärung erfüllt von einer gewissen Begeisterung und dem Vertrauen, mit den Übeln der Welt endlich fertig zu werden."

„Und? Ist die Welt damit fertig geworden?", führte der Pater das Frage-Antwort-Spiel weiter. „Wie viele Kriege sind seit der Aufklärung geführt worden? Einer immer schlimmer als der andere."

„Aber es muss doch mal Schluss sein damit!", warf Pit ein. „Jetzt ist zum ersten Mal die Chance, dass die Völker in Einheit, alle zusammen, diese Probleme angehen."

„Gut", versuchte Pater Ilija zu beruhigen. „Ich will euch sagen, warum ich solche Pläne und Beschlüsse, wie den von euch genannten UN-Beschluss nur mit größter Skepsis wahrnehme. Ich bin im Kommunismus groß geworden. Da mussten wir singen ‚uns hilft kein Gott, kein Kaiser noch Tribun. Uns aus dem Elend zu erlösen, können wir nur selber tun'. Wir, ich denke da an meine königs- und kirchentreue Familie, genau wie die meisten anderen Serben, konnten uns dabei heimlich nur an den Kopf fassen. Erlösung ohne Gott. Das gibt es nicht. Das kann nicht gut gehen. Und es ging nicht gut.

Das Problem bei all solchen Plänen sind wir Menschen. Es liegt darin, dass wir Menschen, die wir das Gute wollen, selbst nicht gut sind. Wir meinen, weil wir *für* das Gute sind, jedenfalls für das, was wir *für das Gute halten*, seien wir selber auch gut. Aber das ist Selbstbetrug. Gut gemeint, ist noch lange nicht gut, ist oft genug sogar das Gegenteil von gut, wie der Volksmund weiß.

Moment, lass mich bitte noch ausreden", wandte er sich an Jan, der sich äußern wollte. „Seht doch auf diese letzten zwei Wochen von euch. Jeder hat es da auf seine Weise gut gemeint. Ihr mit eurem Flussprojekt, jene Bosniaken mit ihrer Einladung in den Bungalow, mit dem reichlichen Sljivovica und so weiter. Und was wurde daraus? Am Ende meinten die Bosniaken, mit dem Missbrauch deiner Schwester etwas gut zu machen von dem, was ihre Mütter einst zu erdulden hatten. Anna wiederum hielt es für gut und richtig, die Täter und sich selbst umzubringen. Dann befanden es die Tschetschenen für gut, euch reiche Westeuropäer auszunehmen wie eine Weihnachtsgans und du, Jan, befandest es, jedenfalls in jenem Augenblick, für gut, auf einen wehrlosen und dazu betrunkenen Mann zu schießen und die eigene Haut zu retten. Vielleicht fällt euch noch manches andere aus eurem Leben ein, wo Ihr meint, dass es gut war oder gut ist, aber euer Gewissen ganz leise Zweifel anmeldet. Wo sind die Guten? Wo sind Bösen? Gehören wir nicht immer wieder auf beide Seiten?"

Pit zuckte innerlich zusammen. Er musste an Silke und das Kind denken. Sein Kind! War es gut, sie sitzen zu lassen?

Jan aber sagte: „Ich sehe ein, dass da eine gewisse Wahrheit dran ist, an dem, was du darlegst. Aber wenn es so ist, dass aus dem Guten, das wir wollen, immer auch wieder Böses heraus kommt, was bedeutet das dann? Sollen wir unsere Hände in den Schoß legen und nichts mehr tun, um nichts Falsches zu tun? Das kann doch nicht die Lösung sein."

„Ganz sicher nicht, obwohl ich auch manchmal davon träume, die Hände in den Schoß zu legen, haha. Aber das muss ich mir wohl fürs Alter aufheben. Haha. Nein, denk mal an die beiden schönen Sprüche, die dir dein Großvater beigebracht hat. Nehmen wir den, der an vielen alten Hausgiebeln steht: ‚An Gottes Segen ist alles gelegen'. Das meint doch, du kannst strampeln und kämpfen und Pläne machen, so viel du willst: wenn Gott nicht sein Ja dazu sagt, ist alles umsonst. Andersherum bedeutet es aber auch: arbeite und kämpfe, so viel du kannst, aber bitte Gott in Demut darum, dir zu helfen. Ein Beispiel: Würdest du denn an deiner Schule, wenn du eine gute Idee hast, beispielsweise die Turnhalle zu vergrößern, das alleine tun, ohne mit dem Direktor darüber zu sprechen? Nein, du würdest es mit ihm besprechen und offen lassen, ob er einverstanden ist oder nicht. Er wüsste auch, wo die nötigen Geldmittel herkommen. Haha. So müssen wir auch mit Gott die Dinge besprechen, die uns für unser persönliches Leben und für das Leben oder gar Überleben der Menschheit wichtig sind. Auch wenn es besonders im Westen die meisten nicht mehr wahrhaben wollen, aber Gott ist noch immer der Schöpfer und Herr der Welt. Und wie der Direktor deiner Schule am besten wüsste, wo die Geldmittel herkommen könnten, so weiß auch Gott am besten, welche Lösungen es gibt, sogar da, wo wir keine Lösung mehr sehen. Er kennt zum Beispiel auch das Klima und seine Verwerfungen besser als alle Wissenschaftler der Welt zusammen genommen. Er, der weiß, wo jede Schneeflocke im Himalaja liegt, kennt bestens alle Faktoren, die das Klima beeinflussen. Und kann sie lenken, je nachdem er es für gut hält. Er kennt auch die Hunderte oder Tausende Viren, von denen wir noch keine Ahnung haben und er weiß auch, wie sie zu stoppen sind.

Und da gilt dann auch das zweite Sprichwort vom Opa: ‚die Ehrfurcht vor Gott ist der Anfang aller Weisheit‘. Und wir wären gut beraten, das zu beherzigen und bei allen unseren Bemühungen um das Klima oder um die Pandemie oder was auch immer, zuerst zu beten und ihn um Hilfe zu bitten, statt so zu tun, als ob das Wohl und Wehe dieser Welt allein von uns abhängt. Nur ‚der Narr spricht in seinem Herzen, es gibt keinen Gott‘, weiß auch die Heilige Schrift (Ps 14,1). Warum benehmen wir uns wie die Narren und machen so größenwahnsinnige Pläne ohne Gott? Ich versteh das nicht. Das kann nicht gut gehen.“

„Und dann schickt er solche Strafen wie die Pandemie, ja?“

„Strafe würde ich das nicht nennen. Ich denke schon lange darüber nach, wie diese Pandemien, wir müssen ja nun schon im Plural reden, einzuordnen sind. Jetzt, durch euren Hinweis auf diesen UN-Beschluss von 2015 ist es mir plötzlich ganz klar geworden: Gott redet durch die Pandemie zu uns, zu allen Völkern, die da beschlossen haben, Klima und Welt zu retten, ohne Gott auch nur zu erwähnen. Man muss kein Christ sein, um zu verstehen, was er uns durch die Pandemie sagt. Er sagt etwas ganz einfaches. Er sagt: ‚Ich bin der Herr, nicht Ihr‘. Frühere Generationen konnten das noch hören, egal, welche Religion sie hatten oder wann und wo sie auf unserer lieben Erde wohnten und stiegen herunter vom hohen Ross und beugten sich in großen Bittprozessionen vor ihm und baten um Gnade und Hilfe. Frühere Religionen brachten den Göttern Opfer dar. Überall im ehemals christlichen Europa gibt es noch steinerne oder andere künstlerische Denkmäler seiner Hilfe, besonders aus den Pestzeiten. Damals wusste man noch ‚da ist jemand über uns' oder im Sprichwort ‚der Mensch denkt und Gott lenkt'. Die heutige Generation will nicht nur denken, sondern auch lenken, ohne Gott. ‚Ohne Gott und Sonnenschein bringen wir die Ernte ein', war mal ein Spruch in der DDR, erzählte mir in Berlin ein alter Mann, der das miterlebt hatte. Es ist schon komisch, dass dieselben Leute, die kein gutes Haar am Kommunismus lassen, doch mit seinem innersten Wesen eins sind: Wir sind die Macher und brauchen keinen Gott. Wir müssen es nur richtig machen! Kinder, Kinder, Hochmut kommt vor dem Fall."

„Und? Sollen wir die Pandemie nun einfach so hinnehmen? War die Erfindung des Impfstoffes falsch? Millionen Menschenleben sind dadurch gerettet worden! Auch ohne Gott!"

Pit kam in Rage.

„Überhaupt kann ich nicht erkennen, was mit Gott besser gelaufen wäre. Der ganze Fortschritt in Wissenschaft und Technik funktioniert auch ohne Gott."

„Ihr Lieben, das Thema Fortschritt in Wissenschaft und Technik lassen wir für heute mal sein. Der Abend ist schon voran geschritten. Erlaubt mir noch einmal zu betonen, dass alle unsere Anstrengung zur Verbesserung der Verhältnisse und zur Bekämpfung der Pandemie gut ist, aber ohne Gott am Ende nicht gut ausgeht. Wir sind nicht die Chefs der Welt, sind nicht der Direktor. Gott ist es. In seiner großen Barmherzigkeit lässt er uns einzelnes auch gelingen, wie die Herstellung des Impfstoffes, aber auf das Große gesehen, bremst er uns erst einmal aus. Gott hat in der ersten Pandemie noch leise gesprochen, so leise, dass er über all den täglichen Beschlüssen zur Sache und den dazugehörigen Erfolgsmeldungen kaum zu hören war. Diesmal redet er lauter. Die Leichenzüge werden diesmal nicht zu übersehen und viele Familien aus unserem Bekanntenkreis werden betroffen sein. Wir werden Freunde beweinen und um junge Leute trauern, wenn wir nicht ganz schnell begreifen – auch die Regierungen! – dass uns nur noch Gott helfen kann.

Noch schämen sich die Regierungen, besonders im Westen, die Menschen zum Gebet aufzurufen. Aber es wird der Tag kommen, wo sie selbst nicht mehr weiter wissen und Hilfe von Gott erbitten werden, erbitten müssen! Wenn sie in ihrer kindischen Narretei, alles alleine zu können, nicht untergehen wollen. Gott lässt sich nicht absetzen oder in die Ecke schieben. Es ist sein Recht, gehört und angerufen zu werden! Es ist nicht unsere Welt. Es ist seine Welt. Er ist der Erfinder oder Schöpfer von der ganzen Herrlichkeit. Zum Zeichen dafür habe ich da die kleine Kapelle gebaut, na ja, ein bisschen zu klein. Aber kann ja noch größer werden, haha."

„Dein Beispiel mit dem Schuldirektor leuchtet mir ein. Ich kann es bestätigen aus meiner Erfahrung. Das würde also bedeuten, dass wir auch bei einem solchen Projekt wie der Rettung der bosnischen Flusslandschaften vorher beten sollten um Gottes Hilfe und Geleit. Verstehe ich dich da richtig?"

Jan war offensichtlich angetan und bewegt von den Worten des Paters.

„Ganz genau. Man kann ja ungläubige Teilnehmer wie Pit hier, haha, nicht zwingen auch mit zu beten, aber sie werden in der Regel auch nichts dagegen haben, wenn jemand anderes aus der Gruppe das tut, nach dem Motto ‚schaden kann es ja nicht'. Haha. Glaubt mir, ich habe schon an vielen Kranken- und Sterbebetten ungläubiger Christen wie auch ungläubiger Muslime gestanden. Und alle haben dankbar mein Gebet angenommen, wenn ich sie vorher um Erlaubnis für mein Gebet gefragt hatte."

Pit blieb skeptisch.

„Schön und gut. Für kranke und alte Menschen ist das Gebet sicherlich ganz gut. Aber was ändert das an der politischen, wirtschaftlichen, pandemischen oder klimatischen Großwetterlage? Oder meinst du im Ernst, dass der liebe Gott auf mich hört, falls es ihn überhaupt gibt, wenn ich kleiner Mensch ihn bitte ‚lieber Gott, bring mal das Klima in Ordnung oder die

Pandemie zum Stillstand', dass er das dann auch tut? Kann ich mir beim besten Willen nicht vorstellen."

„Ich auch nicht. Haha. So einfach geht das auch nicht. Ich habe jedenfalls begriffen und praktiziere das auch, dass jeder an seinem Platz und im Zusammenhang der Probleme, die ihm begegnen, beten soll. Also für den Kranken, zu dem ich gerufen werde, für den Mann, der keine Arbeit hat, für die hier auf dem Balkan einander misstrauisch begegnenden Völker und so weiter. Bei der Pandemie jetzt für die Ärzte und Schwestern, für die verantwortlichen Politiker und die Virologen und so weiter. Ich habe aber noch nie gebetet ‚lieber Gott, mach der Pandemie ein Ende'. Weil, ich höre, was Gott uns durch die Seuche sagen will und ich sehe, dass er mit den Völkern noch nicht an sein Ziel gekommen ist. Deshalb kann ich nur beten ‚Herr, Heiliger Geist, öffne den Völkern die Ohren, dass sie sich demütigen vor dir'. Demut ist der Gegensatz zu Hochmut. Und der menschliche Hochmut ist die eigentliche Pandemie der Menschheitsgeschichte von Anfang an, die Pandemie der Sünde, selbst Gott zu spielen, selbst entscheiden zu wollen, was gut und böse ist. Und von dieser Pandemie sind wir alle infiziert. Jeder Mensch, mit einer Ausnahme: Christus. Er war der einzige Mensch auf dieser Erde, der sich vom Bösen nicht hat anstecken lassen. Und ihn, der eins ist mit dem Vater im Himmel, bitten wir im Vaterunser ‚erlöse uns von dem Bösen'. Weil wir uns selber nicht davon erlösen können. Das ist eine Bitte der Demut. Weil uns Demut aber von unserer Natur her allen schwer fällt, muss sie täglich neu erbeten werden, damit sie auch unseren Alltag bestimmt. Denn Demut muss praktiziert werden. Wenn ich also für die Völker hier um gegenseitige Verzeihung und Versöhnung bete, so muss ich das auch selbst leben. Ihr wisst ja…"

„Die andere Wange auch hinhalten."

„Ja, ja. So ist es. Jeder muss an seinem Platz hören, was Gott ihm sagt und das auch in seinem Leben umsetzen. Das ist oft schwer und geht oft ganz gegen unsere Wünsche und Vorstellungen. Aber nachher wissen wir, dass es richtig war. Wenn Gott zum Beispiel zu einer Ehefrau, die einen Säufer als Mann hat, sagt, bewahre ihm die Treue und Liebe, wie du es einst versprochen hast und lass deine ewigen harten Vorwürfe sein, dann wird diese Liebe zu einem harten Stück Arbeit, vielleicht sogar Schwerstarbeit. Aber Gott wird diese Arbeit der Liebe zu seiner Zeit segnen. Und die Frau wird Gott danken, dass er ihr geholfen hat, durchzuhalten. Und wenn Gott zu einem Mann sagt, er solle sich mehr um sein Kind kümmern, statt nur die eigene Befriedigung in Beruf und Freizeit zu suchen, dann wird es dem Mann vielleicht schwer fallen, die lieb gewordenen Gewohnheiten aufzugeben und sich dafür mehr dem Kind zu widmen. Aber am Ende wird er Gott recht geben, weil er das Glück des Kindes sieht."

Ein Augenblick des Nachdenkens bei Jan: Was will Gott von mir, wo ich doch für mein Kind nichts mehr tun kann? Und ein Augenblick des Nachdenkens bei Pit: ‚um das Kind kümmern'. Soll ich das auch tun? Aber ich habe doch ganz andere Pläne. Ich habe Silke immer noch nicht geantwortet auf das Bild mit dem Baby in ihrem Leib und dass es schon der vierte Monat ist.

Der Pater räusperte sich, nachdem er mit den letzten Tropfen noch einmal die Gläser gefüllt hatte.

„Habe ich richtig in Erinnerung, dass euer UN-Beschluss von vor zehn Jahren hieß ‚Transformation der Welt'? Ja? Also gut. Ich bin zu der Erkenntnis gekommen, dass die Veränderung der Welt immer bei mir anfängt, bei jedem einzelnen von uns. Jesus hat die Menschen nie dazu aufgerufen, dass sie die Welt verändern sollen. Er hat sie aufgerufen, sich selbst zu ändern, Buße zu tun und auf alle Eigenmächtigkeit und Selbstverwirklichung zu verzichten. Wie die Kinder sollen wir werden und ihm vertrauen, nicht kindisch werden, nein, aber Menschen des Vertrauens, ohne Täuschung, ohne Falsch."

„Aber dazu muss man doch nicht gläubig sein. Man kann sich doch auch bessern und ändern, wenn man nicht glaubt. Oder etwa nicht?", meinte Pit korrigieren zu müssen.

„Selbstverständlich", pflichtete ihm Jan bei. „Dazu müssen wir nur auf unser Gewissen hören, wie Pater Ilija gestern schon sagte. Nicht wahr?"

„So ist es", nahm der noch einmal den Faden auf. „Nur, das hast du, Jan, ja selber gemerkt, das Gewissen hat eine sehr leise Stimme und wird leicht übertönt durch all die anderen Stimmen, die dir sagen, es war doch ‚nur Notwehr' oder ‚so machen es alle' oder ‚einmal ist keinmal' oder ‚du hast ein Recht darauf' und so weiter. Es ist immer ein Chor von Stimmen da, die es gut mit dir meinen, die Stimme der Mutter, die Stimme des Freundes, die Stimme in dir selbst. Auch meine eigene Mutter und mein Bruder haben damals, vor fünfundzwanzig Jahren, zu mir gesagt, du bist verrückt, wenn du da zu den Bosniaken gehst, die schneiden dir den Kopf ab und hängen dich verkehrt rum auf. Sie haben es gut mit mir gemeint, sie wollten mich warnen. Aber ich begriff, dass es die Stimme des Teufels war, der verhindern wollte, dass ich den Weg Jesu gehe. Und Christus hat mich gestärkt, ihm zu folgen. Das war eine harte Entscheidung für mich, denn es bedeutete auch eine gewisse Scheidung in der Familie. Das hat sich inzwischen längst wieder begeben, aber damals war es hart für sie und für mich. Und wie ihr seht, habe ich meinen Kopf noch, haha."

„Das gebe ich zu", meinte nun Pit nachdenklich, „das mit den Stimmen. Ich kämpfe auch gerade mit solchen Stimmen. Jan weiß es schon. Also Silke, was meine ehemalige Freundin ist, hat mir neulich auf dem Marsch eine Nachricht geschickt, dass sie schwanger ist und dass ich Vater werde. Ich wollte das aber nicht, will auch jetzt noch keine Familie. Ich hab ganz andere Pläne. Und nun sagt der eine, ich selber auch, sie soll es wegmachen lassen, und Anna bekräftigte, dass Abtreibung das Recht jeder Frau ist und so weiter. Silke aber schrieb mir noch einmal, dass sie das Kind will und sich drauf freut. Ich weiß nun überhaupt nicht mehr, was ich machen soll. Was sagst du dazu, Pater Ilija? Hast du dazu auch eine Meinung?"

„Schon, aber ich kann und will sie dir nicht aufdrängen."

„Und was ist deine Meinung?"

„Meine Meinung ist, dass du ein guter Vater werden könntest und dich auch auf dein Kind freuen solltest."

„Aber ich kann doch jetzt noch gar keine Familie gründen. Verdienst habe ich nicht. Eine Wohnung auch nicht. Nichts. Wie soll das gehen?"

„Tja. Du solltest auch ein Mann des Vertrauens werden. Auch für dich, nein, für euch Drei, kennt Gott Mittel und Wege, euch zu helfen. Ich weiß, ich weiß", der Pater hob abwehrend die Arme, als Pit ihm ins Wort fallen wollte, „Glauben kann man nicht erzwingen oder befehlen. Du kannst nicht einmal selbst beschließen: ‚ab morgen glaube ich'. Das funktioniert nicht. Das einzige, was ich dir anbieten kann, für dich und deine Situation zu beten – falls du willst. Entscheiden musst du selbst. Das kann dir niemand abnehmen, ich auch nicht."

Pit dachte nach.

Dann sagte er: „Schaden kann es ja nicht."

„Was?"

„Na, das Beten. Du hast doch gesagt…"

„Aber selbstverständlich. Das machen wir. Am besten gleich. Kommt mal mit rüber."

Sie gingen rüber und stellten sich vor das Kreuz. Der Pater verneigte und bekreuzigte sich. Jan machte es ihm nach.

Dann betete Pater Ilija: „Jesus Christus, du bist Herr und König über die große und unsere kleine Welt. Du weißt alle Dinge und kennst auch die Situation von Pit. Du weißt um seine Gedanken und Gefühle im Blick auf sein Kind und dessen Mutter. Ich bitte dich für ihn: Ordne seine Gedanken und Gefühle und schenke ihm eine Entscheidung, die dir gefällt. Im Namen des Vaters und des Sohnes und des Heiligen Geistes. Amen."

Bei den letzten Worten hatte der Pater seine Hände leicht auf Pits Kopf gelegt und das Kreuz über ihn geschlagen.

Dann fügte er noch hinzu: „Und bitte, Vater im Himmel, lass morgen auch die Grenzüberquerung gelingen, damit meine lieben Gäste wieder nach Hause können. Eine ruhige Nacht und ein seliges Ende gewähre uns der allmächtige und barmherzige Gott, der Vater und der Sohn und der Heilige Geist. Amen."

Dabei verneigte und bekreuzigte er sich wieder mehrmals zum Kreuz hin.

Nachher auf ihren Liegen meinte Pit nur: „So viel Religion habe ich ja noch nie erlebt. Das war etwas dicke. Aber als er mir die Hände auf den Kopf legte, das hatte was. Ich weiß gar nicht, was. Aber es hat mich berührt, auch innerlich. Mal sehen, ob sein Gebet uns morgen an der Grenze hilft. Gute Nacht."

Und Jan sagte: „Diese ganze Begegnung mit ihm, seine Worte und sein Leben hier, haben einen tiefen Eindruck auf mich gemacht. Ich weiß aber auch noch nicht, wo mich das hinführen wird. Abwarten. Gute Nacht."

Als sie am nächsten Morgen ein jeder seine Arbeit getan und gemeinsam gefrühstückt hatten, bedankten sich Jan und Pit beim Pater für alle Hilfe und Gastfreundschaft und wollten auch die Unkosten begleichen. Er aber lehnte ab.

„Wollt Ihr mich beleidigen? Gastfreundschaft ist unbezahlbar. Haha. ‚Seid gastfrei' sagt die Heilige Schrift (1 Pt 4,9)."

„Aber nachher den Fischer bezahle ich. Das ist unsere ganz private Sache. Ist das klar?"

Lächelnd und drohend hob der Herr Lehrer den Zeigefinger.

„Na, meinetwegen", gab der Pater nach.

„Und die zweihundert Euro Rabatt für die Migranten, bekommst du auch noch, damit du sechstausend voll hast für Krankenhaus und Migrationshilfe. Hier, nimm bitte. Ist ja nicht für dich."

Als sie dann ihre Rucksäcke aus dem ‚Gäste-Appartement' holten, legte Jan diskret einen Hunderter unter einen Zettel mit ‚Danke für alles. Und eine kleine Spende für nötige Reparaturen. Jan und Pit'.

Bevor sie ins Auto einstiegen, ließen sie sich noch die Handy-Nr. von Pater Ilija geben. Pit aber kraulte und drückte den

Hund noch einmal zum Abschied. „Mach`s gut Blacko und danke, dass du uns im Wald gefunden hast. Und pass schön auf Herrchen auf!"

„Haha, mal sehen, wer hier auf wen aufpassen muss, nicht wahr, Blacko? Haha."

Im alten Renault saßen die beiden dann im Fonds des Wagens und als der Pater ihn über die Schlaglöcher hopsen ließ, flüsterten sie einander zu: „Hoffentlich hält die alte Karre das aus."

Doch der Mann am Steuer hatte scharfe Ohren: „Der hält das aus. Der kennt hier schon jedes Schlagloch mit Namen. Haha."

Na hoffentlich, dachten Pit und Jan. Aber das sprachen sie nicht aus. Wer weiß, ob der alte Renault dann vielleicht eigeschnappt wäre. In Prlovici kamen sie endlich auf feste Straße und nun zeigte die ‚alte Karre', was in ihr steckte.

„Wir müssen ja schließlich pünktlich am Ziel sein", sagte lachend der Pater, „sonst ist der Zug weg, ich meine, das Polizeiboot. Und das wäre doch schade. Haha. Dann hätte ich euch ja noch länger auf dem Hals. Haha."

Unterwegs freuten sie sich über die schöne Landschaft und der Pater erklärte, dass die Una hier zu einem Naturschutzgebiet gehöre, mit herrlichen Wasserfällen und manchen touristischen Attraktionen.

„Da müsst Ihr nochmal als Touristen wiederkommen. Dann führe ich euch. Es ist ja meine Heimat, eine schöne Heimat."

Als sie an dem Schild ‚Republika Srpska' vorbeikommen, meint er jedoch: „Das ist das Traurige an meiner Heimat, die ethnische Zerrissenheit. Das lähmt den Staat und schreckt auch viele Touristen ab. Da wünschte ich mir den baldigen Anschluss an die EU, wo alle Grenzen wegfallen würden. Aber das ist noch lange hin. Da hilft nur beten und ein anderes Beispiel geben."

„Die EU hat aber auch ihre Schattenseiten", meinte Pit. „Eine riesige Bürokratie und dadurch oft sehr langsam in ihren Entscheidungen."

„Ja, es fällt schwer, sich mit denen in Brüssel zu identifizieren. Mit einem Königshaus kann man sich identifizieren, auch noch mit einer frei gewählten Regierung, die das eigene Land vertritt und repräsentiert. Es ist aber schwer, sich mit einem fernen Bürokratiemonster zu identifizieren. Vielleicht", sinnierte Jan, „sollte sich Europa wieder einen Kaiser anschaffen. Das ging doch über tausend Jahre gut, jedenfalls was das Identitätsgefühl der unterschiedlichen Völker Europas betraf. Jawohl, ich gründe demnächst eine Kaiserpartei, falls es nicht schon eine gibt."

Vor Vergnügen klatschte er in die Hände und zu Pit gewandt: „Aber nicht von den Hohenzollern. Die haben für Europa nichts gebracht außer Krieg. Also plädiere ich für unser Königs-Haus Oranien-Nassau. Na ja, vielleicht ein bisschen klein und in Osteuropa völlig unbekannt, aber genau das ist die Chance. Man einigt sich in der EU ja immer auf den kleinsten gemeinsamen Nenner."

„Na, damit ist ja die Zukunft Europas geklärt. Haha."

Damit bog der Pater in einen Seitenweg ein und vor ihren Augen tat sich die Una auf wie ein breiter See.

„Wir sind da. Die ‚alte Karre' hat es geschafft. Sogar pünktlich! Haha."

Dem Fischer sah man seinen Beruf förmlich an: wässrige blaue Augen, eine triefende Nase über einem dichten grauen Bart und lange Gummistiefel. Jan wurde mit ihm handelseinig.

„Eine Spazierfahrt auf den See für fünfundzwanzig Euro."

„Abgemacht."

Als sie im Boot saßen, wuchs bei Jan und Pit die Spannung und schwankte zwischen Hoffnung und Zweifel. Dann, als sie die Mitte des Sees erreicht hatten, raste plötzlich, woher eigentlich?, ein Polizeiboot mit kroatischer Flagge auf sie zu. Schüsse peitschten neben ihnen ins Wasser. Das Polizeiboot aber stoppte so plötzlich in kurzer Entfernung neben ihnen, dass ein gewaltiger Wasserschwall das Fischer-Ausflugs-Boot fast zum Kentern brachte. Der Fischer fluchte. Der Pater schaute verdutzt, ob er auf dem Polizeiboot jemand erkennen könne. Jan und Pit waren zu Salzsäulen erstarrt. Zwei kroatische Polizisten aber bedeuteten mit vorgehaltenen Maschinenpistolen, dass sie keine Migranten aufnehmen würden und das Boot gefälligst von der Mitte des Sees zu verschwinden habe.

„Sonst…"

Noch eine Salve ins aufspritzende Wasser.

„Verdammt", fluchte der Fischer.

„Es ist was schief gelaufen", sagte der Pater.

„Scheiße. Große …..", stöhnte Jan.

„Da hat wohl dat Gebet nischt genützt", stichelte Pit.

Als sie sich wieder dem bosnischen Ufer näherten, holte Pater Ilija sein Handy raus.

„Ich muss mal bei Nikolai anrufen… Geht nicht. Kein Netz."

„Aber hier, eine Nachricht, eine SMS. Vor zehn Minuten gekommen. Habe ich wohl wegen der Motorgeräusche nicht gehört. Von Nikolai: ‚Dienstplan aus technischen Gründen geändert. Bin erst zwölf Uhr auf dem Boot. Bis dahin'."

Dem Pater, aber auch Jan und Pit, war die Erleichterung anzumerken, doch der Schock saß tief.

„Diese Dienständerung muss ja ganz plötzlich gekommen sein. Konnte Nikolai nicht dafür. Ich wusste doch, auf ihn ist Verlass. Gott sei Dank" und bekreuzigt sich.

Jan verhandelt mit dem Fischer über eine zweite ‚Spazierfahrt'. Der aber weist auf das Risiko hin und auf die plötzlichen Freistunden bis zur nächsten Fahrt und überhaupt. Als Jan einen Hunderter hinlegt, gibt er schließlich nach, wenn auch mit bedenklichem Kopfschütteln.

„Gut, um elf Uhr dreißig sind wir wieder hier. Abgemacht?"

„Abgemacht."

„Ich schlage vor, wir vertreten uns in der Wartezeit ein bisschen die Beine und spazieren hier schön am Strand entlang. Ist das recht?"

Die beiden nickten

„Ganz gut, wenn uns der Wind ein wenig den Frust aus den Gliedern pustet", meinte Jan. „Mann, das war ja ein Schock. Da hat die EU tatsächlich scharf auf uns geschossen, auf ihre eigenen unbescholtenen Bürger. Mann o Mann, das war knapp. Stellt euch mal vor, morgen würden die Medien mit der Nachricht kommen: ‚Zwei EU-Bürger an der kroatischen Grenze erschossen'. Dann würde die kroatische Polizei aber Ärger kriegen. Mann!"

„Würde euch auch nicht mehr viel nützen, außer dass der Staat vielleicht eure Beerdigung bezahlen würde. Aber da hättet Ihr auch nicht viel davon. Haha."

Pit aber stellte fest: „Kjell hatte recht. Diese Reise stand von Anfang an unter keinem guten Stern. Ein Problem und Unglück jagte das andere. Es fing schon in Sarajewo an, wo die Straßenbahn ausfiel und ich mit dem schweren Rucksack dem Bus hinterher hecheln musste. Dann ging der Bus kaputt, wieder laufen. Dann…"

„Lass gut sein Pit", bremste ihn Jan. „Ja, es gab harte Herausforderungen, ja, und es gab Abenteuer und es gab wirklich Böses in diesen Tagen. Und aus dem, was wir uns vorgenommen hatten, wurde überhaupt nichts. Aber mitten drin gab es auch Gutes, zum Beispiel Ratko und hier Pater Ilija und Blacko, die uns in tiefster Nacht und Verzweiflung aus dem Wald gefischt haben. Und dann haben wir noch das Geld und die Pässe wiederbekommen. War doch Gutes oder?"

„Was nutzt das aber, wenn jetzt keiner unsere Pässe sehen will, was? Vielleicht kann sich dieser Nikolai gar nicht durchsetzen und die anderen ballern wieder und meinen es diesmal ernst. Was dann? Hast du einen Plan B, Pater Ilija?"

„Nun bleib man ruhig, Pit", antwortete der Pater. „Ernst gemeint haben sie es vorhin auch. Wir sollten zurück nach Bosnien. Aber sie werden sich hüten, jemand zu erschießen. Sie erschießen auch keinen Flüchtling, es sei denn, er würde Gewalt anwenden. Aber sie treiben sie zurück, genau wie uns. Im Übrigen, was die Störungen unserer manchmal besten Pläne angeht, so sage ich immer: wir sind noch auf der Erde. Wir sind hier nicht im Paradies und werden trotz UN-Beschluss hier auch niemals ein Paradies haben. Haha. Denn hier auf der Erde spricht immer auch der Teufel ein Wörtchen mit, der Diabolos, übersetzt der Durcheinanderbringer. Ihr habt es ja erlebt, wie er euer schönes Projekt und die ganze Reise durcheinander gebracht hat."

„Und warum stoppt ihn dann der liebe Gott nicht?", wollte Pit wissen.

„Das ist eins der großen Geheimnisse", erwiderte der Pater, „Gott ist verliebt in die Freiheit. Er lässt uns Menschen die freie Entscheidung. Er möchte, dass wir uns in völliger Freiheit für ihn entscheiden. Er lässt uns damit aber auch die Freiheit, auf die Stimme des Teufels zu hören und Böses zu tun, wenn wir uns von der schmeichelnden Stimme des Teufels einwickeln lassen. Dann kommt die große Störung in das Zusammenleben der Menschen und in unsere Pläne. Und manchmal erlaubt Gott dem Teufel sogar, eine Pandemie zu entfesseln, vielleicht um uns zu prüfen oder zu mahnen. Aber zum Ärger des Teufels behält Gott immer die Übersicht und kann und will und wird auch aus dem Bösesten Gutes für uns machen, wenn wir das Vertrauen nicht verlieren und im Glauben und Beten durchhalten. Ihr werdet es erleben. Das ist mein Plan B: Gott vertrauen."

„Ich weiß, du hast fünfundzwanzig Jahre Erfahrung damit. Ich beneide dich darum. Ich habe solche Erfahrungen nicht und von solchem Glauben hier bei dir überhaupt das erste Mal im Leben gehört. Mir geht deshalb ganz schön die Muffe. Ich laufe jedenfalls nicht noch einmal Tag und Nacht durch die Wildnis, zumal ein gewisser Wolf bestimmt auch noch Rachegelüste hat."

„Bleib mal ganz ruhig und hab Vertrauen. Es wird schon werden."

„Hoffentlich", sagte Pit.

„Ich bin auch gespannt wie ein Flitzebogen", bekannte Jan. „Ich will doch noch die Kaiser-Partei gründen."

Ein kleines Lächeln auf den Gesichtern, während der leichte Wind durch ihre Haare fährt und das Wasser des Sees kräuselt.

Dann ist es wieder so weit. Diesmal steigen sie mit einer gewissen Anspannung in das Boot. Es war ja schon beruhigend vom Pater zu hören, dass die kroatischen Grenzer niemanden erschießen würden, aber weiß man, ob nicht doch einer durchdreht oder den starken Mann markieren muss? Ängstlich schauen sie sich um, aber außen ihnen ist nur ein Angelkahn auf bosnischer Seite zu sehen, aber in Strandnähe. Auf die kroatischen Grenzer drüben auf ihren Wachtürmen musste es ja zwangsweise provokativ wirken, wie sie hier mit ihrem Fischerboot auf der Mitte des Sees dahinfuhren, ungewiss, ob sie noch auf bosnischer oder schon auf kroatischer Seite waren. Dann sahen sie es wieder heran rauschen: das kroatische Polizeiboot. Es hielt diesmal in vielleicht fünf Meter Entfernung. Während die Spannung auf dem Fischerboot mit Händen zu greifen war, erschien drüben an der Reling ein Grenzpolizist und grüßte herüber.

„Nikolai!" erwiderte der Pater fröhlich den Gruß und war aufgesprungen. „Was sollen wir tun?"

„Die beiden EU-Bürger sollen herkommen", winkte Nikolai.

„Wie denn?"

„Schwimmen, damit ich sie retten kann!"

„Und die Rucksäcke?"

„Nachher."

Nikolai und der Pater hatten serbisch miteinander gesprochen.

„Und? Was hat er gesagt?"

„Ihr sollt rüber schwimmen. Haha."

„Was?", fragte Pit entgeistert.

„Na, Ihr werdet doch die paar Meter schaffen. Nur über die Grenze. Seht Ihr hier nicht den weißen Strich? Haha, das ist die Grenze."

„Und unsere Rucksäcke?"

„Hinterher. Steckt Pässe und Geld in die Rucksäcke, damit Ihr nicht wieder alles auf die Leine hängen müsst. Haha."

„Also los", sagte Jan. „Und nochmals vielen Dank, Pater. Wir melden uns."

Und sprang ins Wasser, wandte sich noch einmal um und rief: „Komm, Pit!"

Und schon war er drüben, wo sich ihm starke Arme entgegenstreckten und ihn aus dem Wasser zogen.

„Pater, bete, dass ich es auch schaffe. Kann ja nicht schaden!" Als Nikolai sah, wie Pit in seinen Sachen etwas unbeholfen im Wasser herum planschte, warf er ihm einen Rettungsring zu und zog ihn mit diesem längsseits, wo ihn Nikolai und Jan gemeinsam aus dem Wasser hievten. Dann dirigierte Nikolai das Polizeiboot näher an das Fischerboot, so dass die Rucksäcke nachgereicht werden konnten. Nun waren Mensch und Gepäck in der EU.

„<u>Хвала!</u> Thank you!", rief der Pater herüber und schlug das Kreuz über Nikolai, Jan und Pit. Nikolai verbeugte sich dabei tief.

„Geschafft!", sagte Pit.

Recht hatte er, doch nicht ganz. Bosnien war geschafft, nicht aber die Pandemie.

Epilog

Der Leser wird wissen wollen, wie es mit unseren Protagonisten nach der geballten Wucht der Ereignisse und Erfahrungen dieser gut zwei Bosnien-Wochen nun weiter ging. Es soll in aller Kürze berichtet werden, jedenfalls soweit es die offen gebliebenen Fragen betrifft.

Zuerst von Kjell. Er war ja als erster unserer Greenpeace-Truppe gerade noch wie aus dem Kessel einer Schlacht entkommen. Er wusste nichts von Annas schaurigen Mordtaten noch von den lebensbedrohenden Abenteuern seiner letzten beiden Gefährten in der Wildnis der Tschetniks, auch nichts von einer Begegnung mit einem Eremiten. Er wusste nur, richtiger, er meinte zu wissen, dass er nun in Malmö wieder in

gewohnter Sicherheit sei. So traf er sich genau an dem Mittwochabend, als Jan und Pit im triefenden Wald um ihr Leben rangen, nach dem Boxtraining mit seinen drei Freunden in einer Kneipe, um ihnen von Bosnien zu erzählen: von seiner Begegnung mit bosnischen Bären und Bosniaken und dass er deswegen nicht mit ihnen trainieren konnte. Dabei streckte er seinen Gipsarm in die Höhe. Sein Fazit: Nie wieder Greenpeace International! Er ahnte nicht, wie recht er mit dieser Prophetie haben sollte. Als er am nächsten Mittwoch seinen Freunden fröhlich zeigen wollte, dass der Gips weg und sein Arm jetzt nur noch in einer Schiene lag, brach er plötzlich zusammen und wurde mit Blaulicht ins Krankenhaus gebracht. Diagnose: Covid-25. Der feucht-fröhliche Abend vor einer Woche entpuppte sich als ein Hotspot der im laxen Schweden noch nicht so ernst genommenen neuen Pandemie. Auch die drei anderen Freunde wurden mit Covid-25 eingeliefert, dazu einige andere Gäste aus der Gaststätte. Von den vier Freunden starben wenig später drei. Auch Kjell war unter ihnen und wurde noch in derselben Woche beerdigt. Die Rettung aus Bosnien und seine vom Boxtraining gut entwickelten Muskeln nutzten ihm am Ende nichts. Der neue winzige Virus war stärker. Das einzig Positive an diesem traurigen Ereignis war, dass die schwedische Regierung aufwachte und merkte, dass es diesmal ernster ist mit der Pandemie als vor vier Jahren.
Schweden schloss seine Grenzen.

Wenden wir uns nun Jan und Pit zu. Sie mussten, wie befürchtet, gleich hinter der Grenze in Quarantäne, in einem kleinen Hotel des Naturparks Plitvicer Seen. Durch den neuerlichen Corona-Lockdown waren sie die einzigen Gäste, mussten in den ersten zwei Tagen auf dem Zimmer bleiben und bekamen das Essen vor die Tür gestellt. Dann durften sie auch nach draußen und konnten die herrliche Natur jener Seenplatte genießen. Sie nutzten die Zeit, um sich von den Strapazen der letzten Wochen zu erholen, mit der Heimat zu telefonieren und sich per Radio und Fernsehen über den neuesten Stand der politischen, wirtschaftlichen und epidemiologischen Lage zu informieren. Erschrocken hörten sie, wie diesmal mitten in der sommerlichen Hochsaison alles öffentliche Leben in der EU zum Erliegen kam. Was sollte da erst im Winter werden? Die bekannten Impfstofffriesen arbeiteten mit Hochdruck an einer Anpassung ihrer für Covid-19 entwickelten Präparate. Aber jeder wusste, selbst wenn das in den nächsten vier Wochen gelang, so dauerte es noch lange, bis wieder genügend Impfstoff auf dem Markt war, um die Bevölkerung durch zu impfen. Bis dahin würden die Todeszahlen in noch nie dagewesene Höhen schnellen. Schon jetzt waren die Krankenhäuser auch im wohlhabenden Teil Europas und der Welt überlastet, genau wie die Sargtischler.

Jan und Pit wurde mehr und mehr bewusst, dass die Herausforderung, die da auf sie zukam, nicht geringer war, als die Gefahren, denen sie soeben entronnen waren. Sie begriffen, dass die Pandemie von vor vier Jahren geradezu harmlos war gegen das aggressive Virus von heute. Hatte man damals noch gelacht über die vielen Witze, Bilder und Videos, die in den sozialen Netzwerken kursierten, über Abstandhalten, Maskenball und Lockdown, so war diesmal scheinbar allen das Lachen vergangen. Auch die Corona-Leugner waren verstummt. Umso lauter wurden die Stimmen, die forderten, bei der Verteilung von Impfstoff und anderen lebensnotwendigen Gütern zuerst an die eigene Bevölkerung zu denken.

Jan nahm sich vor, wenn er wieder in Amsterdam war, als erstes die Eltern zu besuchen, die den Schock über Annas Tod bisher nicht überwunden hatten und dazu in Angst vor Corona lebten. Er war jetzt ihre einzige Hoffnung und Stütze.

Pit aber wollte sich zuerst bei Silke melden und ihr sagen, dass er sich zu dem Kind stelle und die Vaterschaft akzeptieren wolle. Ja, und vielleicht sagt er ihr auch, dass er sie, wenn sie noch wolle, heiraten würde. Wobei er natürlich nicht wisse, wie das alles gehen könne. Hatte der Pater nicht gebetet, dass er Ordnung in sein Leben bringen möge? Ja, er wird sich einen Ruck geben und Ordnung machen. Und dann wird er das seinen Eltern erzählen und die werden vor Schreck die Hände über dem Kopf zusammen schlagen. Sollen sie doch. ‚Junge‘, werden sie sagen, ‚du musst doch jetzt erst mal an dich denken. An Master, heil durch Corona kommen, Arbeit finden und so weiter‘. ‚Nein‘, wird er sagen. ‚Ich muss jetzt erst mal Ordnung in mein Leben bringen und Verantwortung übernehmen. Jawohl‘.

Nach zehn Tagen durften sie das Hotel verlassen und fuhren zuerst mit der Taxe, dann mit dem Bus in Richtung Zagreb. Hier mussten sie sich noch einmal einquartieren, weil erst in zwei Tagen ein Flieger nach Berlin ging, wo es für Jan Anschluss nach Amsterdam gab.

Am Abend saßen sie vor dem Fernseher und Jan hört mit Bestürzung von ersten Corona-Todesfällen auch in der königlichen Familie des Hauses Oranien-Nassau. Der König, der nicht eben bekannt war für große Emotionen, nutzte die Gelegenheit, sich in einer ergreifenden Ansprache an sein Volk zu wenden. Sie alle säßen jetzt im selben Boot, in einem Boot, das bei abnehmenden Kräften und Ressourcen ziemlich schutz- und hilflos Stürmen und Wellen des neuen Virus ausgeliefert sei. Sie seien vereint im Leiden und in der Trauer um alle Toten in der Familie und im Lande. Die Königin habe sich deshalb mit den Prinzessinnen in ein Kloster zurückgezogen, um Buße zu tun und für die Familie und das ganze Volk zu beten. Auch ihm falle angesichts der Todeszahlen und der um sich greifenden Hilflosigkeit nichts anderes ein, als an das alte Sprichwort zu erinnern ‚Not lehrt beten‘. Vielleicht sollten wir damit wieder neu anfangen. Und niemand solle sich dessen schämen, auch wenn wir das ‚in den vergangenen guten Zeiten aus den Augen verloren hätten. Ich selbst auch. Leider‘.

„Donnerwetter“, sagte Jan. „Das ist das erste religiöse Bekenntnis aus dem Mund unseres Königs. Hat Pater Ilija vielleicht recht mit der Stimme in der Pandemie, die zu den Völkern redet? Bin gespannt, was morgen die Medien dazu sagen."

Die Medien sagten dies und jenes. Ein Teil empörte sich, dass der König das Neutralitätsgebot gebrochen und ein religiöses Bekenntnis abgegeben habe. Blätter der linken Szene murrten leise, dass er die Religion wieder aus der Mottenkiste geholt habe. Aber der größte Teil schlug ernste und nachdenkliche Töne an. De Telegraaf titelte ,Jetzt hilft nur noch beten!'. Der links-liberale Volkskrant rief die Religionsgemeinschaften des Landes auf, nicht nur die Verhaltensregeln der Regierung und der Epidemiologen nachzuplappern, sondern eine selbständige Sicht der Lage vorzulegen. Schließlich handele es sich um ein nicht von Menschen gemachtes Ereignis, das in früheren Zeiten selbstverständlich religiös antizipiert wurde. Wie auch immer die Medien mit der Pandemie im allgemeinen und mit der königlichen Äußerung im besonderen umgingen, man merkte, dass viele Journalisten kleinlauter und nachdenklicher geworden waren, was Religion anging. Wahrscheinlich hatten schon viele von ihnen inzwischen an Gräbern lieber Menschen gestanden und heimlich zum lieben Gott gebetet, wenigstens ihr Kind zu verschonen.

Am nächsten Abend brachten die Nachrichten, dass auch der deutsche Bundeskanzler, anknüpfend an die Äußerungen des niederländischen Königs, „Gläubigen jeglicher Religion" empfahl, „für die Regierenden, für die Virologen, für die Krankenhäuser und für alle von der Pandemie Betroffenen zu beten". Als daraufhin die Bundeskanzlerin a.D., Angela Merkel, in einem Interview befragt wurde, was sie zu diesem religiösen Aufruf sage, meinte sie, dass wohl die Zeit dafür reif sei. Auf die Rückfrage, warum sie bei der ersten Pandemie als Kanzlerin nichts dergleichen geäußert hätte, sagte sie nur lächelnd: „Die Zeit war eben noch nicht reif."

Am nächsten Vormittag war dann für Jan und Pit die Zeit reif für den Rückflug, der auch anstandslos klappte. In Berlin trennten sich ihre Wege, nachdem Jan Pit noch versprechen musste, sofort eine Nachricht zu schicken, wenn Frank anrufen würde. Denn er müsse ihm doch den Pass zukommen lassen.

Folgen wir zuerst Pits Spuren. Die führten ihn vom Flughafen BER direkt zu Silkes Adresse. Die kannte er ja in- und auswendig: Rüdigerstraße in Lichtenberg. Schließlich hatte er ein halbes Jahr dort gewohnt. Eigentlich war es eine schöne Zeit, dachte er bei der Fahrt mit der S-Bahn. Und er gestand sich ein, dass er sich blöd und unreif benommen hatte, als er Silke fallen ließ wie ein gebrauchtes Handtuch. Er wird das in Ordnung bringen. Versprochen. Er mochte sie. Immer noch. Er fühlte sich gut bei diesem Gedanken und fing an, sich auf die Begegnung mit ihr und seinem Kind zu freuen. Am Kiosk kaufte er noch einen Blumenstrauß für sie. Doch welch ein Schock, als er ihre Wohnungstür verschlossen fand und ohne ihr Namensschild. Aufgeregt klingelte er bei der Nachbarin, die die Tür nur einen Spalt öffnete und ihm mit heraus gestreckter Hand bedeutete, Abstand zu halten. Und leider wäre die junge Frau vor zehn Tagen mit Covid-25 ins Krankenhaus gekommen und ganz schnell verstorben. Am Sonnabend sei sie beigesetzt worden, auf dem Zentralfriedhof. Aber sie wäre nicht hin gegangen, weil die Teilnehmerzahl auf die Familie begrenzt sei. Und, flüsterte sie durch den Türspalt, die junge Frau soll ja schwanger gewesen sein. Mehr könne sie auch nicht sagen und schlug die Tür wieder zu.

Wie betäubt wankte Pit die Treppe hinunter und machte sich auf den Weg zum Zentralfriedhof Friedrichsfelde. ‚Ich komme zu spät' hämmerte es in seinen Gedanken, ‚ich komme zu spät'. Am Grab wich dann seine Erstarrung einer tiefen Erschütterung. Da lagen sie nun, seine Silke und sein Kind. Und er würde nichts wieder gut machen und in Ordnung bringen können. Er kam zu spät. Als er die Blumen auf das Grab legte, ließ er seinen Tränen freien Lauf. Es waren Tränen der Trauer und Tränen der Scham. Tränen über den so frühen Tod und Tränen über die zu späte Erkenntnis, was er hätte richtig machen müssen. Dass er sich zum Kind und zu seiner Mutter hätte bekennen müssen, statt den Tod des Kindes zu fordern. War das die Antwort auf seine Forderung, dass nun nicht nur das Kind, sondern auch seine Mutter dahin gerafft war? Die Antwort auf seinen kindischen, dämlichen, unreifen Egoismus?

„Verzeiht mir", flüsterte er unter Tränen, „verzeiht mir, ich komme zu spät. Ich bin schuld. Lieber Gott, ich verspreche, dass ich nie wieder zu spät kommen will."

Es war das erste Mal in seinem Leben, dass er mit Gott geredet hat. Ob es das letzte Mal war, wissen wir nicht, geht uns auch nichts mehr an.

Zum Schluss wollen wir noch Jans Spuren folgen, die ihn in Amsterdam auf kürzestem Wege zu seinen Eltern führen. Zu Hause angekommen, lässt sich seine schluchzende Mutter in seine Arme fallen, während der Vater seine Freude über sein Kommen mit einem väterlichen Schulterklopfen kund tut. Tränen laufen ihm die Wangen hinunter.

„Verzeih mir", sagt die Mutter, „es ist nur, wegen Anna. Und dass du wenigstens lebend nach Hause kommst. Und dann die Angst vor Corona. Ach, wie schrecklich ist das alles. Aber nun erzähl noch einmal alles ausführlich. Es ist doch für uns immer noch nicht zu begreifen. Ach, meine kleine Anna."

Während Mutter unter Tränen das Abendessen bereitet, nehmen Vater und Jan schon am Küchentisch Platz. Und nun erzählt er noch einmal ausführlich, unterbrochen von den Weinanfällen der Mutter, wie es zu Annas schrecklicher Tat gekommen war und wie sie sie mit Ratkos Hilfe beerdigt hatten. Dann erzählte er noch von den Abenteuern an der bosnischen Grenze und vom Eremiten. Zum Schluss fügte er noch hinzu, dass er nun aber hier sei und bleibe und sie könnten sich auf ihn verlassen. Ein Anruf genüge.

Der Anruf kam zwei Tage später in der Mittagsstunde. Vater war am Telefon. Von Mutter hörte er nur das Husten, Schluchzen und Klagen im Hintergrund.

„Uns hat es auch erwischt", sagte Vater. „Corona. Gleich kommt der Krankenwagen und holt uns ab." Dann nannte er noch die Adresse des Krankenhauses. Jan war geschockt. Am Nachmittag führte ihn sein erster Weg zum Krankenhaus, wo er aber, wie erwartet, nicht eingelassen wurde. Ihm wurde nur gesagt, dass ihr Zimmer im 3. Stock zur Straße hinaus gehe. So konnte er die Eltern nur per Telefon bitten, falls möglich, mal ans Fenster zu kommen. Dort konnte er ihnen noch einmal zuwinken und zurufen, dass er jeden Tag anrufen wolle. Mit einem „Gott behüte euch!" verabschiedete er sich schließlich. In seinem Inneren aber meldete sich das Wort aus dem Vaterunser ‚dein Wille geschehe'. An den beiden kommenden Tagen kamen sie nicht mehr ans Fenster. Sie wären zu schwach. So konnte er ihnen nur per Telefon Mut zusprechen und sie zu trösten versuchen. Doch auch Vaters Stimme war schon sehr schwach und immer wieder von Röcheln unterbrochen. Am dritten Tag klingelte sein Handy und ihm wurde mitgeteilt, dass seine Mutter leider den Kampf gegen das Virus verloren hätte und vor wenigen Augenblicken verstorben sei. Es war Dienstag, der 05. August. Einen Tag später kam der nächste Anruf. Auch sein Vater wäre der Seuche erlegen.

Jans Schmerz und Trauer wurde zunächst überdeckt durch die vielen Behördengänge. Es gelang ihm auch, Mutters Termin der Beisetzung noch einmal auf Samstag zu ändern, damit die Eltern gemeinsam beigesetzt werden konnten. Die Bestattungsunternehmen arbeiteten jetzt auch am Samstag rund um die Uhr. Sie stöhnten über die viele Arbeit, aber ihr Konto freute sich. So ist das nun mal. Zur Beisetzung waren außer Jan noch seine zwei Tanten mütterlicherseits, sein Onkel väterlicherseits und die Hausnachbarn erschienen, mit denen die Eltern ein engeres Verhältnis hatten, zusammen sechs Personen. Mehr waren nicht erlaubt. Diesmal konnte Jan das Vaterunser mitsprechen. Und im Stillen fügte er hinzu, wie es der

Pater beim Gebet für Ratko gesagt hatte ‚lehre uns bedenken, dass wir sterben müssen, auf dass wir klug werden' (Ps 90,12). Erst am Sonntag fiel dann der ganze Stress dieser letzten Tage von ihm ab. Dafür brach sich die Erkenntnis Bahn, dass er nun ganz allein und der nächste in der engeren Familie war, der eines Tages diese Erde verlassen müsste. Wie das so ziemlich jedem bewusst wird, der mit den Eltern auch von Kindheit und Jugend Abschied nehmen muss. Die Tanten und der Onkel gehörten bei ihnen nie zum engeren, alltäglichen Familienkreis. Nein, er war allein. Anna ist tot, die Eltern sind tot. Er ist allein, ganz allein. Obwohl er eigentlich einen Sohn hat, Sven. Doch der hat sein Zuhause in Kanada. Vielleicht..., aber dann erst in, na ja, vielleicht zwanzig Jahren. Mal sehen. Jetzt bin ich fürs erste allein. Soll ich allein bleiben? Soll ich mir eine Frau suchen und Kinder zeugen? Halbgeschwister für Sven? Ich weiß nicht. Im Augenblick weiß ich gar nichts. Wie hatte Großvater gesagt? ‚Die Furcht Gottes ist aller Weisheit Anfang'. O Gott, gib mir Weisheit, mein Leben so zu gestalten, dass es dir gefällt. Am Abend dieses Tages sitzt er in der Sint-Nicolaasbasiliek. Gottesdienste sind wegen Corona überall abgesagt, aber die meisten Kirchen stehen offen zum Gebet für die Gläubigen. Er ist nicht allein in der Kirche, wie er erst bemerkt, als sich seine Augen an das matte, mystische Licht gewöhnt haben, dass von oben durch die bunten Glasfenster fällt. Er schaut auf die Uhr. Ihr großer Zeiger steht fast auf der Sechs. Achtzehn Uhr, denkt er, Gebetszeit. Er zieht einen recht zerknitterten Zettel aus der Tasche, das Abendgebet aus der winzigen Kapelle des Eremiten. Er betet es im Wechsel von Sitzen, Knien und Stehen. Er betet es in seiner Muttersprache und weiß sich in diesem Augenblick verbunden mit Pater Ilija, fern und doch so nah. Tiefer Friede breitet sich in ihm aus.
Am nächsten Tag meldete er sich bei Greenpeace International in der Ottho Heldringstraat und berichtete sachlich vom Rachegeist auf dem Balkan, dem auch Anna sowohl objektiv als auch subjektiv zum Opfer gefallen sei. Und da er in diesen

Räumen zu sehr an sie erinnert würde, bitte er darum, ihn bis auf weiteres von aller Mitarbeit zu entpflichten. Ob sie das verstehen könnten. Sie konnten und übergaben ihm noch die Adresse eines gewissen Frank Uebel aus Frankfurt, der um Rückruf bitte. Jan versprach, die Sache zu erledigen und verabschiedete sich.

Zu Hause setzte er sich mit Pit in Verbindung, um ihm Franks Adresse weiter zu geben und erfuhr von ihm, wie er Silke, „du weißt schon, meine schwangere Freundin", wiedergesehen hatte. „Auf dem Friedhof, mit ihrem und meinem Kind." Jan merkte, dass Pits Stimme belegt war. Ja, und er habe begriffen, dass er sich wie ein egoistischer, dummer und unreifer Junge benommen habe, als er Silke aufforderte, das Kind wegmachen zu lassen. Das war böse von ihm. Und mit diesem bösen Stich in ihrem Herzen sei Silke nun gestorben. Und sein Kind auch. Und der Pater habe recht gehabt, dass in uns allen auch das Böse drin steckt und die besten Absichten verdirbt. Aber jetzt sei er leider zu spät gekommen. Und es sei ihm, als habe der Himmel auf seine Weise die Aufforderung zur Abtreibung des Kindes beantwortet. Er habe ihm nicht nur das Kind, sondern auch Silke genommen, die mit einer Abtreibung nie glücklich geworden wäre.

„Was meinst du, hätte Pater Ilija das auch so gesehen?"

„Schon möglich, aber wahrscheinlich hätte er dir auch noch geraten, um Vergebung zu bitten."

„Habe ich schon getan."

„Das ist gut. Dann solltest du dir nur noch vornehmen, es beim nächsten Anlauf besser zu machen."

„Auch das habe ich mir gesagt. Und vielleicht lerne ich ja auch noch beten, dass ich die Kraft bekomme, meine guten Vorsätze auch durchzuhalten, wenn die anderen Stimmen wieder da sind. Danke, Jan. Das Gespräch mit dir und die Erinnerung an

Pater Ilija hat mir gut getan. Danke! Ich rufe auch bei Frank an und erzähle ihm von unseren Erlebnissen mit Pater Ilija. Und schicke ihm seinen Pass."

„Und danke ihm nochmal für seine Fluchthilfe."

„Okay. Mach`s gut."

„Du auch."

Nach zwei Wochen rief Pit noch einmal an wegen Frank. Der habe sich bei der Quarantäne in Bosnien mit einem Zimmermädchen vergnügt und dabei mit dem Virus angesteckt. Der sei aber erst in Deutschland ausgebrochen. So musste er in Frankfurt auf die Intensive. Es wäre hart gewesen, aber er sei dem Tod noch einmal von der Schippe gesprungen.

„Typisch Frank."

In einem Telefonat mit Pater Ilija erfuhr Jan, dass die OP bei Pelzmütze gut verlaufen und er wenige Tage danach wieder entlassen worden war. Und das restliche Geld, noch mehr als die Hälfte würde er nun an die Migrantenhilfe überweisen. Jan war es zufrieden.

In den nächsten Wochen war er mit der Auflösung der elterlichen Wohnung, mit der Auflösung von Annas Wohnung und mit Behördengängen beschäftigt. Dann waren auch die Ferien zu Ende und der Schulbetrieb ging wieder los. Es war gut so. Es lenkte ihn ab. Besonders hilfreich aber war ihm sein regelmäßiges Gebetsleben, das an jenem Sonntag in der Sint-Nicolaasbasiliek begonnen hatte. Von da an war er an jedem Tag gegen 18 Uhr mit Pater Ilija im Gebet verbunden, wenig später auch morgens um 6 Uhr, denn natürlich hatte er auch diese Gebetsvorlage mitgenommen. Per Telefon bat er den Pater, ihm auch die Gebetstexte für die Feste zu schicken, also zum Beispiel Weihnachten und Ostern und lernte auf diese Weise, dass die großen Feste eingebettet waren in ganze Festkreise. Immer tiefer wurde er mit den Gebeten vertraut und konnte sich schon bald seinen Tagesablauf ohne diesen festen Gebetsrythmus nicht mehr vorstellen. Dazu kam ein privates Gebetsformular extra für diese Corona-Zeit.

Als in den Wochen nach Weihnachten die Zahl der Corona-Todesfälle in Europa und weltweit ihren Höhepunkt erreichte und überall die Leichenzüge das Straßenbild beherrschten, rief der Papst von Rom in Gemeinschaft mit orthodoxen Patriarchen und protestantischen Kirchenführern zu Gebets- und Bußprozessionen auf. Statt Karnevalsumzügen sah man in diesem Jahr 2026 schier endlose Menschenschlangen – unter bestmöglicher Einhaltung der Abstands- und Hygieneregeln – über die Straßen und Plätze Europas ziehen. Aus Millionen Kehlen schrie es zum Himmel: ‚Lord, have mercy on us‘, gospodi pomiluj‘, herr genade‘, Herr, erbarme dich‘. Zu Ostern ebbte die Pandemie ab.

Zu Ostern war auch sein Entschluss gereift. Jan rief den Pater an und fragte, ob der sich vorstellen könne, so, sagen wir zunächst für ein Jahr, einen Hilfsarbeiter aufnehmen zu können.

„Du als mein Hilfsarbeiter? Haha. Das wäre ja großartig. Aber wie stellst du dir das vor? Ich habe keinen Platz weiter, denn das Gästezimmer muss Gästezimmer bleiben. Wo willst du wohnen? Willst du ein Zelt mitbringen? Haha. Meine Toilettenpläne sind auch noch nicht weiter gediehen. Willst du den Winter auf dem Herzhäuschen verbringen? Weißt du, dass du dir da den Hintern erfrierst? Haha. Meiner ist das schon gewohnt. Haha.“

Jan erläuterte ihm seine Vorstellungen. Auf seine, Jans Kosten, solle der Anbau saniert werden, einschließlich eines Zimmers und WC mit Waschgelegenheit. Außerdem, auch auf seine Kosten, die geplante Toilettenanlage im Haupthaus mit Dusche, Klo und Waschgelegenheit. Er, Jan, habe ja durch den Tod der Eltern und von Anna einiges geerbt und der Pater möge das als Geschenk des Himmels sehen und annehmen. Etliche Handwerker in der Gegend würde das bestimmt auch freuen.

„Das hört sich alles gut an", sagte darauf der Pater. „Ich will es mir überlegen. Aber sag, was ist denn der eigentliche Grund für dein Kommen? Du bist doch nicht auf Arbeitssuche, haha?"

„Der eigentliche, der innere Grund ist, ich will es mal mit deinen Worten sagen: ‚die andere Wange auch hinhalten'. Erstens und im Allgemeinen für die Niederlande und zweitens und im Besonderen für Anna. Beiden gegenüber gibt es tief sitzende Rachegefühle bei den Bosniaken. Ich will mich dem stellen. Ich fühle das als meine Berufung. Kannst du das verstehen?"

„Na, wenn es einer verstehen kann, dann sicher ich. Aber lass mich darüber noch einmal beten und nachdenken. Und du, bist du dir der damit verbundenen Risiken wirklich bewusst?"

„Absolut. Ich habe auch schon mein Testament gemacht."

„Gut. Ich rufe zu gegebener Zeit zurück. Okay?"

„Okay. Und frohe und gesegnete Ostern!"

„Der auferstandene Christus sei mit dir!"

Am Sonntag nach Ostern meldete sich der Pater wieder, dass der Heilige Geist und er keine Bedenken hätten, Jan auf der Einsiedelei als Hilfsarbeiter anzustellen ‚für einen Apfel und ein Ei', Haha. Und wann er denn kommen wolle?

Gegen Ende Juli, wenn das Schuljahr beendet und er seine Wohnung vermietet habe. Und der Pater solle die besprochenen Arbeiten schon mal beginnen und beaufsichtigen und die Rechnungen an seine Amsterdamer Adresse schicken. Und übrigens möchte auch er, Jan, über die Presse seine Anwesenheit in Prlovici bekanntgeben. Grund seines Hierseins: Bitte um Vergebung niederländischer Schuld am bosniakischen Volk.

Am 26.Juli, genau ein Jahr nach dem Verlassen Bosniens war Jan wieder da, aber diesmal nicht per Polizeiboot über die Una, sondern per Flieger über Banja Luka. Der Pater holte ihn am Flughafen ab. Die ‚alte Karre' und Blacko begrüßten ihn fröhlich. Noch im Auto informierte der Pater seinen Gast, dass er am nächsten Tag einen Pressetermin im Haus vereinbart habe, wo drei Journalisten, ein Kroate, ein Serbe und ein Bosniake, ein Interview mit Jan führen wollen. Ob ihm das recht sei.

„Selbstverständlich. Ich danke dir, dass du das so schnell organisiert hast. Dazu bin ich doch gekommen."

„Und du bist dir im Klaren darüber, dass das für dich auch den Tod bedeuten kann?"

„Ich weiß. Ich habe lange darüber nachgedacht und gebetet. Aber ich bin nun völlig allein, trage für niemand mehr Verantwortung und bin niemand Rechenschaft schuldig, außer Gott und meinem Gewissen. Mein Sohn wächst in einer kanadischen Familie auf und wenn ich hier umkomme, wird er wohl nie davon erfahren. Wenn der Herr mein Opfer annimmt, bin ich bereit. Dann schenke er, dass mit mir auch die Rachegefühle der Bosniaken beerdigt werden. Sein Wille geschehe."

„Amen."

Über das weitere Leben in der Einsamkeit der Einsiedelei brauchen wir nichts berichten. Wir kennen es. Es verlief im gewohnten mönchischen Rhythmus von ‚bete und arbeite'. Aber Im Oktober dieses Jahres ereignete sich etwas Merkwürdiges. Ein Gerücht machte die Runde im Lande und drang bis nach Prlovici vor. Es besagte, dass zwei Bosniaken auf den Zeitungsbericht über die Anwesenheit des Niederländers hin, von ihren Familien bestimmt wurden, für die Verbrechen Rache zu nehmen, die vor dreißig Jahren unter Duldung der Niederländer in Srebrenica geschehen waren und für die Ermordung zweier ihrer Cousins vor einem Jahr durch die Schwester dieses Jan Verhoeven, von dem die Presse berichtet hatte. Die beiden Rächer hätten sich auch im Wald an die Einsiedelei heran geschlichen, ohne gesehen zu werden. Jeder hatte einen Revolver dabei. Dann hätten sie auch diesen Jan gesehen, von dem sie ein Foto dabei hatten, wie er in etwa acht Metern Entfernung von ihnen vor einem Kreuz kniete. Es war kein Problem für sie, ihn dort zu töten. Doch in dem Augenblick, da sie, den Finger am Abzug, auf Jan zielten, hätte ein Mann neben ihnen gestanden in einer noch nie gesehenen Uniform, mit goldenen Schulterblättern und einem goldenen Gürtel, auf dessen Schloss etwas in fremder Schrift wie mit Flammen geschrieben stand. Seine eine Hand erhob der Mann, wie um ihnen Einhalt zu gebieten, in der anderen hielt er etwas, womit er Lichtstrahlen auf ihre Pistolen richtete, so dass sie den Abzug nicht durchdrücken konnten. Vor lauter Schreck und Angst ließen sie die Pistolen fallen und rannten davon.

Soweit der Grundstock dieses Gerüchtes. Bei der Deutung des seltsamen fremden Mannes ging die Überlieferung dann auseinander. Die eine Version sagte, dass es ein Dämon gewesen wäre, mit dem sich der Niederländer verbündet hätte. Die andere Version besagte, dass es ein Engel vom Himmel gewesen sei, der ihn geschützt hätte. Weitere Versionen berichteten, dass der Dämon Hörner am Kopf hatte, beziehungsweise der Engel lange weiße Flügel. Diese beiden Details darf man wohl vernachlässigen, schienen sie doch zu sehr der Lust zur Übertreibung beim Weitererzählen geschuldet. Was aber war dran am Kern dieses Gerüchtes?

Pater Ilija und Jan wollten es herausfinden und suchten jenseits des Zaunes im Wald nach Spuren. Da, wo in der Nähe des Zaunes das Kreuz stand, wurden sie fündig: zwei Pistolen in schussbereitem Zustand. Vorsichtig hoben sie sie auf und zielten auf einen Baum in etwa zehn Metern Entfernung. Zwei Schüsse dröhnten durch den Wald, so dass die Krähen in den

Zweigen aufstoben. Die Waffen waren voll funktionsfähig weggeworfen worden.

Pater Ilija überlegte, diese Pistolen nicht in Bihac auf dem Polizeipräsidium abzuliefern, sondern dort darum zu bitten, sie unbrauchbar machen und behalten zu dürfen als Andenken und Zeugen einer wunderbaren Bewahrung durch himmlische Mächte.

„Das war der Erzengel Michael oder wie er bei den Muslimen heißt Mika'iel", war der Pater überzeugt, „der Kämpfer Gottes, der im Auftrag des dreieinigen Gottes dein Opfer bejaht, aber nicht angenommen hat, weil er wohl etwas anderes damit vorhat."

„Aber was? Ich kann mir vorstellen, dass es mit den beiden Tätern zu tun hat. Die stammen bestimmt aus den Familien, die von Annas Rache betroffen sind. Aus Tuzla oder Umgebung. Die haben mich damals auf dem Friedhof bei den Beerdigungen auch fotografiert, wie ich mich erinnere. Deswegen konnten sie zwei Cousins schicken, die mich gar nicht kennen. Die hatten bestimmt mein Foto mit."

„Und haben dich erkannt und aufs Korn genommen, haha."

„Vielleicht sollte ich Kontakt zu ihnen aufnehmen", grübelte Jan. „Von Muhamed habe ich noch die Handynummer. Aber der ist ja tot. Hm."

„Vielleicht wäre es besser über die Presse. Etwa unter der Überschrift ‚Attentatsversuch auf Niederländer aufgeklärt – Pistolen gefunden'."

„Das ist ein guter Gedanke, sehr gut. Und dazu vielleicht eine Einladung an die Täter oder ihre Familien zu einem freundschaftlichen Besuch bei uns in der Einsiedelei. Was meinst du?"

„Ausgezeichnet. Das machen wir. Und statt Sljivovica kredenzen wir eine Schwarze Johanna. Haha."

So geschah es. Die Zeitungen machten eine große Story daraus, wie die beiden Einsiedler stundenlang gesucht hätten und dabei aus Versehen auf die Waffen getreten wären und sich Schüsse gelöst hätten und so weiter, es sei aber nichts Schlimmes passiert. Und Jan Verhoeven, der ja aus Gründen der Vergebung und Versöhnung jetzt in der Einsiedelei lebe, würde sich, zusammen mit seinem Gastgeber Pater Ilija, freuen, wenn die, denen die Pistolen gehören, eine Einladung nach Prlovici annehmen und zu Besuch kommen würden. Und da Pater Ilija vermutet, dass der Mann, der das Attentat verhindert hat, ein Malak war, ein Engel, höchstwahrscheinlich Mika'iel, der Kämpfer Gottes, solle man doch das himmlische Eingreifen als Hinweis auf gegenseitige Versöhnung verstehen und sich die Hand zum Frieden reichen. Und ‚jede Seite solle eine Pistole als Andenken und himmlische Mahnung zum Frieden aufbewahren für alle Zeiten'.

Wir wollen uns kurz fassen. Eines Tages klopften an die Tür der Einsiedelei drei Männer, einen, den Jan sofort erkannte, nämlich Husein, auf dessen schöner Datsche beides stattgefunden hatte: die unselige Party und Annas Hinrichtungen. Die anderen beiden Männer kamen aus den durch die Morde betroffenen Familien. Nach einer ersten Verlegenheit, gelang es Pater Ilija mit seinem fröhlichen Lachen das Eis zu brechen. Jan bat noch einmal ‚persönlich' um Vergebung für die Schuld der Niederländer vor dreißig Jahren und die Schuld von Anna. Daraufhin konnten auch die Bosniaken nicht anders, als um Verzeihung zu bitten für das, was man Anna angetan hatte und was man jetzt Jan hatte antun wollen. Pater Ilija nahm sich dann die Freiheit, ein Dankgebet an den ‚heiligen Gott im Himmel' zu richten, der seinen Mika'iel gesandt habe, um den bösen Geist der Rache zu vertreiben und uns Versöhnung zu schenken.

„Sein Friede möge über uns und unser ganzes Land kommen und bleiben. Amen."

Besiegelt wurde dieser Friede dann mit der Übergabe der unbrauchbar gemachten Gedenk-Pistole und mit einem Gläschen Schwarze Johanna. Danach hörte man einen großen Plumps. Es war der Stein, der allen vom Herzen gefallen war.

Wenig später gaben diese neuen Freunde der Einsiedelei einen Artikel an die Zeitung, worin sie bekräftigten, dass der Mann, der das Attentat verhindert hatte, nicht der Teufel, sondern der Engel Mika'iel gewesen sei, den Allah gesandt habe, um Frieden zu schließen. Und die Pistole würde die Familie für alle Zeiten daran erinnern, dass der Friede Allah mehr gefalle als Krieg und Rache.

In einem winzigen, abgelegenen Dorf in den Bergen und Wäldern über Sarajewo lasen auch rechtgläubige Dschihadisten, die es gut meinten mit der Ehre Allahs und seines Propheten, diesen Artikel und setzten die Namen der genannten muslimischen Familien aus Tuzla und die beiden Namen aus der Einsiedelei auf eine Liste, auf der als Überschrift gedruckt stand „Dar al-harb/ Haus des Krieges" und in Handschrift darunter: „...wenn die Zeit reif ist..."

Vom selben Autor sind erschienen:

Priestertum in der Evangelischen Kirche

Freimundverlag 2009

Bon Camino. Der Lebensweg – ein Jakobsweg

BoD 2010

Der Himmel reißt auf

Verlag Kern 2014

Göttliches Puzzle

Verlag Kern 2015

Potsdamer Pilgerwege

Potsdam 2012
hrsgb. vom Potsdamer Pilgerwege e.V.

Geschwisterzoff
Geschichten aus 3000 Jahren Familiengeschichte
von Juden, Christen und Muslimen   *BoD 2019*

Der Letzte der Edomiter

BoD 2020